# LOS MEJORES AÑOS

# KILEY REID

# Los Mejores Años

Traducción de
Laura Vidal Sanz

Penguin
Random House
Grupo Editorial

Título original: *Such a Fun Age*
Primera edición: abril de 2021

© 2019, Kiley Reid Inc.
© 2021, Penguin Random House Grupo Editorial, S.A.U.
Travessera de Gràcia, 47-49. 08021 Barcelona
© 2021, Penguin Random House Grupo Editorial USA, LLC
8950 SW 74th Court, Suite 2010
Miami, FL 33156

© 2021, Laura Vidal por la traducción
© 2017, Rachel Sherman, por la cita extraída de *Uneasy Street:  he Anxieties of Aff uence,*
publicado por Princeton University Press
©Diseño de la cubierta: adaptación de la cubierta original
de Vi-An Nguyen / Penguin Random House Grupo
Editorial / Begoña Berruezo

ISBN: 9781-64473-363-9

Impreso en Estados Unidos - *Printed in USA*

24 23 22 21    10 9 8 7 6 5 4 3 2 1

*A Patricia Adeline Olivier*

Desde luego que esperamos a los cumpleaños. Lo hacemos incluso con un helado. En el sentido de que [mi hija] se lo tiene que ganar. Ayer le prometimos un helado, pero se portó fatal y le dije: «Pues lo siento, pero el helado es para las niñas que se portan bien. Y tú hoy no lo has hecho. Así que quizá mañana».

RACHEL SHERMAN, *Uneasy Street:*
*The Anxieties of Affluence*

# PRIMERA PARTE

# Uno

Aquella noche, cuando la señora Chamberlain llamó, Emira solo entendió las palabras: «... llevarte a Briar a algún sitio...» y «... te pago el doble...».

Emira estaba con sus amigas Zara, Josefa y Shaunie en un piso atestado y sentada frente a alguien que gritaba «¡Es mi canción!». Era un sábado por la noche del mes de septiembre y faltaba poco más de una hora para que terminara el vigésimo sexto cumpleaños de Shaunie. Emira subió el volumen del móvil y pidió a la señora Chamberlain que repitiera lo que le había dicho.

—¿Podrías llevarte un ratito a Briar al supermercado? —dijo la señora Chamberlain—. Siento llamarte a esta hora. Ya sé que es tarde.

Casi costaba creer que el trabajo diurno de canguro de Emira (un mundo de petos caros, bloques de colores, toallitas de bebé y platos compartimentados) pudiera irrumpir en aquel momento de ocio nocturno (música alta, vestidos ceñidos, perfilador de labios y vasos desechables color rojo). Sin embargo, allí estaba la señora Chamberlain, a las 22:51, esperando a que Emira le dijera que sí. A través de la bruma de dos copas bien cargadas, la intersección de ambas realidades le pareció casi divertida; en cambio, el saldo bancario de Emira no tenía ninguna gracia: un total de setenta y nueve dólares y dieciséis centavos. Después de una noche de platos a veinte dólares, chupitos de celebración y regalos colectivos para la cumpleañera, a Emira Tucker le vendría muy bien el dinero.

—Un momento —dijo. Dejó la bebida en una mesa baja y se metió el dedo corazón en la otra oreja—. ¿Quiere que me lleve a Briar ahora mismo?

Al otro lado de la mesa, Shaunie apoyó la cabeza en el hombro de Josefa y dijo arrastrando las palabras:

—¿Significa esto que ya soy mayor? ¿Veintiséis años es mayor?

Josefa la apartó y dijo:

—No empieces, Shaunie.

Al lado de Emira, Zara se colocó bien el tirante del sujetador. Luego puso cara de asco mirando a su amiga y sus labios formaron las palabras: «Puaj, ¿es tu jefa?».

—Peter sin querer... Ha habido un problema y tenemos una ventana rota y... Necesito sacar a Briar de la casa. —La voz de la señora Chamberlain era calmada y de lo más inteligible, como si estuviera atendiendo un parto y diciendo: «Venga, mamá, ha llegado el momento de empujar»—. Siento llamarte tan tarde —dijo—, pero es que no quiero que vea a la policía.

—Ah, vaya. Vale, pero una cosa, señora Chamberlain. —Emira se sentó en el borde de un sofá. Al otro lado del reposabrazos, dos chicas se pusieron a bailar. A la izquierda de Emira se abrió la puerta del piso de Shaunie y entraron cuatro chicos dando voces.

—¡Qué pasaaa!

—Vaya, hombre —dijo Zara—. Ya están aquí estos negros dando el cante.

—Ahora mismo no tengo mucha pinta de canguro —advirtió Emira—. Estoy en el cumpleaños de una amiga.

—Ay, vaya. Perdóname. Quédate enton...

—No, no quería decir eso —Emira habló más alto—. Puedo ir perfectamente. Pero que sepa que llevo tacones y que me he tomado... una o dos copas. ¿Hay algún problema?

A través del auricular se empezó a oír cómo Catherine, la hija pequeña de los Chamberlain, de cinco meses, lloraba. La señora Chamberlain dijo:

—Peter, ¿puedes cogerla, por favor? —y a continuación, con la boca pegada al teléfono, dijo—: Emira, me da igual la pinta que tengas. Te pago el taxi hasta aquí y otro que te lleve a casa.

Emira guardó el teléfono en el bolsillo exterior de su bandolera y se aseguró de llevar todas sus pertenencias. Cuando se puso de pie y comunicó su marcha a sus amigas, Josefa dijo:

—¿Te vas para hacer de canguro? ¿Estás de puta coña?

—Chicas..., escuchad. Yo no necesito canguro —informó Shaunie a los presentes. Tenía solo un ojo abierto y el otro hacía esfuerzos por imitarlo.

Josefa no había terminado su interrogatorio.

—¿A qué clase de madre se le ocurre pedir que hagas de canguro a estas horas?

Emira no tenía ganas de entrar en detalles.

—Necesito el dinero —dijo. Y, aunque sabía que era muy poco probable, añadió—: Pero si termino pronto, vuelvo.

Zara le dio un pequeño codazo y dijo:

—Voy contigo.

Emira pensó: «Gracias, Dios mío». En voz alta, dijo solo:

—Vale, genial.

Las dos chicas se terminaron las bebidas de un trago mientras Josefa se cruzaba de brazos.

—No me puedo creer que os vayáis ya de la fiesta de cumpleaños de Shaunie.

Emira encogió los hombros y los bajó enseguida.

—Me parece que la propia Shaunie se está yendo de su fiesta de cumpleaños —dijo mientras Shaunie se tumbaba en el suelo y anunciaba que iba a echarse una siesta.

Emira y Zara bajaron por las escaleras. Mientras esperaban un Uber en una acera mal iluminada, Emira calculó mentalmente: «Dieciséis por dos…, más el dinero para taxis… De puta madre».

Catherine seguía llorando cuando Emira y Zara llegaron a la casa de los Chamberlain. Al subir las escaleras del porche, Emira vio un agujero irregular en la ventana delantera por el que goteaba algo transparente y viscoso. Al final de los escalones, la señora Chamberlain estaba recogiendo el pelo rubio y brillante de Briar en una coleta. Dio las gracias a Emira, saludó a Zara de la misma manera que hacía siempre («Hola, Zara, me alegro de volver a verte») y a continuación le dijo a Briar:

—Vas a estar un rato con las chicas.

Briar cogió a Emira de la mano.

—Era hora de acostar —dijo—, pero ya no.

Las tres bajaron las escaleras y, mientras recorrían las tres únicas manzanas hasta el Market Depot, Briar elogió varias veces los zapatos de Zara, en un intento obvio, pero infructuoso, de que le dejara probárselos.

El Market Depot vendía consomés, mantequillas trufadas y *smoothies* en un mostrador que ahora estaba a oscuras, y distintas variedades de frutos secos a granel. La tienda estaba muy iluminada y vacía y solo tenía abierta la caja para diez artículos o menos. Junto a la sección de frutas desecadas, Zara se inclinó sobre sus tacones y se bajó el vestido para coger una caja de pasas recubiertas de yogur.

—Uy... ¿Ocho dólares? —Se apresuró a devolverlas al estante y se incorporó—. Joder, es una tienda para ricos.

—Quiero *eshto*. —Briar extendió las dos manos hacia los aros de color cobre que colgaban de las orejas de Zara.

Emira se acercó más a ella.

—¿Cómo se piden las cosas?

—*Podfavod*, quiero *eshto* ahora, Mira, *podfavod*.

Zara abrió la boca de par en par.

—¿Cómo puede tener siempre esa voz tan ronca y tan mona?

—Apártate las trenzas —dijo Emira—. No quiero que te tire del pelo.

Zara se colocó las trenzas, algunas de color rubio platino, detrás de un hombro y acercó un pendiente a Briar.

—El fin de semana que viene me va a hacer trenzas *twist* esa chica que conoce mi prima. A ver, señorita Briar, ya puedes tocar.

A Zara le vibró el móvil. Lo sacó del bolso y empezó a teclear inclinándose cada vez que Briar le daba un suave tirón en el pelo.

Emira preguntó:

—¿Siguen allí?

—¡Ja! —Zara echó la cabeza hacia atrás—. Shaunie acaba de vomitar en una maceta y Josefa está cabreada. ¿Cuánto tiempo tienes que quedarte?

—No lo sé. —Emira dejó a Briar en el suelo—. Pero aquí mi amiga es capaz de estar horas mirando frutos secos, así que vete tú a saber.

—Mira se está forrando. Mira se está forrando...

Zara se dirigió bailando al pasillo de los congelados. Emira y Briar la siguieron y la miraron llevarse las manos a las rodillas y dar saltitos frente a la tenue imagen que le devolvían las puertas del congelador mientras logotipos de helados de color pastel se reflejaban en sus muslos. A Zara le volvió a vibrar el móvil.

—No te lo pierdas, le di mi teléfono a ese tío en casa de Shaunie —dijo mirando la pantalla—. Le tengo tan cachondo que resulta ridículo.

—*Eshtás* bailando —Briar señaló a Zara. Se metió dos dedos en la boca y dijo—: *Eshtás...* bailando y no hay música.

—¿Quieres música? —Zara empezó a deslizar el pulgar por la pantalla del móvil—. Voy a ponerte una canción, pero tienes que bailar tú también.

—Que no haya lenguaje explícito, por favor —dijo Emira—. Si luego lo repite, me despiden.

Zara agitó tres dedos en dirección de Emira.

—Tú tranquila, lo tengo controlado.

Segundos después, el móvil de Zara retumbó. Esta dio un respingo, soltó un «Ups» y bajó el volumen. El pasillo se llenó de música de sintetizador y cuando Whitney Houston empezó a cantar, Zara meneó las caderas. Briar empezó a dar saltitos, cogiéndose los codos pálidos y redondeados, y Emira se apoyó en la puerta de un refrigerador. A su espalda, salchichas y gofres congelados brillaban en sus envases cerosos.

Briar Chamberlain no tenía nada de ñoña. Nunca se ponía histérica con un globo y cuando un payaso se tiraba al suelo o se prendía fuego en los dedos, más que disfrutar, se preocupaba. En las fiestas de cumpleaños y en clase de ballet, le entraba un ataque de timidez si ponían música o los magos solicitaban la ruidosa participación del público, y a menudo miraba a Emira con nerviosos ojos azules que decían: «¿De verdad tengo que hacer esto? ¿De verdad es esto necesario?». Así que cuando se unió sin esfuerzo aparente a Zara y empezó a balancearse de atrás adelante al ritmo del éxito de los ochenta, Emira se preparó para rescatarla, como hacía siempre. Quería que, cada vez que Briar se hartara de algo, supiera que podía parar. Claro que en aquel momento Emira tenía el corazón lleno de sensaciones agradables. Por un breve espacio de tiempo, a sus veinticinco años, estaba cobrando treinta y dos dólares la hora por bailar en un supermercado con su mejor amiga y su ser humano pequeñito preferido.

Zara parecía tan sorprendida como Emira.

—¡Dale ahí! —dijo cuando Briar empezó a bailar con mayor entusiasmo—. Así se hace, chica.

Briar miró a Emira y dijo:

—Ahora tú, Mira.

Emira se unió a ellas mientras Zara cantaba el estribillo, en el que anunciaba que quería sentir el calor de otro cuerpo. Hizo girar a Briar y entrecruzó los brazos sobre el pecho en el mismo instante en el que aparecía alguien en el pasillo. Se sintió aliviada al ver a una mujer de mediana edad con pelo corto y cano vestida con unos *leggings* deportivos y una camiseta que decía «St. Paul's Pumpkinfest 5K». Sin duda tenía aspecto de haber bailado con un niño o dos en algún momento de su vida, de modo que Emira no se detuvo. La mujer puso medio litro de helado en su cesta y sonrió al trío de bailarinas. Briar gritó:

—¡Bailáis como mamá!

Cuando arrancaba el último cambio de tonalidad de la canción, entró en el pasillo un carro empujado por alguien mucho más alto. Su sudadera decía «PENN STATE» y tenía ojos somnolientos y atractivos, pero Emira estaba demasiado metida en la coreografía para interrumpirla y que no pareciera deliberado. Mientras hacía el *dougie*, atisbó plátanos dentro del carro en movimiento. Simuló quitarse polvo de los hombros justo cuando el hombre cogía una menestra de verduras congelada. Cuando Zara le dijo a Briar que hiciera una reverencia, el hombre les aplaudió cuatro veces en silencio antes de salir del pasillo. Emira se colocó bien la falda en las caderas.

—Ostras, me has hecho sudar. —Zara se inclinó—. Choca esos cinco. Así se hace, chica. Se acabó la función.

Emira dijo:

—¿Te vas?

Zara estaba de nuevo al teléfono, tecleando con furia.

—Me sé de una que igual pilla esta noche.

Emira se colocó la larga melena negra detrás del hombro.

—Tú misma, chica, pero ese tío es superblanco.

Zara le dio un suave empujón.

—Estamos en 2015, Emira. Como dice Obama, ¡sí podemos!

—Ya, ya.

—Pero gracias por el viaje en taxi. Hasta luego, hermana.

Zara le hizo cosquillas a Briar en la coronilla antes de girar para marcharse. A medida que sus tacones resonaban en dirección a la puerta, el Market Depot se volvía muy blanco y silencioso.

Briar no se dio cuenta de que Zara se iba hasta que desapareció de su vista.

—Tu amiga —dijo y señaló el espacio vacío. Los dos dientes delanteros le sobresalían en el labio inferior.

—Tiene que irse a la cama —le dijo Emira—. ¿Quieres ver frutos secos?

—Es mi hora de acostar. —Briar cogió la mano de Emira y avanzó a saltitos por el suelo brillante de baldosa—. ¿Dormimos en el supermercado?

—No, pero vamos a quedarnos un ratito más.

—Quiero… Quiero oler té.

A Briar siempre le preocupaba la secuencia de lo que pasaría a continuación, así que Emira se dispuso a aclararle que primero podían mirar los frutos secos y luego oler el té. Pero cuando iba a empezar su explicación, una voz la interrumpió:

—Perdone, señora.

A continuación sonaron pisadas y cuando Emira se dio la vuelta, una placa dorada de seguridad le parpadeó y centelleó en la cara. En la parte superior se leía «Seguridad pública» y, en la parte inferior ondulada, «Filadelfia».

Briar le señaló a la cara.

—Ese —dijo— no es el cartero.

Emira tragó saliva y se oyó decir:

—Ah, hola.

El hombre se colocó frente a ella y metió los pulgares en las hebillas del pantalón, pero no le devolvió el saludo. Emira se llevó una mano al pelo y dijo:

—¿Es que van a cerrar o algo así?

Sabía que a la tienda le faltaban cuarenta y cinco minutos para el cierre (los fines de semana permanecía abierta, limpia y abastecida hasta medianoche), pero quería que el hombre oyera cómo hablaba. Más allá de las oscurísimas patillas del vigilante de seguridad, al otro lado del pasillo, Emira vio otra cara. La mujer de pelo cano y aspecto atlético que había parecido enternecida por el baile de Briar cruzó los brazos delante del pecho. Había dejado la cesta de la compra a sus pies.

—Señora —dijo el vigilante. Emira se fijó en su boca de gran tamaño y en sus ojos pequeños. Tenía pinta de alguien con una familia numerosa, de esas que pasan los días festivos juntas, y que cuando usa la palabra *señora* es de manera deliberada—. Es muy tarde para una niña tan pequeña —dijo—. ¿Es hija suya?

—No —Emira rio—. Soy su canguro.

—Ya, pues... —dijo el guardia—, con todos mis respetos, no tiene aspecto de haber hecho de canguro esta noche.

Emira se sorprendió dando un respingo, como si hubiera ingerido algo demasiado caliente. Atisbó un reflejo borroso en la puerta del congelador y se vio a sí misma de cuerpo entero. Su cara (labios marrones y carnosos, nariz diminuta y frente despejada cubierta por un flequillo negro) apenas aparecía en la imagen reflejada. La falda negra, el top ajustado de escote en uve y el delineador líquido se negaban a cobrar forma en el grueso cristal. Solo veía algo muy negro y delgado y la parte superior de una mata de pelo pequeña y rubia que pertenecía a Briar Chamberlain.

—Vale... —Suspiró—. Soy su canguro y su madre me llamó porque...

—Hola, perdón. Quería... Hola. —La mujer salió de detrás del pasillo y sus zapatillas deportivas chirriaron contra el suelo de baldosa. Se puso una mano en el pecho—. Soy madre. He oído a la pequeña decir que no está con su mamá y, como es tan tarde, me he preocupado un poco.

Emira miró a la mujer y estuvo a punto de reír. El sentimiento le resultaba infantil, pero lo único que le venía a la cabeza era: «¿Te acabas de chivar de mí?».

—¿Dónde...? —Briar señaló a uno de los lados del pasillo—. ¿Adónde dan estas puertas?

—Un segundo, amor. A ver... —dijo Emira—. Soy su canguro y su madre me ha pedido que la sacara de casa. Viven a tres manzanas. —Notó que se le tensaba la piel del cuello—. Hemos venido a ver los frutos secos. Bueno, no los tocamos ni nada. Es que... ahora mismo nos fascinan los frutos secos, así que... Eso.

Las aletas de la nariz del guardia de seguridad se hincharon por un instante. Asintió para sí, como si le hubieran hecho una pregunta, y dijo:

—¿Ha bebido esta noche, señora?

Emira cerró la boca y dio un paso atrás. La mujer junto al guarda hizo una mueca de desagrado y dijo:

—¡Ay, ay!

Ahora veía también la pollería y la carnicería. El comprador de la sudadera de Penn State estaba allí, parado y atento a la conversación. De repente, además de las acusaciones subrepticias, a Emira la situación en general le pareció humillante, como si le hubieran comunicado en voz alta que su nombre no estaba en la lista de invitados.

—¿Sabe qué le digo? Que no pasa nada —dijo—. Nos vamos y ya está.

—Espere un momento. —El guardia extendió la mano—. No puedo dejar que se vayan porque hay una menor de por medio.

—Pero es que la menor es responsabilidad mía ahora mismo. —Emira rio de nuevo—. Soy su canguro. Bueno, técnicamente soy su niñera.

Aquello era mentira, pero Emira quería dar a entender que había documentación relativa a su puesto de trabajo que la conectaba con la menor en cuestión.

—Hola, peque. —La mujer se inclinó y apoyó las manos en las rodillas—. ¿Sabes dónde está tu mamá?

—Su mamá está en casa. —Emira se tocó dos veces la clavícula mientras hablaba—. Lo que tenga que decir, dígamelo a mí.

—Así que lo que está diciendo —quiso confirmar el vigilante— es que una mujer equis, que vive a tres manzanas de aquí, le ha pedido que cuide a su hija a estas horas de la noche.

—Pues claro que no —dijo Emira—. Yo no he dicho eso. Soy su niñera.

—Había otra chica hace unos minutos —le dijo la señora al guardia—. Creo que se acaba de ir.

La expresión de Emira pasó al asombro. Era como si su existencia entera hubiera sido borrada. Tuvo ganas de levantar un brazo, como cuando se busca a un amigo en una multitud con el teléfono pegado a la oreja y diciendo: «¿Me ves? Estoy haciendo señas con la mano». La mujer negó con la cabeza.

—Estaban haciendo… Ni siquiera lo sé… ¿Como una especie de perreo? Y pensé: aquí hay algo raro.

—Emmm… —la voz de Emira se volvió aguda cuando dijo—: ¿Hablas en serio?

Briar le estornudó en el muslo.

Apareció el hombre de la sudadera de Penn State. Tenía el móvil levantado a la altura del pecho y estaba grabando.

—No me lo puedo creer. —Emira se tapó la cara con sus uñas de esmalte negro descascarillado, como alguien que se ha metido sin querer en una fotografía de grupo—. ¿Te puedes ir?

—Creo que vas a necesitar la grabación —dijo el hombre—. ¿Quieres que llame a la policía?

Emira bajó el brazo y dijo:

—¿Para qué?

—Hola, muchachita. —El guardia de seguridad apoyó una rodilla en el suelo y habló con voz intencionadamente suave—. ¿Quién es esta de aquí?

—Cariño —dijo la señora en voz baja—, ¿es amiga tuya?

Emira quería inclinarse y abrazar a Briar. Tal vez si Briar le veía mejor la cara, sería capaz de pronunciar su nombre. Era consciente de que llevaba una falda muy corta y de que había entrado en escena un teléfono móvil y, de pronto, tuvo la impresión de que su suerte estaba en manos de una niña pequeña que creía que el brócoli era un árbol recién nacido y que si te metías debajo de una manta era difícil encontrarte. Emira contuvo la respiración mientras Briar se metía los dedos en la boca. La niña dijo:

—Mir.

Y Emira pensó: «Gracias a Dios».

Pero el vigilante dijo:

—Tú no, cariño. Tu amiga. ¿Cómo se llama?

Briar gritó:

—¡Mir!

—Está diciendo mi nombre —le dijo Emira al vigilante—. Me llamo Emira.

El vigilante de seguridad preguntó:

—¿Me lo puede deletrear?

—Eh, un momento. —El hombre detrás del teléfono móvil intentó captar la atención de Emira—. Aunque te lo pidan, no tienes por qué enseñar tu documento de identidad. Es la ley del estado de Pensilvania.

Emira dijo:

—Conozco mis derechos, tío.

—Caballero. —El vigilante se enderezó y se giró—. Está usted interfiriendo en un delito.

—Un momento, ¿cómo que un delito? —Emira tenía la sensación de estar precipitándose al vacío. Toda la sangre de su cuerpo parecía zumbar y borbotearle en los oídos y detrás de los ojos. Cogió a Briar en brazos, separó los pies para mantener el equilibrio y se retiró el pelo hacia atrás—. ¿Qué delito se está cometiendo aquí? Yo estoy trabajando. Estoy ganando dinero ahora mismo y seguro que más que usted. Hemos venido a ver frutos secos, así que ¿estamos detenidas o podemos irnos?

Mientras hablaba le tapó las orejas a Briar. Esta le metió la mano por el escote del top.

La mujer chivata se llevó de nuevo la mano a la boca. Esta vez dijo:

—Ay, madre. Ay, no.

—Escúcheme, señora. —El guardia de seguridad separó las piernas como había hecho Emira—. Voy a retenerla e interrogarla porque está en peligro la seguridad de una menor. Por favor, deje a la niña en el suelo…

—Muy bien, ¿sabe qué le digo? —A Emira le tembló el tobillo izquierdo mientras sacaba el móvil de su bolso diminuto—. Voy a llamar a su padre y que venga. Es un hombre blanco mayor, así que todos se sentirán más tranquilos.

—Señora, necesito que se tranquilice. —Con las palmas de las manos vueltas hacia Emira, el vigilante volvió a fijar la mirada en Briar—. A ver, cariño, ¿cuántos años tienes?

Emira tecleó las cuatro primeras letras de «Peter Chamberlain» y pulsó sobre el número de teléfono de color azul brillante. La mano de Briar seguía en su pecho y el corazón le latía con fuerza bajo la piel.

—¿Cuántos años tienes, cariño? —preguntó la mujer—. ¿Dos? ¿Tres? Tiene pinta de tener dos años —le dijo al guardia.

—Ay, por favor. Tiene casi tres —murmuró Emira.

—Señora. —El vigilante le apuntó con el dedo a la cara—. Estoy hablando con la niña.

—Sí, claro. Muy bien. Porque es a la que hay que preguntar. Bri-bri, mírame. —Emira se obligó a sonreír y meció dos veces a la niña—. ¿Cuántos años tienes?

—¡Uno, dos, *tes, cuato, shinco*!

—¿Cuántos tengo yo?

—¡Feliz *pumpeaños*!

Emira miró al guardia de seguridad y dijo:

—¿Se queda más tranquilo? —En su móvil cesó el tono de llamada—. ¿Señor Chamberlain? —Algo chasqueó en el auricular, pero no se oyó ninguna voz—. Soy Emira. ¿Hola? ¿Me oye?

—Me gustaría hablar con el padre. —El guardia de seguridad hizo ademán de coger el móvil de Emira.

—¿Qué coño hace? ¡No me toque!

Emira se giró y el movimiento sobresaltó a Briar, que sujetó el pelo negro sintético de Emira contra su pecho como si fueran las cuentas de un rosario.

—No la puedes tocar, tío —advirtió Penn State—. No se está resistiendo. Está llamando al padre de la niña.

—Señora, le estoy pidiendo amablemente que me dé su teléfono.

—Vamos, tío, no le puedes coger el móvil.

El guardia se giró con una mano extendida y gritó:

—¡Apártese, caballero!

Con el teléfono pegado a la cara y las manos de Briar en el pelo, Emira chilló:

—¡Ni siquiera eres un policía de verdad, así que apártate tú, tío!

Y entonces vio cómo le cambiaba la cara al guardia. Sus ojos decían: «Ahora sí te veo. Sé perfectamente quién eres» y Emira contuvo la respiración mientras le oía pedir refuerzos.

Emira escuchó la voz del señor Chamberlain salir por la parte de arriba de su móvil.

—¿Emira? ¿Hola?

—Señor Chamberlain, ¿puede venir por favor al Market Depot? —con el mismo pánico controlado del que era presa desde que había empezado aquello, dijo—: Es que creen que he secuestrado a Briar. ¿Puede darse prisa, por favor?

El señor Chamberlain dijo algo a medio camino entre «¿Qué?» y «Ay, Dios» y a continuación añadió:

—Voy ahora mismo.

Emira no había previsto que las acaloradas acusaciones desembocarían en silencio. Los cinco siguieron donde estaban, con aspecto de sentirse más molestos que justificados, esperando a ver quién ganaba. Cuando Emira miró fijamente al suelo, Briar le acarició el pelo sobre los hombros.

—Es como el pelo de mi caballito —dijo.

Emira la meció y dijo:

—Pues sí. Me ha costado mucho dinero, así que ten cuidado.

Por fin oyó abrirse una puerta automática. Después de unas rápidas pisadas, apareció el señor Chamberlain por el pasillo de los cereales. Briar lo señaló con un dedo y dijo:

—Mi papá.

Daba la impresión de que el señor Chamberlain había ido corriendo (en la nariz tenía diminutas perlas de sudor) y le puso a Emira una mano en el hombro.

—¿Qué está pasando aquí?

Emira respondió dándole a su hija. La mujer dio un paso atrás y dijo:

—Vale, perfecto. Les dejo, entonces.

El guardia de seguridad empezó a explicarse y a pedir disculpas. Justo cuando se estaba quitando la gorra llegaron sus refuerzos.

Emira no esperó a que el señor Chamberlain terminara de sermonear a los vigilantes sobre los años que llevaba comprando en aquella tienda, cómo no podían retener a nadie sin un motivo razonable o sobre lo inapropiado de cuestionar sus decisiones como padre. En lugar de ello susurró:

—Hasta mañana.

—Emira —dijo el señor Chamberlain—. Espera. Déjame que te pague.

Emira negó con las dos manos.

—Cobro los viernes. Te veo en tu cumpleaños, Bri.

Pero Briar se estaba quedando dormida en el hombro del señor Chamberlain.

Fuera, Emira dobló la esquina corriendo, en dirección opuesta a la casa de los Chamberlain. Se detuvo frente a una panadería cerrada que tenía magdalenas expuestas detrás de una rejilla de seguridad; aún le temblaban las manos mientras le escribía mensajes a nadie en particular. Respiró inhalando por la nariz y exhalando por la boca mientras buscaba entre cientos de canciones. Meneó las caderas y se bajó la falda.

—Eh, hola —Penn State apareció en la esquina, llegó hasta ella y dijo—: Oye, ¿estás bien?

Emira encogió los hombros en un gesto triste que decía: «No lo sé». Con el teléfono delante del estómago, se mordió el interior del carrillo.

—Escucha, eso ha sido una cagada monumental —dijo el chico—. Lo tengo todo grabado. Si fuera tú, lo llevaría a una cadena de televisión y así puedes…

—Uf. Creo que no —dijo Emira. Se apartó el pelo de la cara—. Paso. Pero… gracias de todas maneras.

El hombre se detuvo y se pasó la lengua por los dientes delanteros.

—Oye, ese tío se ha portado como un capullo contigo. ¿No quieres que lo despidan?

Emira rio y dijo:

—¿Para qué? —Cambió el peso de un tacón al otro y guardó el teléfono en el bolso—. ¿Para que se vaya a otro supermercado y consiga otro trabajo de mierda de ocho dólares la hora? Por favor. No me apetece que la gente me busque en Google y me vea pedo, con una niña que no es mía, en un puto supermercado de Washington Square.

El hombre suspiró y levantó una mano en señal de rendición. Bajo el otro brazo llevaba una bolsa de papel de Market Depot.

—Bueno, pero… —Apoyó la mano que tenía libre en la cadera—. Como mínimo que te den compras gratis durante un año.

—Sí, claro. ¿Para que pueda hacer acopio de *kombucha* y cosas así?

El hombre rio y dijo:

—Vale, tienes razón.

—Déjame ver tu teléfono. —Emira movió los dedos anular y corazón con la palma de la mano extendida—. Tienes que borrar eso.

—¿Estás segura de que quieres borrarlo? —preguntó el hombre despacio—. Lo digo en serio. Daría para un artículo de opinión o algo así.

—No soy escritora —dijo Emira—. Y no pierdo el tiempo en internet, así que dámelo.

—Espera, ¿y si hacemos una cosa? —El hombre sacó su teléfono—. Es asunto tuyo y lo borro encantado. Pero déjame que te lo envíe primero, por si cambias de opinión en algún momento.

—Pero es que no voy a cambiar...

—Solo por si acaso... Ten. Pon aquí tu correo.

Porque le parecía más sencillo darle su dirección de correo que convencerle de que cambiara de opinión, Emira sujetó la correa del bolso con una mano y con la otra empezó a teclear. Cuando leyó KelleyTCopeland@gmail.com en el apartado del remitente, se interrumpió y dijo:

—Un momento, ¿quién coño es Kelley?

El hombre parpadeó.

—Yo soy Kelley.

—Ah —dijo mientras terminaba de escribir su correo electrónico. Emira levantó la vista—. ¿En serio?

—Sí, ya lo sé. —Le cogió el móvil a Emira—. Pero he ido al instituto, así que no vas a conseguir hacerme daño.

Emira sonrió.

—No me extraña que vengas aquí a hacer la compra.

—Oye, que no compro aquí normalmente —rio él—, pero no me hagas sentir más culpable todavía. Ahora mismo llevo dos tipos de *kombucha* en la bolsa.

—No me digas —dijo Emira—. ¿Lo has borrado?

—Borrado.

Le enseñó la pantalla y empezó a deslizar hacia atrás con el dedo. La fotografía más reciente era de un hombre al que Emira no conocía con un pósit pegado a la cara. No podía leer lo que decía.

—Vale. —Emira se quitó un pelo que tenía pegado al brillo de labios. Le dirigió al hombre una sonrisa triste que decía: «Yo qué sé»—. Vale. Adiós.

—Vale, sí. Que tengas buena noche. Cuídate.

Quedaba claro que no se había esperado un desenlace así, pero a Emira le dio igual. Echó a andar hacia el tren mientras escribía un mensaje de texto a Zara: Pásate por casa cuando termines.

Emira podría haber cogido un taxi (sin duda la señora Chamberlain le reembolsaría el dinero), pero no lo hizo porque nunca lo hacía. Ahorró mentalmente el futuro billete de veinte dólares y cogió el tren hasta su piso en Kensington. Acababa de dar la una de la madrugada cuando Zara llamó al telefonillo.

—Es que me pongo mala —Zara dijo esto sentada en el váter de Emira. Esta siguió desmaquillándose y miró a su amiga a los ojos—. Porque, vamos a ver... —Zara levantó ambas manos a la altura de la cara—. ¿Desde cuándo hacer el hombre corriendo es perrear?

—No lo sé. —Emira se limpió el pintalabios con una toalla mientras hablaba—. Y además, lo hemos hablado allí —añadió con una mueca compasiva—. Y todos los presentes llegaron la conclusión de que bailo mejor que tú.

Zara puso los ojos en blanco.

—No es que sea una competición ni nada parecido —Emira insistió—, pero la ganadora soy yo.

—Chica —dijo Zara—. Menuda movida podría haber sido.

Emira rio y dijo:

—No tiene importancia, Za.

A continuación, sin embargo, se tapó la boca con el dorso de la mano y rompió a llorar en silencio.

# Dos

Entre 2001 y 2004, Alix Chamberlain envió más de cien cartas y recibió *merchandising* por valor de más de novecientos dólares. Los productos gratuitos incluían café en grano, barritas energéticas, muestras de maquillaje, velas aromáticas, masilla para colgar carteles en las paredes del dormitorio de su colegio mayor, suscripciones a revistas, cremas solares y mascarillas faciales. Alix lo compartía todo con sus compañeras de habitación y de planta. Durante su segundo y tercer año en NYU, donde estudiaba Marketing y Finanzas, Alix escribió reseñas de productos para un periódico estudiantil. En su último año dejó el periódico para hacer prácticas en una modestísima publicación de belleza, pero no dejó de enviar cartas. Usando un papel grueso y rugoso y en elegante letra cursiva, solicitaba amablemente las cosas que quería y era rara la ocasión en la que no las recibía.

Durante los cuatro años siguientes, Alix escribió cartas a Ray-Ban, Conan O'Brien, Scholastic, Keurig, Lululemon, la cadena hotelera W, Smartwater y cientos de compañías más. La mayoría de las veces, enviaba sus peticiones acompañadas de mensajes positivos y de alabanzas, pero a menudo había quejas sutiles y sugerencias de mejora. A Alix se le daba bien hacer fotografías de gran calidad de los productos gratuitos que recibía y las publicaba en su blog junto a las cartas en las que los solicitaba. Era un proyecto que había empezado por impulso, pero que le hizo ganar un pequeño número de seguidores en internet. Más o menos por aquella época conoció a Peter Chamberlain.

Alix conoció a Peter en un bar cuando tenía veinticinco años y, de ser sincera, habría admitido que lo había creído mucho más alto hasta que se puso de pie al final de la conversación. Luego resultó que, además de en estatura, encajaban en cuanto a personalidad. Peter hacía cosas adorables y elegantes sin ser ostentoso, como poner hojas de menta en los vasos de agua y dejar propinas del treinta por ciento. Lo que a Alix le gustó enseguida de Peter era que trataba su afición como si fuera un trabajo de verdad. Alix acostumbraba a quitarles importancia a sus cartas: «Pues... escribo cartas y reseñas, y tengo un blog... Pero es muy pequeño, no es nada importante». Peter le pidió que se lo contara otra vez, pero como si fuera algo importante. Era un periodista reconvertido en presentador de informativos que había crecido en el norte del estado de Nueva York. Tenía ocho años más que Alix, no se le hacía raro llevar maquillaje para salir en televisión y creía firmemente en construir tu propia marca. Cuando Alix se casó con Peter a los veintiocho años, los recuerdos de la boda que se repartieron a los invitados, los zapatos de la novia y el vino blanco servido en el convite eran todos artículos que había recibido sin cargo a cambio de maravillosas cartas manuscritas y prometiendo reseñas entusiastas. Luego, durante la luna de miel en Santorini, Peter la ayudó a escribir cada una de ellas.

Alix trabajaba en la sección de captación de alumnos en Hunter College cuando una amiga, una profesora de literatura de la Escuela Preparatoria y de Gramática de Columbia, le pidió que impartiera un taller de redacción de cartas de presentación a uno de sus grupos. Entre los asistentes al taller estaba Lucie, de diecisiete años, una alumna de último curso con dientes increíblemente blancos, pelo rosa pálido y treinta y seis mil seguidores en Instagram. Tres meses después del taller, Lucie colgó una fotografía de la carta de presentación y la redacción que había escrito con ayuda de Alix, junto a sus cartas de admisión de las universidades de Irvine, Santa Barbara, Frodham y Emerson. «Todas las admisiones se las debo a Alix», decía el pie de foto. «Nunca me habría presentado a la mitad de estas universidades si no llega a ser porque convirtió mi solicitud en una obra de arte. #notienesmasquepedirlo #escribeunacarta #EscribAlix». La publicación de Lucie recibió más de mil setecientos «Me gusta» y, casi de un día para otro, Alix Chamberlain se convirtió en una marca. Su propensión a conseguir productos gratis pronto se convirtió en una filosofía sobre mujeres que se hacen oír y devuelven el arte de comunicar a sus principios básicos. Por el camino, Alix cambió su biografía en Instagram a #HablAlix. Peter sugirió que renovara su página web y que no se olvidara de él una vez se hiciera famosa.

A los veintinueve años, Alix dejó su trabajo en Hunter College. Organizaba talleres de cartas de presentación y de preparación para entrevistas de admisión en casas de acogida, reuniones de liderazgo, sororidades estudiantiles y seminarios de orientación laboral. Los estudiantes se apuntaban

a sus sesiones en ferias de captación de alumnos y la bandeja de entrada de su correo electrónico se llenó de «¡Gracias!» y «¡Me han aceptado!». También contactó con Alix
una marca de lujo para que colaborara en el diseño de pape-
lería de oficina para mujeres trabajadoras. El papel era color
marfil, los bolígrafos, azul oscuro, y Alix debutó por segunda vez en la prensa, en esta ocasión en la revista *Teen Vogue*.
Ayudó bastante que los grandes ojos azules y las piernas
sorprendentemente largas de Alix fueran material muy pu-
blicable. La fotografía del apartado «Sobre mí» de su nueva
página web la mostraba risueña y sentada en el borde de un
escritorio, con dos cestillos de correo rebosantes de cartas a
sus pies y la gruesa melena castaño claro recogida de forma
encantadoramente improvisada en la coronilla.

Peter creía en ella; siempre lo había hecho. Y los efectos
del trabajo de Alix eran palpables en los amables testimonios
que sus nuevos becarios ordenaban y fotografiaban para su
blog, pero a menudo le asombraba la generosa confianza que
las organizaciones depositaban en sus aptitudes. Le pedían
que hablara en mesas redondas junto a pequeños empresarios
sobre temas como «La hospitalidad en el lugar de trabajo» o
«Creando líderes para el cambio creativo». Participaba en
pódcasts feministas que debatían sobre culturas laborales
sostenibles para mujeres en tecnología e ingeniería. Y en una
ocasión habló en un taller titulado «Dar el primer paso» en
un auditorio mientras doscientas mujeres solteras bebían
champán en vasos de plástico transparente. A Alix le encantaba escribir cartas y pensaba que se le daba bien, pero siempre eran la confianza y la ilusión de las personas que la rodeaban lo que hacía florecer la ideología de su marca «HablAlix».

Fue en el transcurso de un *brunch*, mientras se dirigía
a un pequeño grupo de educadores sobre la importancia de

enseñar caligrafía en los colegios, cuando notó una náusea tan apremiante que pensó: «Más me vale no estar embarazada». Lo estaba, y dos semanas más tarde, Peter lloró en la esquina de las calles University y Trece cuando le confirmó la noticia. Enseguida preguntó:

—¿No deberíamos mudarnos?

Volver a Filadelfia, ciudad natal de Alix, había sido un plan para el futuro remoto desde que los dos se conocieron, cuatro años antes. Entonces Alix quería una casa con jardín y niños que poner en él, quería que un día montaran en bicicleta en una calle sin coches, o al menos en una donde no hubiera nadie vendiendo bolsos de imitación o bajando el cierre de seguridad metálico de una tienda. Pero ahora, en la cúspide de su carrera profesional, al oír las palabras de Peter, Alix dio un paso atrás:

—No, no —dijo—. Todavía no.

Nació Briar Louise. El mundo de Alix se convirtió en un lugar definido por cunas plegables, aparatos de ruido blanco, pezones irritados y uvas en mitades. De pronto se pasaba los días hablando en tercera persona («Eso es el pendiente de mamá», «Mamá está hablando por teléfono»), midiendo el tiempo en meses en lugar de en años, usando la expresión «de chica mayor» en cualquier frase para dar emoción al día a día («Siesta de chica mayor», «Cuchara de chica mayor», «Vaqueros de chica mayor») y aceptando besos húmedos de una personita babeante que hasta poco antes había vivido dentro de su cuerpo.

Para entonces, Alix tenía un equipo formado por un asistente editorial y dos becarios, y un «espacio de oficina» que se desbordaba hasta invadir la cocina del piso familiar del Upper West Side. Peter quería mudarse. Su ilusión de convertirse en presentador de informativos en Nueva York se había estrellado contra la realidad: salía en televisión cinco noches a la semana ante un público de no más de ocho mil personas del barrio de Riverdale, dando noticias sobre bodas caninas para recaudar fondos, juguetes retirados del mercado y turistas en Times Square que competían en carreras de obstáculos por la oportunidad de conseguir una tarjeta regalo de Best Buy. Varios periodistas veteranos de Filadelfia estaban a punto de jubilarse y sus salarios coincidían con el de Peter en Riverdale. También se rumoreaba que el piso en el que vivían podía convertirse en una cooperativa. El plan siempre había sido irse a Filadelfia, pero la carrera profesional de Alix Chamberlain no había hecho más que despegar.

La nueva versión del blog de Alix, en la que detallaba el éxito de otras mujeres escritoras de cartas, receptoras de ascensos y que conseguían lo que se proponían tenía seis mil visitas al día. Se había asociado con un hospital para hacer una semana benéfica de recaudación de fondos con temática de cartas de amor. Y, ataviada con toga y birrete, habló en dos ceremonias de graduación de colegios femeninos ante hileras de caras interesadas y ávidas. Además de sus éxitos laborales, por primera vez desde la universidad, Alix tenía un grupo de amigas. Rachel, Jodi y Tamra eran mujeres inteligentes y sarcásticas con carreras profesionales e hijos pequeños, y tener un bebé no daba miedo cuando estabas en un chat con mujeres que también lo hacían.

Pero entonces, de forma aparentemente repentina, Briar empezó a hablar.

Canalizada por dos enormes dientes delanteros, la voz de Briar engullía todo cuanto encontraba en su camino. Era potente, ronca y no callaba nunca. Cuando Briar dormía, era como si por fin se hubiera desconectado la alarma de incendios y a Alix se le llenaba la cabeza de un silencio y una paz que apenas recordaba. Sus amigas le aseguraban que sus hijos habían hecho exactamente lo mismo a esa corta edad, que estaban demasiado emocionados por poder comunicarse. Aun así, aquello resultaba exagerado. Briar estaba siempre pidiendo, cantando, parloteando, canturreando, explicando que le gustaban los perritos calientes, que una vez vio una tortuga, que quería chocar esos cinco, que no estaba nada cansada. Cuando Alix recogía a Briar del piso de la madre de Peter en el centro, la mujer le abría la puerta a una velocidad desesperada que Alix conocía a la perfección. Oía la voz de su hija desde el ascensor, antes incluso de llegar al piso. Alix gestionaba su empresa, saboreaba ratos de silencio y presentaba propuestas de libros a agentes literarios, cuando un día, al levantar la sillita de Briar, se dio cuenta de que estaba, otra vez, embarazada. En la reacción de Peter, en la cocina de casa, había más asombro que alegría.

—Creía... —Negó con la cabeza—. Creía que no podía pasar mientras estás dando el pecho.

Alix frunció los labios con una expresión que decía: «Yo también».

—Es difícil, pero no imposible.

—Alix... No podemos seguir así.

Peter señaló la mesa de la cocina convertida en receptáculo de un nuevo proyecto de HablAlix que incluía fotografías Polaroid y papel de estraza en grandes cantidades. Había una hilera de vasitos de bebé puestos a secar sobre papel de cocina, junto al antepecho de la ventana, y fuentes de horno llenas de envases para reciclar. Aquella mañana, Peter se había encontrado, al bajar las escaleras, con una becaria cabeza abajo haciéndose una coleta. A continuación, se había preparado un café mientras ella y otra becaria se ponían polos blancos con el lema HablAlix bordado en el bolsillo.

—No tenemos suficientes recipientes para un segundo hijo —dijo.

Y dos días después, cuando llegó una carta de la corporación que iba a comprar el edificio de pisos donde vivían, anunció:

—Voy a llamar a un agente de Filadelfia.

¿Qué se suponía que tenía que decir Alix? ¿Que no? La escasez de vivienda en Nueva York era tal que habría sido una locura sugerir comprar el piso o alquilar otro más grande. Sí, Alix ahora ganaba más dinero que nunca, pero no, no bastaba para una casa en el barrio del West Side en la que cupieran dos niños. Y sí, claro, podían mirar en Queens o en Nueva Jersey, pero para eso más valía mudarse a Filadelfia. La realidad era que Alix trabajaba desde casa. Filadelfia no estaba tan lejos. Y, lo más importante de todo, mudarse era lo que haría la persona que Alix se había propuesto ser cuando conoció a Peter en aquel bar. «Creo que me quedan tres años de vivir en esta ciudad —le había dicho—. Cada vez que me siento en el sudor del culo de alguien en el metro, el plazo se acorta unas dos semanas». Aquella era una de las cosas que más le habían gustado a Peter de Alix: que no necesitaba ir a todos los eventos, que disfrutaba saliendo de la ciudad, que era una conductora excelente y que quería que sus hijos pidieran dulces en Halloween en casas en lugar de pedirlos en rellanos de edificios de pisos o en tiendas veinticuatro horas como Duane Reade.

De manera que tenían que mudarse. Alix y su familia dejarían Manhattan. Pero el momento no podía ser peor. Alix había estado ocupada escribiendo una carta muy importante dirigida al equipo de campaña de Hillary Clinton, quien acababa de anunciar su candidatura a las elecciones presidenciales. Se trataba de una causa primordial para Alix: la plataforma feminista de Hillary casaba a la perfección con su marca, y un vínculo con la candidata mantendría a Alix relevante aunque ya no viviera en la ciudad más relevante del mundo. Por suerte, su querida amiga Tamra conocía a una mujer que, a su vez, conocía a uno de los asesores de la campaña presidencial de Hillary Clinton. Después de cuatro borradores y constantes cambios de «Con cariño, Alix» a «Le deseo lo mejor, Alix», le dio a «Enviar» a una propuesta de voluntariado que confiaba se convirtiera en una colaboración pagada. Pasaron semanas y no tuvo noticias ni del asesor de campaña ni de los agentes literarios con los que había contactado.

Cuando quiso darse cuenta, tenían todo metido ya en cajas, pero Alix no dejó que su agenda o su ritmo decayeran. Disfrutaba de cada momento: de participar en mesas redondas y escuchar a mujeres brillantes con vestidos muy holgados y llamativos colores de labios, de recibir correos de jóvenes narrándole sus éxitos al poco de entrar en una empresa… Pero seguían sin llegar noticias de la campaña de Clinton ni de los seis agentes a los que había enviado su propuesta de libro. Acudía a recaudaciones de fondos y a *brunchs*, estrechaba la mano a entusiastas estudiantes de secundaria y pensaba: «¿Es esto todo? ¿No voy a llegar más lejos?».

Entonces, la mañana de su última charla en Nueva York (intervenía en un panel de un simposio titulado «Small Business Femme»), Alix decidió, en un arranque de inspiración y sin pensárselo dos veces, no usar el sacaleches. Llamó a una de sus becarias, la que más experiencia tenía cuidando niños, y le preguntó:

—¿Qué te parecería tener a Briar en el regazo durante la mesa redonda?

En el escenario de un teatro del SoHo, Alix se situó entre dos ponentes masculinos, una presentadora de pódcast y un padre de quintillizas que era concursante de un *reality*. Ante un público de trescientas personas, los miembros del panel debatieron sobre salud reproductiva y libros para empoderar a niñas mientras los pechos de Alix, en especial el izquierdo, se dilataban dolorosamente. Por fin, después de que el público riera con un chiste de la presentadora, Briar se espabiló y abrió los ojos.

A continuación, balbuceó y preguntó qué hacía su mamá allí arriba, si la becaria tenía Cheerios y si podía bajar al suelo. Alix se llevó un dedo a los labios y miró a su hija en la primera fila. La becaria señaló la puerta y formó con la boca las palabras: «¿Quieres que la saque?». Alix negó con la cabeza y esperó a que le hicieran una nueva pregunta.

—Creo que muchas veces lo que las mujeres estamos pidiendo es un sitio en la mesa —dijo. El micrófono que llevaba sujeto al cuello proyectó su voz hacia el fondo de la sala—. Pero lo que se percibe es «Quiero un trato especial» cuando no es así. Y el hecho de que… Un momento —a Alix se le aceleró el corazón mientras seguía hablando—, siento interrumpir mi intervención y la conversación. —¿De verdad iba a hacer aquello? «Sí», se dijo. Sí lo iba a hacer—. Tengo mucho más que decir sobre este tema, pero la que está haciendo ruido en la primera fila es mi hija porque se ha echado una siesta muy larga y, si a todo el mundo le parece bien, me gustaría… Bueno, en realidad no estoy pidiendo permiso. —Se puso de pie y gesticuló con las manos mientras se dirigía al borde del escenario—. Voy a dar el pecho a mi hija mientras hablo porque soy perfectamente capaz de hacer las dos cosas a la vez.

Del público salieron vivas y vítores. Alix dobló las rodillas hacia un lado para coger a Briar, quien de inmediato fue recibida con «Ooohs» mientras se agarraba al cuello de su madre.

—¿Me pasas esa camiseta? —Alix hizo un gesto a su becaria para que le alcanzara la camiseta rosa pastel que venía en la bolsa de bienvenida al simposio. Se la puso sobre el hombro y salió por la parte de atrás del escenario.

La moderadora del evento, una estudiante de doctorado algo atolondrada, dijo: «¡Así se hace!» al micrófono. Luego miró hacia el fondo del escenario y susurró: «¿Sigo?». Pero Alix reapareció justo a tiempo, con Briar firmemente agarrada a su pecho izquierdo. Llevaba la camiseta rosa sobre el hombro de manera que tapaba la cabeza de la niña. Los zapatos de Briar colgaban de manera encantadora sobre el brazo derecho de Alix mientras esta volvía a ocupar su silla.

—Muy bien, ya estamos listas. No he tardado demasiado, ¿verdad? —Alix se volvió a la moderadora y dijo—: Me encantaría seguir donde lo había dejado.

Eso hizo y, cuando hubo terminado, la embelesada moderadora le dio las gracias doblemente por su reacción y su naturalidad. Tal y como había predicho Alix, a continuación le preguntó el nombre y la edad de su hija. Alix se aseguró de que se le oía con claridad:

—Aquí mi clienta se llama Briar Louise. Es una niña de dos años y eso es lo que mejor se le da.

La sonrisa de Alix prácticamente desafiaba al público a atreverse siquiera a pestañear ante la edad a la que su hija seguía tomando el pecho.

Los fotógrafos del acto se arremolinaron delante del escenario. Retrocedieron por el pasillo para sacar un buen plano de Alix, con los tobillos cruzados, amamantando a su hija encima de su vientre embarazado y hablando entre dos hombres con traje. En un momento determinado, un fotógrafo susurró: «¿Puedes colocar la camiseta para que se vea el logotipo?». Alix rio y dijo que sí. Alisó la camiseta contra uno de los lados de la cabeza de Briar y dejó que la parte inferior colgara. Tapando la cara de su hija, unas letras negras decían «Small Business Femme».

Aquel día, Alix ganó mil seguidores más. Small Business Femme publicó una fotografía de lo ocurrido en su cuenta de Instagram con el pie: «Búscate a una mujer que pueda hacer las dos cosas a la vez». Dos revistas de bebés pidieron entrevistarla sobre la lactancia a demanda del niño y los estigmas y beneficios que llevaba asociados. Alix duplicó el sueldo a sus becarias para que se quedaran una hora más a contestar correos, llamadas y peticiones de entrevistas. Una delegada de la campaña Clinton la llamó al móvil. Sentían muchísimo no haber contestado a su correo, pero les encantaría que participara en varios actos más adelante ese mismo año. Dos de los agentes a los que había escrito Alix también contestaron. Al cabo de diez días, Alix había vendido su libro a una editora de HarperCollins llamada Maura, una mujer que tenía hijos y un tiempo de respuesta a los correos alarmantemente corto.

El revuelo de su momento estelar de madre lactante la acompañó en su cambio de estado, a su nuevo hogar y durante el tercer trimestre de embarazo. Antes de dejar Nueva York, Alix se hizo un montón de fotografías con su ayudante y sus becarias en la diminuta fiesta de despedida en su despacho atestado, pero nunca las publicó. Jamás mencionó su marcha de Nueva York en su blog, en sus redes sociales ni al equipo de Clinton. Había decidido que cogería el tren cada vez que la necesitaran. Simularía vivir allí mientras escribía su libro. Volvería en cuanto las niñas fueran mayores.

Y entonces, en Filadelfia, después de solo cinco horas de parto, nació Catherine May, con una cara que enseguida se pareció a la de su madre. Alix miró aquel rostro diminuto, blando y desconcertado y pensó: «¿Sabes qué? Que nos va a ir bien aquí».

Y les fue bien. En momentos pequeños y gozosos, Alix fue recuperando cosas que eran imposibles en Nueva York. Tenía un coche en el que meter la compra, las entradas de cine costaban diez dólares y no catorce y, además, vivía en una casa de piedra arenisca de tres plantas (a siete minutos andando de Rittenhouse Square) en una calle arbolada, umbrosa. La casa tenía un gigantesco vestíbulo con suelo de mármol y una cocina encantadora en la segunda planta. En ella había encimeras de sobra y una mesa para seis bajo una lámpara de araña, cerca de una pared curva con ventanales que daban a la calle. Por las mañanas, mientras se hacían las tortitas y los huevos, Alix y sus hijas podían sentarse en el mirador y ver trajinar a los basureros. Al hacer aquellas cosas y caer en la cuenta de lo valiosas que eran, Alix sintió de inmediato una pequeña punzada de alegría, y acto seguido, un doloroso deseo de poder enseñárselas a alguien. A sus amigas. A sus becarias de HablAlix. A un desconocido que esperara en el mugriento andén contrario de una estación de metro de Nueva York.

Antes de Filadelfia, Alix nunca había contratado a una canguro. La madre de Peter estaba siempre disponible y, además, había una solidaridad implícita con tres amigas que también tenían niños pequeños cada vez que hacía falta cuidar a otro niño mientras su madre corría al dentista o a la oficina de correos a enviar un paquete. Los nuevos colegas de la cadena de Peter recomendaron a varias chicas, lo que condujo a entrevistas en los taburetes de la nueva cocina de Alix con Carlys y Caitlyns, monitoras de campamento y delegadas de colegios mayores. Todas le decían a Alix cuánto admiraban HablAlix, cómo desearían haber podido contar con ella cuando estaban buscando universidad y que no tenían ni idea de que se hubiera mudado a Filadelfia. Alix sabía que aquellas chicas jamás funcionarían.

A Alix se le había dado bien adquirir productos cuando estaba en Nueva York y buscar una canguro en Filadelfia resultó ser parecido. Sus amigas nunca habrían hecho algo así, pero ella se creó un perfil en el portal de canguros SitterTown.com y empezó a mirar fotografías de candidatas. El método podía parecer impostado e impersonal, pero lo cierto era que Alix había encontrado dos de sus tres pisos de Manhattan consultando anuncios breves en Craigslist y, al igual que las gangas en las que había vivido con veinte años, el perfil de Emira Tucker tampoco incluía una fotografía. Su descripción decía que era graduada por la Universidad de Temple, que tenía conocimientos de lenguaje de signos y tecleaba ciento veinticinco palabras por minuto. «Mmm», se dijo Alix, y enseguida pulsó en «Solicitar entrevista». Hablaron una vez por teléfono antes de que Emira fuera a su casa. Y cuando Alix abrió la puerta y vio a Emira, se sorprendió pensando de nuevo: «Mmm».

Las otras chicas le habían preguntado a Alix qué tal iba su libro, si pensaba tener otro hijo y si conocía ya a Hillary Clinton; en cambio, Emira no dijo gran cosa. Briar de inmediato vio esto como un desafío y atacó verbalmente a aquella mujer de veinticinco años con historias sobre su nuevo jardín y todos los gusanos que no le estaba permitido tocar y sobre cómo solo podía llevar flotador en la piscina. Cuando Briar terminó de hablar, Emira se agachó y dijo:

—Muy bien, señorita. ¿Y qué más?

Pero lo que era más importante, Emira Tucker jamás había oído hablar de HablAlix.

—Así que serían lunes, miércoles y viernes —era la sexta vez que Alix explicaba todo el calendario a una canguro potencial—; de doce a siete. A veces me llevaré a Catherine, que es una niña supertranquila, y me iré a escribir a una cafetería de aquí al lado.

—Vale. —Emira se sentó a la mesa de la cocina y Briar le pasó un trozo de plastilina—. ¿Escribe por trabajo o por diversión?

—Tengo un… —Alix se inclinó sobre la encimera que las separaba—. Ahora mismo estoy escribiendo un libro.

Emira dijo:

—Ah, guau.

Alix se sintió superficial mientras esperaba impaciente a que Emira le preguntara sobre qué trataba el libro, con qué editorial lo publicaba o cuándo saldría a la venta.

—Es más una recopilación de cartas… —dijo en el silencio que siguió.

—Ah, vale —dijo Emira—. ¿Como un libro de historia?

Alix se toqueteó el collar.

—Sí, exacto —apoyó los codos en la encimera y dijo—: Emira, ¿cuándo podrías empezar?

Tres veces a la semana, Alix pasaba horas sentada al sol (a menudo Catherine dormía a su lado, a la sombra), leyendo cosas que jamás la habrían sorprendido leyendo en Manhattan: las revistas *US Weekly* y *People* o los detalles íntimos de una concursante reciente de un *reality* de citas famosa por haberse acostado con cuatro de sus pretendientes. Hubo un viernes especial en el que Alix dejó de lado su portátil, su calendario de escritura y las páginas de su propuesta de libro para ver tres episodios de *House Hunters* en un rincón de la terraza de un restaurante de azotea. Catherine solo daba guerra cuando tenía hambre y Alix la cogía para decirle: «Hola, mi amor», antes de arroparla con un pañuelo de lactancia que le habían regalado. Las fantasías de sacar partido a las dotes de mecanógrafa de Emira pronto se volvieron ridículas, porque para ello Alix habría necesitado tener cosas que pasar a ordenador.

Una noche, en la cama, Peter le dijo:

—Aquí te veo mucho más feliz.

Alix no era capaz de saber si era más feliz o si simplemente le importaba todo menos. Desde luego, había engordado algunos kilos, además de los del embarazo. Escribía mucho menos de lo que había escrito en Nueva York y dormía mucho más que cuando nació Briar.

Pero a las 22:45 de un sábado de septiembre, unos huevos estrellados contra la ventana delantera de su casa la arrancaron de un sueño profundo. Al principio no identificó el sonido, pero cuando oyó «¡Cabrón racista!» fue como si alguien le hubiera dado a un interruptor. Alargó la mano y tocó a su marido. Alix y Peter corrieron a las escaleras y vieron yemas de huevo estrellarse y salpicar su ventana delantera. En el preciso instante en el que Peter decía: «Te lo dije», dos huevos de gran tamaño atravesaron la barrera. Cristales rotos, cáscaras y una larga ristra de yema y moco entraron volando en la casa de los Chamberlain. A Alix se le encogió el pecho con el ruido y la sorpresa. Respiró de nuevo cuando oyó risas infantiles, pisadas de deportivas que se alejaban corriendo y a alguien decir: «¡Mierda! ¡Venga, vámonos!».

Catherine lloró y Briar dijo:

—¿Mamá?

Peter dijo:

—Voy a llamar a la policía —Y, acto seguido—: Joder. Te dije que iba a pasar esto.

Aquella mañana, la copresentadora de Peter, Laney Thacker, había presentado un reportaje sobre las nuevas y creativas maneras en las que los estudiantes sacaban a bailar a sus parejas según una bonita tradición del baile de principio de curso en el instituto Beacon Smith. Peter había acompañado el entusiasmo de Laney con un: «Misty busca el amor en las aulas». Aparecían vídeos de estudiantes con voz en *off* de Misty. Había entrevistas a profesores, escenas de estudiantes junto a enormes globos decorativos y el bullicio de una reunión de animadoras se convertía en griterío cuando acompañaban a una chica pecosa hasta el centro de la pista. Aparecía un estudiante de primer año con camiseta de fútbol y una caja de pizza. Cuando la abría, en la tapa se leía: «Extra de queso o extra de besos». Debajo, unas rodajas de salchicha formaban un signo de interrogación.

El reportaje terminaba con un estudiante de metro cincuenta de estatura y pelo abundante cortado a lo militar caminando en dirección a un grupo de chicas. Dejaba un estéreo portátil en el suelo y le daba al botón de «Play». Sus amigos enmascarados le ayudaban a hacer sitio para bailar y la chica en cuestión se tapaba la cara mientras sus amigas sacaban sus teléfonos. Después de girar sobre sus cabezas y dibujar formas y motivos geométricos intrincados con los dedos, el grupo de chicos descubría una pancarta blanca con «BAILE DE BIENVENIDA» escrito en rotulador indeleble. El adolescente negro en primera fila se quitaba la máscara y le ofrecía una rosa a la chica.

Con los vítores que provocaba la aceptación por parte de la chica de fondo, Misty devolvió la conexión a Peter, en el plató.

—Qué maravilla —dijo este.

—Ha sido impresionante —comentó Laney—. Desde luego, a mí nunca me han invitado así a ir a un baile.

—Bueno… —Peter negó con la cabeza. Se le vieron los dientes cuando hizo una mueca a la cámara y dijo—: Esperemos que ese último chico haya pedido antes permiso al padre de la chica. Gracias por acompañarnos en WNFT y nos vemos mañana con más noticias en Philadelphia Action News.

Las reacciones no se hicieron esperar.

En la sección de comentarios debajo del vídeo, que ahora estaba disponible en línea, las críticas y las preguntas aparecían intercaladas con las alabanzas.

Emm… ¿Por qué el chico negro tenía que pedir permiso al padre de la chica, pero los blancos no?

Me parece un poco sexista. ¿Qué estamos? ¿En el siglo XVIII?

¿A qué coño ha venido eso?

Alix estaba trabajando en la cafetería, algo que en realidad se había convertido en tomarse un *smoothie,* una mimosa y chatear con sus amigas de Manhattan. Le dijo a Peter que era un único instituto, que no era para tanto, que nadie se acordaría (en la euforia producida por el champán aguado, Alix se sorprendió pensando: «Si no ha pasado en Nueva York, ¿a quién le va a importar?»), pero Peter estaba abochornado:

—Me salió sin más —dijo—. Ni siquiera sé por qué lo... Me salió sin más.

Alix lo tranquilizó asegurándole que en realidad no era tan grave.

Pero de pronto resultó que sí lo era. Después del desastre, Alix había sacado a su hija pequeña del cuco a tal velocidad que Catherine prácticamente había rebotado en sus brazos, pero, en cambio, el mundo de Alix parecía moverse a cámara lenta. «¿Y si despiden a Peter?». Peter había ido derecho a los productores del programa para disculparse por su metedura de pata y estos le habían tranquilizado con una mezcla de «Estas cosas pasan» y «Llevas poco tiempo». Pero ¿y si los estudiantes estaban tan furiosos que tenían que reconsiderar su postura? Una vez más, Alix se asomó al hueco de la escalera y vio esquirlas de cristal, sucias con un líquido viscoso, desperdigadas por el suelo de baldosa. ¿Llegaría aquello a oídos de la campaña de Clinton y pensarían que su marido era sexista? ¿O, lo que era aun peor, racista? ¿Cómo había llegado a aquella situación? ¿Y por qué estaba tan gorda precisamente en aquel momento? ¿Y de quién era aquella casa?

Peter tenía en brazos a Briar, quien se tapó los oídos con las manos.

—No me gusta ese ruido —dijo—. No... No me gusta fuerte, mamá.

—Chis, chis —le dijo Alix a Briar, quizá por enésima vez aquella semana. Se volvió hacia Peter y dijo—: Voy a intentar llamar a Emira.

Peter asintió con el teléfono pegado a la oreja.

Y cuando llegó Emira quince minutos después, vestida con una minúscula falda de cuero de imitación y unas sandalias de tacón con las que caminaba con notable soltura,

Alix le dio la diminuta mano de Briar mientras pensaba. «Un momento. ¿Quién es esta persona? Ay, Dios... ¿Sabrá lo que ha dicho Peter?». De pronto, le parecía mucho más grave que Emira se enterara de lo que había dicho Peter que lo supiera la que sería, con suerte, la primera presidenta de Estados Unidos.

Mientras la policía tomaba declaración a Peter, Alix recogió los cristales con una toalla de manos bajo la luz cegadora de la lámpara de araña. Entre movimientos de brazo largos y tristes, se conminó a espabilar de una puta vez. A escribir aquel libro. A vivir en Filadelfia. A conocer mejor a Emira Tucker.

# TRES

Hay una ciudad en Maryland llamada Sewell Bridge, donde el 6,5 por ciento de la población (5.850 habitantes) tiene discapacidad auditiva. En esta ciudad nació Emira Tucker. Emira oía perfectamente, lo mismo que sus padres y sus hermanos pequeños, pero la familia Tucker tenía una proclividad a la artesanía que rayaba en lo religioso, y Sewell Bridge encajaba muy bien con esta filosofía. La familia Tucker trabajaba con las manos.

El señor Tucker era propietario de una tienda de apicultura con una azotea alargada donde tenía las colmenas. A pesar de haber contratado a varios empleados sordos a lo largo de los años, no perdía el tiempo en adiestrar sus dedos a hacer nada que no estuviera relacionado con las abejas. La señora Tucker encuadernaba libros en una habitación anexa a la fachada de la casa familiar protegida por mosquiteras. Hacía álbumes de recién nacidos, libros de bodas y restauraba biblias; su mesa de trabajo estaba siempre cubierta de retales de piel, agujas, plegaderas de hueso y remaches.

A los veintiún años, Alfie Tucker quedó segundo en el concurso nacional de *latte art*[1] de 2013. Lo invitaron a trabajar de aprendiz en una tostadora en Austin, Texas, donde formaba a otros baristas llevando un delantal que le había hecho su madre. Y Justyne Tucker, de diecinueve años, cosía. Tenía una activa tienda en Etsy donde hacía disfraces de Halloween y vestidos de fiesta por encargo para niñas. Cuando terminó el instituto, a Justyne la contrató un centro público de formación profesional para crear el vestuario de las producciones de los musicales *Our Town* y *Once on This Island*.

Debido a que el talento en su familia era algo innato y a que la universidad parecía un lugar aceptable en el que esperar a que sus manos se encontraran a sí mismas, Emira se convirtió en la primera Tucker en hacer un grado universitario de cuatro años. En la Universidad de Temple fue donde conoció a Zara (en la cola para hacerse la fotografía del carné de estudiante), donde se emborrachó por primera vez (vomitó en el bolsillo lateral de su bolso) y donde se pagó sus primeras extensiones con el dinero que ahorró trabajando en la biblioteca entre clase y clase (eran largas, negras, onduladas y gruesas).

Emira trató de hacer que sus manos aprendieran la lengua formal de signos en Temple, pero resultaba sorprendentemente difícil desaprender el argot coloquial con el que había crecido en Sewell Bridge. Emira también probó la transcripción, una salida profesional y una narrativa, que, para ella, parecía tener sentido. En su último año, Emira pasó al ordenador apuntes para dos estudiantes sordos a trece dólares la clase. Aquella fue más o menos la razón por la que

---

[1] Arte de hacer dibujos en el café. *(N. de la T.)*.

terminó sus cinco años en Temple con un grado en Lengua y Literatura Inglesa. A Emira no le importaba leer o escribir trabajos, pero ese era precisamente el problema. A Emira no le entusiasmaba nada en particular, pero tampoco había nada que le importara demasiado hacer.

Después de graduarse, volvió a su casa a pasar el verano y echó de menos Filadelfia desesperadamente. Regresó con una firme sugerencia por parte de su padre: encontrar algo y perseverar en ello. De manera que Emira se apuntó a la escuela de transcripción y la odió a muerte. No se le permitía cruzar las piernas, memorizar terminología médica le resultaba insufrible y cuando se le rompió una tecla de la máquina de estenotipia, en lugar de arreglarla (algo que habría costado varios cientos de dólares), tiró la toalla y se presentó a un empleo a tiempo parcial que encontró anunciado en Craigslist. En un pequeño despacho de la sexta planta de un rascacielos, en una espaciosa habitación, dividida en cubículos, donde decía «Partido Verde de Filadelfia», una mujer blanca vestida con camiseta y vaqueros llamada Beverly le preguntó a Emira si de verdad podía escribir ciento veinticinco palabras por minuto. «Puedo —dijo Emira—, siempre que me dejen cruzar las piernas». Sentada en un rinconcito con unos auriculares flexibles, Emira transcribía discursos y reuniones cada martes y jueves de 12:00 a 17:00. Cuando había poco trabajo, Beverly le pedía que atendiera el teléfono.

La Universidad de Temple había tenido la amabilidad de conservar a Emira como transcriptora de guardia durante los dos años siguientes a su graduación, pero querían ofrecer los puestos de trabajo de nivel inicial disponibles a los alumnos de grado y la avisaron con tiempo de que tendría que marcharse en verano. Emira no había contado a sus padres que había dejado la escuela de transcripción. Quería poder sustituirla con algo que no fuera un apático espacio en blanco. Presa de un silencioso pánico, Emira cambió su disponibilidad en la web SitterTown.com a lunes, miércoles y viernes, y dos días después conoció a Alix Chamberlain.

Briar resultó un agradable descanso de la preocupación constante de Emira por qué hacer con sus manos y con el resto de su vida. La niña le hacía preguntas del tipo: «¿Por qué no puedo oler *esho*?», «¿Dónde está la mamá de la ardilla?» o «¿Por qué no conocemos a esa señora?». El día que Briar probó el calabacín por primera vez, Emira, de pie delante de la trona, le preguntó si le gustaba. Briar masticó con la boca abierta y paseó la vista por la habitación mientras verbalizaba su respuesta. «Mira, ¿cómo? ¿Cómo…? Porque… ¿Cómo sabes cuando te gusta? ¿Quién dice que te gusta?». Emira estaba convencida de que la respuesta que se esperaba de una niñera a esa pregunta era: «Ya lo descubrirás» o «Lo entenderás cuando seas mayor». Ella, en cambio, le limpió la barbilla a la niña y le dijo: «Es una muy buena pregunta. Deberíamos hacérsela a tu madre». Hablaba en serio. Emira estaba deseando que alguien le dijera qué le gustaba hacer. El número de cosas que podía preguntar a su propia madre se encogía a un ritmo alarmante.

Emira no les había contado a sus padres que se ganaba la vida de canguro y haciendo transcripciones, por lo que no podía hablarles de lo ocurrido la noche del Market Depot. Tampoco es que hubieran podido decirle nada que ella no supiera ya, pero habría sido agradable hacerlos partícipes de su irritación. Cuando estaba en cuarto curso, un compañero de clase blanco había ido a la mesa donde comía Emira y le había preguntado si era negrata (en cuanto escuchó aquello, la madre de Emira había descolgado el teléfono mientras le preguntaba a Emira: «¿Cómo se llama el niño?»). En otra ocasión, unos empleados de Brooks Brothers siguieron a Emira mientras buscaba un regalo para el Día del Padre (su madre había dicho: «¿No tenían nada mejor qué hacer?»). Y en otra, después de una depilación de ingles con cera, a Emira le dijeron que debido a su «textura capilar étnica», el total ascendía a cuarenta dólares en lugar de los treinta y cinco publicitados (la reacción de la madre de Emira a esto había sido: «Un momento, ¿que te has depilado qué?»). Habría sido agradable hablar con sus padres de la noche en el Market Depot, porque lo cierto era que se trataba de lo más grave que le había ocurrido a Emira en bastante tiempo y, además, tenía que ver con su personita preferida. Emira sabía que lo que más debería dolerle era la clamorosa intolerancia demostrada en el altercado. Pero más que el sesgo racista, lo que le venía a la cabeza al recordar la noche del Market Depot eran náuseas y una vocecilla interior malintencionada que decía: «No tienes un trabajo de verdad».

«Esto no habría pasado si tuvieras un puto trabajo», se dijo Emira en el metro que la llevaba a casa, cruzada de piernas y de brazos. «No te habrías ido de una fiesta para hacer de canguro. Tendrías seguro médico. No te pagarían en efectivo. Serías una puta persona real». Cuidar a Briar era el trabajo preferido de Emira hasta la fecha, pero algún día la niña iría al colegio y la señora Chamberlain no daba la impresión de querer separarse nunca de Catherine. Y, aunque no fuera así, cuidar niños a tiempo parcial nunca le daría para tener seguro médico. Para finales de 2015, Emira quedaría fuera de la póliza de sus padres. Tenía casi veintiséis años.

A veces, cuando andaba muy corta de dinero, se convencía a sí misma de que si conseguía un trabajo de verdad, un empleo de 09:00 a 17:00 con prestaciones y un sueldo decente, el resto de su vida empezaría a parecerse también a la de una persona adulta. Se haría la cama por las mañanas y empezaría a gustarle el café. No le darían las tres de la mañana sentada en el suelo de su cuarto escuchando música nueva y haciendo listas de reproducción para después meterse en la cama y pensar: «¿Por qué te haces esto?». Probaría una de las nuevas aplicaciones de citas y tendría cosas más interesantes que hacer: cosas que no fueran quedar con Zara, ver viejos vídeos musicales, pintarse las uñas y cenar lo mismo cuatro noches a la semana (un plato a base de tiras de pollo, guarnición mexicana picante y queso, hecho en una olla de barro). De tener un trabajo de verdad, revisaría su armario lleno de ropa barata de Strawberry y Forever 21 y decidiría que era hora de subir de categoría.

Emira trataba siempre de convencerse de que encontraría otro niño, una niñita con unos padres agradables que la necesitarían a tiempo completo. Le harían un contrato y podría decir que pagaba sus impuestos. Se la llevarían de vacaciones y la considerarían parte de la familia. Pero cuando Emira veía a otros niños que no eran Briar Chamberlain, la invadía un rechazo instintivo. No tenían nada interesante que decir, en sus ojos había una mirada inexpresiva, espeluznante, y eran modositos de una manera que parecía extrañamente ensayada (Emira, a menudo, miraba cómo Briar se acercaba a otros niños pequeños en columpios y toboganes y estos se apartaban de ella, diciendo: «No, me da vergüenza»). Otros niños eran interlocutores fáciles a los que les encantaba recibir pegatinas y calcomanías, mientras que Briar siempre estaba al borde de una minúscula crisis existencial.

Detrás de su cháchara constante, Briar era caótica, asustadiza y considerada, siempre lidiando con la dificultad de los buenos modales. Le gustaban las cosas con aroma de menta, no le gustaban los ruidos fuertes y abrazar no le parecía una demostración de afecto legítima si no podía apoyar la oreja en un hombro amable. La mayoría de sus tardes terminaban con Emira hojeando una revista mientras Briar jugaba en la bañera. Briar se cogía los dedos de los pies con la cara convertida en una guerra civil de emociones mientras cantaba canciones e intentaba silbar. Tenía conversaciones íntimas consigo misma y Emira a menudo la oía explicar a las voces dentro de su cabeza: «No, Mira es mi amiga. Es mi amiga especial».

Emira sabía que tenía que encontrar otro trabajo.

# Cuatro

A la mañana siguiente, en lugar de sentar a Briar delante de un programa infantil sobre coloridos peces y animales marinos, Alix metió a sus dos hijas en el cochecito doble para corredores. En Filadelfia había mucho más espacio para correr. No tenía que saltar en el sitio para mantener el ritmo cardiaco mientras esperaba a que se abriera un semáforo, ni ir hasta la autopista para poder ver más de cien pasos por delante. Después de cuatro kilómetros, que le parecieron más bien cuarenta, las dos niñas se habían quedado dormidas con el balanceo. Alix entró en una cafetería, pidió un *latte* y lo sacó a un banco de fuera.

Necesito videollamada ahora mismo, escribió. No ha habido muertes ni enfermedades, pero es muy urgente.

Alix estaba tan habituada a decir los nombres «Rachel», «Jodi» y «Tamra» que no necesitaba andarse por las ramas. No había mandado mensajes al chat del grupo desde su traslado (la mayoría de las conversaciones más recientes eran sobre mujeres que conocían, recomendaciones de productos, artículos y libros que estaban leyendo y quejas sobre sus maridos), de manera que segundos después de escribir el mensaje, aparecieron dos «¿Estás bien?» y un «Tamra, ¿nos convocas?».

Jodi era una directora de *castings* infantiles que tenía dos hijos pelirrojos, de cuatro y un año, que a menudo hacían de extras llorones en programas de televisión y películas. Rachel, orgullosamente judía y japonesa, dirigía un estudio de diseño de cubiertas de libros mientras intentaba que su hijo no fuera tan bueno al fútbol, porque ¿quién habría imaginado que iba a ser algo tan intenso? El niño no tenía más que cinco años. Y Tamra era la directora de un colegio privado en Manhattan. Dos veces al año, las cuatro mujeres se daban un atracón con los vinos, el queso y el *hummus* que le mandaban padres buscando dar un empujón a la solicitud de admisión de sus hijos o evitar que expulsaran a un adolescente problemático. Tamra tenía dos niñas con melena afro oscura de tres centímetros, una de dos años y medio y otra de cuatro, que ya sabía leer y escribir y hablaba francés elemental. Las hijas de Tamra llamaban a su madre «Memmy».

Con las rodillas totalmente separadas en el banco y sudor frío en las sienes, Alix les contó todo.

Rachel contuvo la respiración y dijo:

—¿Qué?

Separando mucho las sílabas, Tamra dijo:

—¿No la dejaban irse?

Jodi dijo:

—¿Todo esto pasó en un solo día?

—¡Qué fuerte! ¡Eso jamás pasaría en Nueva York!
—dijo Rachel—. ¡Hudson, sácate eso de la boca! Perdonadme, estamos en el fútbol.

El corazón de Alix se le aceleró igual que lo había hecho la noche anterior cuando Peter volvió sin Emira y dijo: «Lo primero es que está bien», antes de explicar lo ocurrido. Alix no pudo evitar hacer lo que le parecieron preguntas inútilmente genéricas en cuanto salieron de su boca: «¿Estaba llorando? ¿Estaba enfadada? ¿Parecía muy disgustada?». Si a Alix le hubieran preguntado sobre el estado mental de Emira cada lunes, miércoles y viernes de los últimos tres meses, no habría sabido qué contestar. La mayoría de los días Alix prácticamente le soltaba a Briar de camino a la puerta mientras le informaba de que no había comido ni hecho caca. Los martes y los jueves sin Emira incluían clases de natación en la YMCA, en las que Briar nadaba con tal ímpetu y desesperación que luego terminaba echándose siestas de tres horas. A las siestas las seguía una película en Netflix y, para cuando llegaban los créditos, papá ya entraba por la puerta. Esta rutina había sido tan llevadera para Alix que no tenía ni idea de si su canguro era de esas personas que lloran, ponen una demanda o ninguna de las dos cosas.

Tamra chasqueó la lengua.

—Tienes que llamar a esa chica ahora mismo.

—Estoy buscando en Google el vídeo de lo de Peter —dijo Jodi—. Vale, quinientas visualizaciones… No está tan mal.

—¿Y esto no lo grabó nadie en vídeo? —preguntó Tamra.

—Igual podríais ayudarla a demandar a la tienda —dijo Rachel.

—No sé. Estoy histérica. —Alix apoyó los codos en las rodillas—. Me he portado fatal con ella. Es tan buena trabajadora y tan puntual… Briar la adora y tengo la sensación de que la voy a perder por el gilipollas de un guardia de seguridad de un supermercado. —Alix le quitó a Briar, que dormía, el cinturón de seguridad de la boca y miró a su alrededor para asegurarse de que nadie la había oído decir «gilipollas» delante de sus hijas—. Últimamente estoy siendo tan chapucera con todo que es como si me estuvieran castigando. Voy atrasada con el libro, estoy engordando y hoy vienen doce compañeros de Peter a celebrar el cumpleaños de Briar, algo en lo que se suponía que me tenía que ayudar Emira. Pero solo de pensar que me puedo quedar sin ella, me pongo enferma físicamente. No voy a ser capaz de terminar este libro sin su ayuda.

—Oye —Rachel la interrumpió—, vas a terminar ese libro pase lo que pase. Eres un hacha y siempre terminas las cosas, pero ahora mismo Emira es tu prioridad.

Tamra dijo:

—Cien por cien.

—¡Prudence! —Jodi se apartó el teléfono de la boca—. Tienes que compartir con tu hermano, ¿de acuerdo? —a continuación, ya cerca del micrófono, dijo—: Estoy de acuerdo con todo lo que acabáis de decir.

—Pues claro, eso lo entiendo. Y sé que tengo que llamarla —dijo Alix—. Pero… ¿qué le digo?

—No le digas que escriba una carta —murmuró Rachel.

Jodi dijo, en el mismo tono maternal en el que hablaba a su hija:

—Rachel, que esto es serio.

—Lo cierto es que igual ni te coge el teléfono —dijo Tamra—. Y tienes que estar preparada para ello.

Cerca de Alix, la campanilla de la puerta de la cafetería sonó cuando salió una pareja. «Seguro que podemos alquilarla en Amazon», dijo la mujer. «Pero la gracia es verla en 3D», contestó el hombre.

Alix agachó la cabeza y de la nariz le cayó una gota de sudor.

—Os juro que voy a vomitar.

—Oye, si te lo coge —dijo Tamra—, simplemente dile que sientes muchísimo lo que pasó y que la apoyarás en lo que necesite, ya sea buscar un abogado o no hacer nada de nada.

—Sí, y no te pongas sentimental —le dijo Rachel—. Que ya sé que no lo vas a hacer, pero que sea ella la protagonista. ¡Hudson, no pasa nada, cariño! —se oyó a Rachel darse una palmada en el muslo—. ¿Quieres ir a casa? ¿No? Vale, muy bien.

Alix sabía que aquello no le resultaría tan abrumador si no fuera a ser la conversación más larga que jamás había tenido con Emira. Respiró hondo y dijo:

—¿Es culpa mía por haberla mandado a ese sitio?

—Ay, cariño. No —dijo Jodi.

—¡Yo también la habría llamado! —dijo Tamra.

—Sí es culpa tuya haberte ido a Filadelfia —dijo Rachel—. Lo siento, pero es verdad que esto no habría pasado en Nueva York. Cada vez que recojo a Hudson en algún sitio, no se creen que es hijo mío. En cambio, cuando va Arnetta le dicen: «Aquí lo tienes. Es alérgico a las nueces. ¡Hasta luego!».

—¡Pru! —llamó Jodi—. Voy a contar hasta tres, te aviso. Uno, dos... Gracias, señorita.

Alix se recostó en el respaldo y la camiseta sudada se le pegó a los omóplatos. Delante de ella, los pies con patucos de Catherine corrieron a algún lugar en sueños. Tamra dijo:

—Tienes que llamarla.

Y Alix dijo:

—Ya lo sé.

—Alix —la interpeló Jodi—, te quiero. Y eres preciosa, siempre lo has sido. Pero ahora voy a ser una buena amiga y te voy a preguntar cuánto has engordado.

Alix bajó la vista a sus pantalones cortos naranja flúor. Un michelín fofo hecho de kilos del embarazo, de la inscripción a un gimnasio que nunca había llegado a materializarse y de *smoothies* azucarados consumidos al sol asomaba por encima de la cintura de los pantalones y por debajo de la camiseta sudada. Suspiró:

—Me da miedo averiguarlo.

—Ay, madre —dijo Tamra—. ¿Cómo es que no nos lo has dicho antes?

—A ver, cariño... —dijo Jodi—, tienes que espabilarte, joder, porque esto no es propio de ti. A ti se te da muy bien plantar cara a las cosas, das el pecho delante de un público y estás escribiendo un libro que va a ser un éxito. Así que tienes que colgar el teléfono, suplicarle a tu canguro que no se vaya, decirle a Peter que tenga cuidado con lo que dice y comprarte una Fitbit o algo. ¿Vale?

—Sí. Tiene razón, Al —añadió Rachel—. Porque cuando se publique tu libro, tu fotografía va a estar en todas partes y las cubiertas te engordan como ocho kilos; no estoy de broma.

—Considera esto una intervención —siguió Tamra—, solo que hecha con todo nuestro cariño y apoyo.

—¿Tienen zumos ahí? —preguntó Rachel—. ¿Te mando una dieta depurativa?

—Pues claro que tienen zumos, Rach —rio Jodi—. Que no se ha ido a Montana...

Emira no contestó el teléfono, así que Alix se dio una ducha y volvió a intentarlo. Esta vez sí lo cogió y Alix dijo todas las cosas que le habían sugerido sus amigas mientras iba tachándolas de una lista mental. Pero cuando llegó a: «Pero eso lo tienes que decidir tú», Emira contestó:

—Un momento... ¿Llego tarde?

Alix oyó a Zara al fondo decir: «¿Quién te llama tan temprano?». Miró su reloj. Eran las 9:14 de la mañana. Alix cayó en la cuenta de que Emira estaba medio dormida.

—¡No, no llegas tarde! —la tranquilizó—. La fiesta es a las doce, o a las doce menos cuarto, si puedes llegar un poco antes… No es obligatorio, pero me encantaría que vinieras. Nos encantaría. Pero lo que tú quieras.

—Iré —dijo Emira—. Allí estaré, no se preocupe.

—No, Emira, no te he llamado para hablar de esto. Quiero decir… Lo que quería era comprobar… —Alix forcejeó con las palabras—. Solo saber cómo estás. Pero muy bien. ¿Nos vemos a las doce? ¿O a las doce menos cuarto?

—Ajá.

La voz de Zara, ya más espabilada, dijo: «¿Si pido *bagels*, te comes tú uno?».

Alix dijo:

—Hasta dentro de un rato.

Y Emira colgó el teléfono.

La he llamado, le escribió Alix a Tamra. Me ha dado la impresión de que no quería hablar del tema.

Tamra contestó: Es elección suya. Va a ir a tu casa hoy?

Sí.

Vale, pues estate tranquila, escribió Tamra. Bebe mucha agua. Nada de pasta. Pero tarta sí puedes tomar porque tu hija cumple tres años.

Alix miró a Briar, que estaba jugando con dos peines en el suelo de su dormitorio.

—Bri —dijo—, feliz cumpleaños, mi amor.

A lo que Briar contestó muy seria:

—¿Es el juego de los *pumpleaños*?

Si de Briar hubiera dependido, la temática de su fiesta habrían sido las gafas, porque aquella niña no quería más que jugar con gafas, tocar las gafas de todo el mundo y ver cómo le quedaban todas las gafas. Pero a Briar también le encantaban los aviones, los sonidos que hacían y señalarlos, y Alix tenía la impresión de que esta, de entre todas las otras aficiones de Briar (oler bolsitas de té, los ombligos de los demás, tocar la suave piel del lóbulo de la oreja de su madre) era la que había que fomentar abiertamente.

Alix arrimó los muebles del salón a las paredes y distribuyó globos blancos hasta cubrir el alto techo. Del final de cada cuerda de seis metros colgaba un avión de papel azul con formas redondeadas y ruedas. A continuación, montó una mesa para merendar y la cubrió con un mantel de papel con dibujos de nubes; junto a la puerta colgó gafas flexibles de aviador para que los niños las cogieran y se las pusieran. Había minimagdalenas color cielo y una hilera de bolsitas de recuerdo de color azul brillante con pequeñas hélices blancas que podían girar. Alix sacó primeros planos de las hélices y las magdalenas para subirlos a Instagram (tan de cerca que podían haber sido hechas en cualquier sitio, por ejemplo, en Manhattan). Peter sacó a la calle algunos globos y los pegó de manera que taparan el agujero irregular en la ventana. Cuando Alix se asomó, él le preguntó:

—¿Te parece una tontería?

Alix negó con la cabeza y sintió un afecto cálido y triste por él. Sabía que no pensaba lo que había dicho en las noticias.

—No —respondió—. Claro que no.

Ya en el piso de arriba, Alix se puso un mono vaquero holgado y se alisó el pelo. Peter estaba cantando *Baby Beluga* a Briar y Catherine, que estaban tumbadas en la cama, mientras se ponía el cinturón y se abotonaba la camisa. Entre «En las profundidades» y «donde juegan los delfines», asomó la cabeza en el cuarto de baño.

—Va a venir a echar una mano, ¿verdad?

Alix le miró en el espejo mientras se ponía rímel en las pestañas inferiores.

—Eso ha dicho.

Emira llegó a las 11:45.

Tenía su propia llave, y cuando oyeron cerrarse la puerta de entrada, Peter y Alix se miraron por encima de las cabezas de sus hijas. Briar por fin iba vestida para la fiesta, con un mono verde militar que le daba aspecto de extra de la película *Top Gun*, y Catherine estaba acurrucada dentro de un disfraz de nube. Alix le dio a Peter una insignia de aviador dorada y le dijo: «Déjame que hable con ella un momento», antes de bajar corriendo los dos tramos de escaleras. Allí estaba Emira colgando su mochila en una percha de la pared, con vaqueros oscuros, una trenza floja en la espalda y grueso delineador negro en los ojos.

En su primera semana de canguro para los Chamberlain, Emira llevó a Briar a clases de pintura. Vestía una chaqueta de punto holgada, de esas de las que es imposible quitar una mancha de pintura, y Alix le había ofrecido uno de sus polos de HablAlix. «Tengo montones y usas la misma talla que mis antiguas becarias», le había dicho. «Bueno, puede que te queden un poco grandes, pero póntelos cuando quieras». Se convirtieron en el uniforme de Emira. Tres veces a la semana, cada vez que Alix bajaba, se encontraba a Emira poniéndose uno de los polos blancos. Antes de irse, lo colgaba en el perchero de la entrada. Y, de pronto, mientras Alix caminaba entre las cintas azules que colgaban de los globos del techo, la ternura de esta tradición le produjo un nudo en la garganta. Llegó al último escalón al mismo tiempo que Emira decía «Hola» y se sacaba la trenza por el cuello del polo.

—Ey, hola. —Alix se puso en frente de Emira y la cogió por los hombros—. ¿Puedo...? ¿Puedo darte un abrazo?

De inmediato le pareció una ocurrencia muy torpe. Alix no quería que aquel fuera el primer abrazo que se daban, pero se había ofrecido y ahora tenía que cumplir. Emira olía a loción corporal, pelo quemado, laca de uñas y perfume barato.

—En primer lugar —dijo Alix, separándose—, hoy no tenías por qué haber venido.

—Ah, bueno, estoy aquí. No pasa nada. —Emira se volvió a su mochila y sacó una barra de cacao del bolsillo delantero.

Alix cruzó los tobillos y los brazos.

—No voy a decirte que me imagino cómo te sientes ahora mismo o cómo te sentiste anoche porque nunca lo voy a saber, pero sí quiero expresarte mi apoyo para lo que necesites. Ya sea un abogado o... una demanda por daños y perjuicios... o...

Emira sonrió.

—¿Una qué?

—Emira —dijo Alix. Se dio cuenta de que tenía los hombros a la altura de las orejas e intentó bajarlos y devolverlos a su sitio—, podrías demandar a la tienda. Estás en tu perfecto derecho de emprender acciones legales.

—Uy, no. —Emira juntó los labios y le puso la tapa al cacao—. No voy a meterme en nada de eso.

Alix asintió con la cabeza.

—Y yo lo respeto. Solo queremos que sepas que lo sentimos muchísimo y que...

—¿Alix? —se escuchó decir a una voz desde fuera.

Detrás de Emira, la puerta se abrió cinco centímetros. Emira tiró del pomo y aparecieron dos niños pequeños y su madre: una familia de la clase de natación de Briar.

—Ay, vaya, hola —saludó la mujer—. Sí, ya lo sé. Llegamos prontísimo. ¡Hola! Seguro que ni has terminado de preparar las cosas, pero podemos ayudar y no te estorbaremos nada. ¡Estás ideal!

Alix los hizo pasar entre «holas» y «qué tales». Los niños corrieron a la mesa de la comida y uno de ellos se sacó los zapatos. Mientras la mujer empezaba a quitarles las chaquetas, Alix le susurró a Emira:

—Luego seguimos hablando.

—No hace falta —dijo Emira—. De verdad, estoy perfectamente.

Mientras decía esto, buscó dentro de una bolsa de papel que había dejado debajo de la mochila. Sacó una pequeña pecera con un lazo naranja alrededor del borde y un pez dorado brillante dentro.

—Ay, Emira. —Alix se llevó una mano al corazón—. ¿Ese regalo es tuyo?

—Sí.

Emira dejó la pecera en la repisa de la chimenea, junto a un avioncito de papel en el que decía «¡Los regalos aterrizan aquí!». Mientras giraba la pecera para que el lazo estuviera delante, Alix hizo memoria. Sí, Emira le había preguntado si podía comprarle a Briar un pez por su cumpleaños. Se lo había preguntado a Peter y a ella días atrás. A Alix no se le había ocurrido que pudiera ser un pez de verdad porque no había estado prestando atención, pero allí estaba, dorado y nadando. Emira había rizado el lazo que rodeaba la pecerita, pero se había doblado y aplanado por el camino y ahora colgaba tristón del borde.

Dos minutos después de haber llegado antes de tiempo, el hijo de tres años de la primera invitada vomitó en el suelo al lado del váter y empezó a gimotear, avergonzado. Para cuando estuvo limpio y cesaron las disculpas, había llegado un grupo de colegas de Peter de WNFT. Alix puso música, fue a la puerta y dijo: «Hola, creo que ya nos conocemos. Soy Alix». (Cuando conocía a gente nueva pronunciaba su nombre de manera exagerada: *Aaa-lix*, con fuerte énfasis en la segunda sílaba).

Peter nunca aparentaba ocho años más que Alix (tenía la cintura delgada y su pelo corto era juvenil), pero, cada vez que se encontraba en presencia de sus coetáneos, Alix se sentía de pronto como si estuviera en una quedada con los amigos de sus padres, contando los minutos para poder encerrarse en su cuarto a ver videoclips. Las compañeras de trabajo de Peter llegaron con vestidos florales, zapatos de cuña y tacones. La única mujer negra apareció con el pelo alisado, corto y con mechas claras. Eran señoras de esas que usan collares enormes con piedras y cuentas que parecían de juguete. Por su parte, los hombres parecían muñecos Ken gigantes con chinos y polos de golf.

El tema de conversación más popular fue el agujero afilado en la ventana del recibidor. Antes de enterarse de lo ocurrido en el Market Depot, mientras esperaba a que la policía terminara su informe, a Alix le había preocupado que los colegas de Peter pudieran sentir lo mismo que los estudiantes de primer año del instituto Beacon Smith, y que la carrera profesional de Peter en Filadelfia se terminara antes de empezar y volvieran a aceptarlo en Riverdale..., algo que, en realidad, sería maravilloso porque significaría que ella estaría de vuelta en Nueva York. Pero la reacción de WNFT al agujero dentado en la ventana era una mezcla extraña de orgullo propio de equipo anfitrión y efusiva alegría. Era como si Peter, el chico nuevo en la ciudad, hubiera superado su iniciación correcta y jocosamente. Querían oír la historia. Se reían y decían: «No te preocupes». Hacían chocar sus vasos de cerveza con el de Peter y decían: «¡Hala! ¡Bienvenido a Filadelfia!».

Nadie en la fiesta de cumpleaños de Briar había oído hablar ni de Alix ni de su HablAlix. Mientras tomaba sorbos de su refresco, con una lista de reproducción de Kidz Bop y Michael Jackson de fondo, Alix decidió tomarse su anonimato como un reto para documentarse: elaboraría una presentación con gancho de sí misma que luego pudiera usarse en la sobrecubierta de su libro. Pero ninguna de sus explicaciones parecía funcionar.

—Aaah, entonces no estás escribiendo el libro exactamente —dijo una mujer—. Es como… ¿Cómo se llamaba el libro ese de cartas en las que la gente contaba sus deseos secretos? ¿PostSecret? ¿Te acuerdas? ¿Que era como… superpicante?

—Vimos una película rarísima que se titulaba *She.* No, se titulaba *Her.* ¿*Her*? —dijo otra mujer, y miró a su marido buscando confirmación. Cuando este no se la dio, siguió hablando—. Igual era *Them.* Bueno, el caso es que va de un tío que trabaja escribiendo cartas de amor para la gente. Gente que ni siquiera conoce. Una cosa rarísima. ¿Es lo que haces tú?

Alix fingió que había oído llorar a Catherine y se disculpó cortésmente.

Laney Thacker, copresentadora de Peter, llegó con su hija de cuatro años, Bella. También llevó rosas amarillas, una botella de vino, un tarro lleno de ingredientes para hacer galletas y una receta, además de regalos envueltos para Briar y Alix. Saludó a Alix con las manos extendidas y una mirada que decía: «¡Por fin ha llegado el momento!».

—Qué fuerte. Tengo la sensación de conocerte de toda la vida —dijo—. Dame un abrazo. Ahora ya eres de la familia de Filadelfia en Acción.

Hubo dos momentos en los que Alix pensó que el abrazo había llegado a su límite, pero entonces Laney se puso a canturrear mientras seguía estrechándola. Bella fue hasta Briar y también la meció atrás y adelante.

En Manhattan, Alix iba a fiestas de cumpleaños al menos dos veces al mes con Rachel, Jodi y Tamra. Se sentaban en un rincón, bebían vino en vasos de papel y se turnaban para bailar con los niños. Criticaban en susurros despilfarros inaceptables tales como fuentes de chocolate o cambios de imagen para bebés y ponían los ojos en blanco al ver bolsitas de recuerdos con iniciales grabadas y las princesas Disney de pega que contrataban, que siempre eran de Nueva Jersey. Pero los invitados a la mucho más sencilla fiesta de cumpleaños de Briar parecían estar esforzándose el doble. Las mujeres se habían vestido como si quisieran hacer creer que vivían en el Upper East Side, no como si vivieran allí de verdad y hubieran ido alguna vez. Era imposible que se encontraran cómodas con aquellos tacones, y ¿por qué nadie se ponía ya vaqueros? Alix se sentía fuera de lugar e incómodamente gorda.

Pero Peter había asistido sonriente a todos los almuerzos, fiestas y simposios de Alix. Se había quedado despierto hasta tarde con ella pegando sellos a quinientas cartas que chicas de instituto habían escrito a sus yos futuros. Había acostado a las niñas cuando los talleres se alargaban, después de convencer a Briar de que su madre entraría a darle un beso en cuanto llegara a casa. Alix se esforzó por recordar eso y por encontrar a alguien con quien tuviera algo en común, alguien a quien no le importara invitar a casa a que soltara a su hijo delante del televisor con Briar, alguien con quien ir a clases de yoga. Pero aquellas mujeres eran tan agradables y cariñosas como anticuadas y desconcertantemente poco guais. La copresentadora de Peter, Laney, acarició afectuosamente la cintura del mono de Alix. «Siempre he querido probarme uno —dijo—, pero no sabría llevarlo». Luego se acercó a Alix para reírse y preguntarle cómo conseguía hacer pis con aquello puesto.

Entonces pareció llegar el momento de abrir los regalos. Los niños de Manhattan jamás abrían los regalos durante la fiesta. Los regalos se metían en taxis y maleteros de coche o en grandes bolsas de plástico transparente para llevar a casa junto con un trozo de tarta. Si te acordabas, podías esconder unos pocos en un armario y reservarlos para que los niños se entretuvieran durante un viaje en avión o premiarlos por hacer pis en el lugar correcto. Pero mientras Alix y Peter estaban hablando con una mujer del equipo de WNFT, su hijo de cinco años se acercó y se pegó a sus rodillas.

—¿Cuándo son los regalos y la tarta? —susurró.

Peter miró a Alix.

—¿Preparo una silla?

Briar se sentó en el regazo de Alix y Emira les fue pasando paquetes. Después del segundo, Briar se sintió abrumada, agitó los brazos y dijo:

—No me gusta. No me gusta.

Emira y Peter la tranquilizaron mientras Alix abría el resto de los regalos.

En algún momento entre una caja de «Haz tu propia princesa de gelatina» y una tiara que apestaba a toxinas y a plástico, Alix se sacó el teléfono del bolsillo para escribir un mensaje a Rachel, Jodi y Tamra. Pegadme un tiro, escribió. Odio a todo el mundo aquí. Todos los regalos para Briar eran ridículos, rayanos al sexismo y horriblemente estereotipados. La niña de tres años recibió un traje de esquiar de Fendi, un juego de té Little Ladies blanco y rosa, un arreglo frutal (¿Lo habrían comprado por internet?) y una vela con aroma a tarta de cumpleaños con una tarjeta regalo de la tienda de peluches Build-a-Bear pegada a la tapa. Sentada a los pies de Alix, Emira fue metiendo el papel de regalo en una gran bolsa para reciclar. Con expresión desconcertada, Briar cogió un regalo que consistía en un delantal azul con volantes y un gorrito a juego. Emira le dijo:

—Esto es para ti, cumpleañera.

Alix quiso coger a Emira por los hombros, por los dos, y decirle a la cara: «Esta fiesta no me representa».

La casa de Alix estaba llena de esa clase de madres que veía a menudo en aeropuertos y que había llegado a odiar a muerte. Mujeres con caras muy maquilladas, demasiado equipaje (maletas de Vera Bradley y fundas de pasaporte de Lilly Pulitzer), sandalias con cuñas de corcho y bolsas de plástico llenas de regalos que ocupaban todos los compartimentos superiores. Llamaban ruidosamente a sus maridos en cuanto aterrizaban o para hacerles saber que estaban en la puerta de embarque y obstruían la salida del avión («¿Llevas todo? Porque no vamos a poder volver»). En los cubículos del cuarto de baño, forraban minuciosamente la taza del váter con papel en lugar de hacer lo que hacía siempre Alix: aprovechar los cuartos de baño públicos para ejercitar los músculos y simplemente agacharse encima del inodoro.

Alix ni siquiera tuvo un carrito de paseo hasta su segundo embarazo. Era un hacha haciendo equipajes, a menudo se iba de fin de semana con una mochila y era normal que mandara un mensaje a Peter diciéndole que se había cambiado a otro vuelo que la llevaría antes a casa. Así que, al pasear la vista por su salón, Alix se preguntó cómo podría considerar Filadelfia su hogar algún día. Cómo lograría conservar su agilidad como madre y pequeña empresaria rodeada de mujeres que interrumpían la circulación de la cola de seguridad porque se habían olvidado de quitarse la chaqueta.

Alix se situó junto a la puerta mientras los padres forcejeaban con los zapatos de sus hijos y los niños más pequeños empezaban a meter la mano en las bolsas de chucherías.

—Tenemos que quedar con los niños —dijo unas cuatro veces mientras la besaban y le estrechaban la mano.

De nuevo, Laney se acercó a ella para otro intenso momento de conexión.

—No sabes lo que me alegra que estéis aquí —dijo—. Tenemos que quedar a tomar unos cócteles después de acostar a los niños.

Saltaba a la vista que Laney quería mostrarse afectuosa, pero también que buscaba asegurar a Alix que, aunque se sentara junto a su marido todos los días, era una mujer amiga de sus amigas y que allí no había nada raro. A Alix jamás se le había pasado por la cabeza esa posibilidad y se sintió culpable por ello. Laney tenía una risa que producía sonrojo, con una proporción desmedida entre encías y dientes, y a menudo decía cosas del tipo: «¡Cielo santo!». Laney era la encarnación de lo adorable y, mientras la abrazaba, Alix pensó: «Quiero que me gustes. ¿Por qué es tan difícil?».

Por encima del hombro de Laney, Alix miró a Emira agacharse para ayudar a un niñito a ponerse la chaqueta.

—No hemos jugado a mi juego preferido —le dijo el niño de cinco años.

—Ah, ¿no? —Emira le estiró las mangas hasta las manos—. ¿Cuál es tu juego preferido?

—Mi juego preferido se llama «¡Soy un asesino!».

—Qué guay. —Emira se enderezó y fue a la habitación de al lado mientras llamaba a Briar—. ¡Briar! Ven corriendo y cógeme la mano.

Después de que Alix consiguiera cerrar la puerta detrás de Laney y su familia, sacó de nuevo el teléfono. Corrección, escribió a sus amigas. Odio a todo el mundo menos a mi canguro.

Más te vale subirle el sueldo, dijo Tamra.

O regalarle una cesta de frutas!, contestó Rachel.

Aquella noche, Briar se fue a la cama con su nuevo pez en la mesilla, uno de los pocos regalos que Alix no metió en una bolsa para donar. A sus tres años recién cumplidos, Briar enseguida puso al pez el nombre de Spoons, cucharas, y lo miró nadar en círculos hasta quedarse dormida.

# Cinco

Justo cuando Emira decidió distanciarse de la niña de ahora tres años y entrar en Craigslist e Indeed todos los días y solicitar solo aquellos empleos que contrataran a adultos y ofrecieran prestaciones muy de adultos, hizo su intervención la señora Chamberlain. La noche en el Market Depot había operado un cambio en ella e intentaba enmendar lo ocurrido con una naturalidad forzada que despertaba bastante desconfianza a Emira. A partir de aquella noche, la señora Chamberlain empezó a volver a casa a las siete menos cuarto para sentarse frente a Emira y mantener conversaciones que jamás habían tenido: «Emira, recuérdame en qué te graduaste en la universidad», «¿Dónde me dijiste que vivías?», «¿Me habías dicho que eras alérgica a algo?». El momento no podía haber sido peor. Aquellas eran preguntas que se hacían al principio, y no en un momento en el que Emira intentaba que fuera el final. Pero, para un trabajo a tiempo parcial, el sueldo era decente, lo que hacía difícil ilusionarse con empleos potenciales que ofrecían menos dinero y no incluían a Briar. En viernes alternos, Alix le daba un sobre con seiscientos setenta y dos dólares dentro.

Dos semanas después de la noche en el Market Depot, Emira notó el sobre especialmente abultado. En el porche delantero, bajo una puesta de sol encarnada, Emira levantó un poco la solapa y vio mil doscientos dólares en efectivo. Había una notita en una gruesa tarjeta, sujeta con un clip al dinero y escrita en la espléndida caligrafía de Alix. Decía:

*Emira:*

*Esto es por las dos últimas semanas, el cumpleaños de Briar y esa noche horrible en la que nos salvaste la vida. Gracias por todo. Nos encanta que estés con nosotros y estamos contigo.*

*Besos, P, A, B y C.*

Emira miró calle abajo. Rio, susurró «Joder» y fue directa a comprarse su primera cazadora de cuero.

El metro iba atestado. Emira llegaba agradablemente tarde a una cena con Zara, Shaunie y Josefa seguida de copas, que a su vez irían seguidas de todas las actividades propias de veinteañeros en horario nocturno. Todo parecía resplandecer con su cazadora nueva. Era negra con cremallera asimétrica y le llegaba justo hasta la cadera. El cinturón colgaba relajadamente a ambos lados y se había dejado abiertas las cremalleras plateadas de los antebrazos. La cazadora de Emira había costado doscientos treinta y cuatro dólares, la compra más cara que había hecho nunca, a excepción de su cama y su portátil. Con una mano en la barra del metro y la otra enviando un mensaje a Zara diciendo que estaba de camino, Emira decidió que sentirse tan barata enfundada en la prenda más cara que tenía resultaba tan curioso como triste. Subió el volumen de sus auriculares y se balanceó al ritmo de las curvas que trazaba el vagón de metro.

Detrás de ella viajaba una familia de seis que claramente no eran de Filadelfia; la madre decía en voz alta: «La siguiente parada es la nuestra. ¿Me habéis oído todos?». Por debajo de la música, Emira escuchó la conversación a su izquierda, en la que un hombre de traje decía que necesitaba una excusa para saltarse un compromiso familiar. La mujer sentada a su lado dijo: «Si quieres, échame a mí la culpa». Los huesos de las caderas de Emira resaltaban bajo los *leggings* de color negro y, cuando atisbó un destello de su collar de varias vueltas, se lo pegó al pecho usando como espejo el reflejo de su cuerpo en la ventana, sobre el hormigón y la oscuridad que discurrían vertiginosos. Se colocó bien el flequillo y los mechones ondulados negros sobre los hombros y, en el intervalo entre el final de una canción y el principio de otra, oyó que alguien la llamaba por su nombre.

Se volvió y vio a KelleyTCopeland@gmail.com. Por encima de gorras de béisbol, colas de caballo y hombros, este volvió a llamarla, pero esta vez dijo: «Emira Tucker». Emira se agarró mejor de la barra del metro y se dio cuenta de que estaba notablemente nerviosa.

Lo encontró más guapo, en parte porque Emira no estaba haciendo de canguro ni siendo acusada de un delito, pero también porque lo estaba. Kelley Copeland tenía el pelo y los ojos oscuros, un rostro alargado y pálido y un mentón grande y de aspecto fuerte que, por alguna razón, daba a entender que había sido deportista durante los años de universidad. Emira sonrió por una de las comisuras de la boca y mientras se acercaba poco a poco a ella Kelley susurró varios «Perdón» a los viajeros.

—¿Te acuerdas de mí? Pues claro que te acuerdas. ¡Hola! —Kelley rio mientras contestaba a su propia pregunta—. Igual no debería decir esto, pero te he escrito como seis correos y luego no te he enviado ninguno. —Se interrumpió—. Necesito saber si dejaste o no ese trabajo.

Emira estaba algo sobresaltada por aquella presencia altísima y cordial. Cruzó las piernas y dijo:

—Perdona, ¿qué?

—No, perdona tú —dijo él—. Decía que tengo curiosidad por saber si has dejado el trabajo de niñera.

Kelley Copeland era lo bastante alto para apoyar las manos abiertas en el techo del vagón de metro, que es justo lo que hizo. Emira pensó que aquello era un alarde dolorosamente obvio de masculinidad, pero también de lo más atractivo.

—Ahh, perdona —dijo Emira—. Pues es que… en realidad no soy niñera.

—¡Guau! —dijo él—. Así que lo has dejado. Bien hecho.

—No, no. Sigo trabajando. —Emira se cambió la correa del bolso de un hombro a otro—. Pero solo soy canguro. No niñera.

—¿Puedes explicarme la diferencia? —preguntó Kelley—. No estoy haciéndome el raro, de verdad que no lo sé.

El tren se detuvo y Emira dejó pasar a un hombre que salía del vagón con cuatro bolsas de la compra. Kelley le señaló el asiento vacío y Emira se sentó.

—Las niñeras trabajan a tiempo completo —dijo—. Tienen contrato, pagas extra y vacaciones. Las canguros son a tiempo parcial y se las llama… cuando quieres salir por la noche o cuando tienes una urgencia.

—Ah, vale —dijo Kelley—. Perdona. Creía haberte oído decir que eras niñera aquella noche en la tienda.

—Bueno, sí, es que lo dije para que aquel tío me dejara en paz —explicó Emira—. Cosa que, como viste, funcionó fenomenal.

—Ya. —Kelley le dirigió la clase de mirada entre bobalicona y molesta que se intercambian los pasajeros cuando hay un pasajero ruidoso y bebido en el vagón, o cuando el conductor no deja de anunciar nuevos retrasos—. Bueno, si te quedaste, es evidente que tenías tus motivos. Pero espero que al menos te subieran el sueldo.

Emira se apartó un mechón de pelo de los ojos y la cremallera de la manga tintineó de forma agradable. Sonrió y dijo:

—Se han portado bien.

Kelley apoyó ambas manos en la barra que estaba sobre la cabeza de Emira.

—¿A dónde vas ahora? —preguntó.

Emira enarcó una ceja. Levantó la vista hacia Kelley y no pudo evitar pensar: «¿De verdad?». La determinación tranquila de Kelley combinada con la visión de los doce billetes nuevecitos de cien dólares fue lo que la llevó a pensar: «¿Sabes qué? Que vale. A tomar por culo». Frunció los labios y dijo:

—A cenar con unas amigas. Y luego a Luca's. ¿Por?

—Luca's. —Puso cara de estar impresionado y dijo—: Es un sitio muy elegante.

Emira se encogió de hombros como diciendo «Pues no sé».

—¿Y si te invito a una copa rápida? —dijo Kelley—. Y luego nos vamos cada uno por su lado. Yo también he quedado con unos amigos.

El metro se detuvo y una mujer se abrió camino junto a Kelley para sentarse al lado de Emira.

Emira simuló reticencia; estaba disfrutando de aquello tanto como él. Calculó la hora en la que le diría adiós definitivamente y decidió que sería alrededor de las dos de la mañana.

—Es que llego tarde —dijo—, pero puedes invitarme a una copa en Luca's.

Kelley rio.

—Sí, claro. Como si me fueran a dejar entrar.

Emira le miró los zapatos. Eran de cordones y de color marrón, y asomaban debajo de unos vaqueros oscuros y una sudadera gris de aspecto caro.

—Vas bien —le aseguró—. No vas a tener ningún problema.

—No me refería a la ropa, pero gracias, ahora me quedo más tranquilo —dijo con una sonrisa—. Es que he oído que no te dejan pasar si no vas con una mujer.

La parada siguiente era la de Emira y, cuando el tren aminoró la velocidad, se puso de pie junto a Kelley.

—Bueno, pues tienes mi correo. Mándame uno y salgo a buscarte.

Kelley sacó su móvil.

—¿No sería más fácil mandarte un mensaje de texto?

Emira exhaló riendo.

—Tanto como mandarme un correo, amigo.

—Sí, por supuesto. —Kelley guardó el teléfono con evidente cara de «Qué tonto soy»—. Estaba pensando lo mismo. Un correo entonces. Perfecto.

Emira dijo: «Ajá» y se colocó frente a las puertas dobles.

Kelley se sentó en el asiento que había ocupado ella, que parecía demasiado pequeño para su tamaño. Dejó las manos entre las rodillas y sonrió agresivamente a Emira. Esta levantó de nuevo las cejas y bajó la vista a su teléfono.

—Es mi novia —dijo Kelley en voz alta a la mujer sentada a su lado.

La mujer levantó la vista del libro que estaba leyendo y dijo:

—¿Mmm?

—Esa de ahí es mi novia. —Kelley señaló a Emira.

La cara de la mujer adoptó expresión de curiosidad. Miró a Emira, que negó con la cabeza y dijo:

—Eeeh… No es verdad.

—Siempre hace lo mismo —dijo Kelley sin apartar la mirada de la mujer a su derecha—. Es adorable. Cuando vamos en el metro, finge que no me conoce.

—No me lo puedo creer. —Emira se llevó tres dedos a la frente.

—Cuando llegamos a casa, empieza: «¿A que ha sido muy divertido, cariño?». Y nos reímos. Es graciosísimo.

La mujer rio y dijo:

—Qué romántico.

El tren se detuvo y Emira dijo: «Adiós». Kelley gritó: «¡Nos vemos en casa, cariño!» y se cerraron las puertas.

Ya en Luca's, Shaunie pidió un reservado con botella en la parte de arriba.

—¿Qué dices, perra? —soltó Zara sorprendida.

—¿Qué pasa? Invito yo —dijo Shaunie.

En el lujoso reservado con asientos de cuero blanco, las cuatro chicas bebieron y se balancearon al ritmo de la música. Shaunie pidió otra botella y, cuando llegó, Josefa levantó su teléfono y anunció en Snapchat: «Estamos pasando una noche de puta madre, ¿vale?».

Los padres de Shaunie eran tan ricos como ella era espléndida. El dinero familiar provenía de una cadena sureña de lavanderías con autoservicio, y la generosidad de Shaunie nacía de una firme creencia en el karma y de citas motivacionales que encontraba en internet. Desde que se conocían (Zara se había acercado un día a Emira después de clase y le había dicho: «Una chica de piel clara se ha ofrecido a llevarnos a un concierto y puede que nos asesine, aunque también podría estar genial»), Shaunie no había dejado de ofrecerse a prestar ropa, pagar la primera ronda o compartir su cama de matrimonio. Cuando Emira se quedaba a dormir en el sofá de Shaunie, se despertaba sudando bajo una manta con la que Shaunie la había tapado en algún momento de la noche.

Josefa, la compañera de piso de Shaunie, tenía de impredecible lo que Shaunie de fiable. O se quedaba en casa pegada al teléfono y a los últimos memes y vídeos y hablando con su hermana y su madre por FaceTime, o salía a ver a gente y tomar copas hasta el amanecer. Josefa había estudiado en la Universidad de Boston y ahora era ayudante de investigación y profesora asociada en Drexel. Sus padres habían dicho que la mantendrían económicamente mientras siguiera en la universidad. En aquel momento estaba sacándose su segundo máster, en Salud Pública.

—He invitado a un tío a pasarse, pero no creo que venga —Emira le dijo esto a Zara mientras bailaban delante del reservado, detrás de la barandilla que daba al primer piso—. Me lo he encontrado en el metro, pero, vamos, que no sé.

—¿Viene con amigos?

—Eso ha dicho.

Zara asintió con la cabeza para señalar que había entendido y a continuación apoyó la pierna en la mesa para contonearse hacia un lado.

Shaunie metió la cabeza entre las dos para decir:

—¿Van a venir chicos?

—No, no —Emira negó con la cabeza—. Lo más seguro es que no.

Zara apartó el hombro de Shaunie mientras bailaba y dijo:

—Y a ti te da lo mismo, porque tienes novio.

Shaunie levantó las manos en un gesto defensivo.

—¡Solo era una pregunta!

Josefa anunció:

—Quiero una foto.

En el reflejo de la pantalla de su móvil, las chicas estaban ordenadas de más clara a más oscura. Josefa, con su espesa melena castaña y labios rosa brillante; Shaunie, con sus rizos y su cara redondeada color miel; Zara, con sus *twist* recién estrenadas y con una desbordante sonrisa; y, por último, Emira, con ondas que le caían sobre los hombros. Se sujetaron a la barandilla y miraron en dirección al *flash*.

Emira no hacía más que entrar en su correo. Mientras esperaba a que se descargaran los mensajes, pensaba: «¿Por qué te has hecho la dura con esa tontería del correo?». Pero luego, cuando veía que no tenía mensajes nuevos, se decía: «No, es mejor que no venga. Lo más probable es que le gustara Shaunie. Habría sido todo muy raro».

Pero cuando lo vio subir al piso de arriba de Luca's, Emira entendió por qué Kelley no le había escrito para que fuera a buscarlo a la puerta y también por qué no necesitaba ayuda para entrar. Eran alrededor de las once de la noche cuando Kelley llegó con cuatro amigos, y estos amigos, para indiscutible sorpresa de Emira, eran todos negros. Kelley tenía aspecto de estar posando para la grabación de un vídeo musical extremadamente problemático. Uno de los hombres llevaba gafas de sol y dos de ellos calzaban Timberlands.

Cuando Emira empezó a hacer las presentaciones, vio que Josefa había guardado su teléfono, Shaunie se había colocado los rizos sobre uno de los hombros y Zara la miraba con los ojos entornados. Uno de los amigos de Kelley anunció que iban a pedir una copa y preguntó qué querían beber las damas. Bajaron todos al bar y cuando la última de sus cabezas desapareció escaleras abajo, Zara dijo:

—Pero... ¡serás cabrona!

—Pues ¿sabes lo que te digo? Que me da lo mismo. Estoy de buen humor. —Emira se ruborizó y se sentó en el reservado al lado de Shaunie. Josefa se pegó a su cadera derecha y los tacones de las chicas entrechocaron.

—No me vengas con «Me da lo mismo». —Zara levantó el dedo índice desde el otro lado de Shaunie—. A ver si me queda claro. Tú sí lo puedes hacer y yo no, ¿verdad?

—Aaaah. —Josefa se echó a reír y señaló a Zara—. ¿Es porque tú te fuiste de la fiesta de Shaunie con un pelirrojo?

Shaunie recordó aquello y dijo:

—¡Era encantador!

Zara se puso una mano en el pecho.

—O sea, que yo no puedo mezclar colores, pero ¿tú sí? ¿Te crees mejor que nadie solo porque llevas cazadora de cuero?

—Vale, vale —rio Emira—. Lo pillo. Perdón. Pero sabes perfectamente a qué me refería. El tío ese que te follaste tenía tatuada una brújula.

—Ese chico me lo comió durante los treinta minutos que dura un EP. —Zara se enroscó uno de sus tirabuzones en un dedo—. El tatuaje ni lo vi, ni me interesa.

Shaunie se enderezó para poder mirar hacia el bar por encima de la barandilla.

—Vale, pero ahora en serio, Emira. Ese chico está muy bien.

Emira siguió la mirada de Shaunie hasta el primer piso, donde Kelley tenía ambas manos apoyadas en la barra y se inclinaba para hablar con la camarera rubia. Emira ya estaba muerta de celos.

—Tampoco es para tanto —dijo—. Nos conocimos la noche del supermercado y hoy me lo he encontrado en el metro. No pensaba que se presentaría así.

Zara se le acercó más.

—¿Ese es el tío que te grabó aquella noche?

—Sí, amiga.

—¿Y por qué te has hecho la misteriosa?

—¡No pensaba que fuera a venir!

Sin quitar la vista de la barandilla, Shaunie preguntó:

—¿La sudadera que lleva es Everlane?

Emira puso los ojos en blanco.

—¿Por qué hablas como si yo supiera lo que es eso?

Zara imitó la postura de Shaunie mientras miraba a Kelley y a sus amigos. Cambió la canción y Kelley empezó a mover la cabeza y los labios como si cantara la letra.

—Es el típico chico blanco que hay en todas las bodas negras y que se pone como una moto cuando toca bailar el *Cupid Shuffle*.

—Ay, por favor —dijo Shaunie—, me putoencanta el *Cupid Shuffle*.

—Pero es raro, ¿no? —Josefa siguió hablando con una copa en la mano—. Lo que quiero decir es que... es monísimo y lo que tú quieras, pero ¿alguien me puede explicar por qué todos sus amigos son negros?

Emira, Zara y Shaunie se giraron para mirar a su amiga.

—Pues... —Emira se puso un puño debajo del mentón—. No lo sé, Sefa. ¿Por qué son negras todas tus amigas?

—En primer lugar, eso es una grosería. —Josefa le puso a Emira una mano delante de la cara—. En segundo, acabo de recibir mi estudio genético de 23andMe y resulta que tengo un once por ciento de africana occidental, para que lo sepáis.

Zara arrugó la cara y preguntó:

—¿A qué viene sacar de repente la regla de una gota?[2]

—Y, en tercer lugar —dijo Josefa—. Y lo digo en serio, espero que no sea fetichista o algo así: cuando estaba en Match.com había un montón de tíos blancos mayores que querían tocarme los pies. Me pedían que los llamara «papi» y mierdas así.

—Pues espero que este intente tocar algún pie que otro. Bien hecho, hermana. —Zara chocó los cinco con Emira—. Te voy a apoyar en esto porque, a diferencia de algunas, yo sí soy una buena amiga. También le voy a perrear a su amigo, el del degradado.

Josefa y Zara empezaron a discutir sobre cuál de las dos iba a simular que era su cumpleaños. Zara ganó dos de tres partidas de piedra, papel o tijera, así que, cuando volvieron, Kelley y sus amigos le cantaron mientras Zara bailaba y soplaba el mechero de Josefa. Shaunie aceptó generosamente las atenciones de dos de los cuatro hombres (uno de los cuales estaba, de hecho, celebrando su cumpleaños) y Josefa puso a otro a echar pulsos con ella en la mesa. Una hora más tarde, Kelley tocó a Emira en el hombro y dijo:

---

[2] Regla según la cual si una persona tiene una sola gota de sangre de antepasados africanos, se la considera negra *(N. de la T.)*.

—Muy bien, señorita. Te debo una copa.

Kelley siguió a Emira al piso de abajo y esperó mientras se sentaba en la barra. Emira era consciente de que los dientes y las pestañas le brillaban con un tono rosa por el efecto de las luces que adornaban el borde del mostrador. Kelley le pagó a Emira la cuarta copa de la noche y, a continuación, entrechocó su vaso con el de ella.

—Por ti —dijo—. Por tener la mayor reserva de paciencia que he visto en mi vida.

Después de que Emira le diera las gracias, Kelley dijo:

—Dime que no estás en la universidad.

Emira cruzó las piernas.

—No estoy en la universidad.

—Entonces debes de ser bailarina, ¿a que sí? —Kelley dejó su vaso en la barra—. Necesitas formación clásica para hacer movimientos como… —Simuló quitarse el polvo de ambos hombros mientras ponía boquita de piñón.

—Guau. ¡Así se hace! —Emira rio—. Aquel día era una ocasión especial. La niña a la que cuido… Alguien tiró huevos a la ventana de su casa. Su madre me pidió que me quedara con ella mientras hablaban con la policía y que la llevara a una tienda… a ver más policías. ¿Lo pillas?

—Lo pillo —dijo Kelley—. Y ese tipo no era policía de verdad, pero vale. Entonces, ¿a qué te dedicas cuando no estás cuidando niños?

Emira apoyó el hombro en la barra y sonrió.

—¿Lo siguiente que me vas a preguntar es qué hago para divertirme?

—Puede.

—Pues es bastante patético.

—Desde luego, pero no tanto como preguntarte cuántos hermanos tienes.

—Bueno, vale… —dijo Emira—. Soy transcriptora y también hago trabajo administrativo en la sede del Partido Verde, que está en el centro.

—¿De verdad? —dijo Kelley—. No tienes pinta de militante ecologista.

—Solo paso cosas a ordenador.

—¿A qué velocidad escribes?

—Ciento veinticinco.

—¿Palabras por minuto?

—Ajá.

—¿Hablas en serio?

Emira sonrió.

—Ya te digo.

—Joder. Pues te puedo conseguir trabajo si estás buscando más curro —dijo Kelley—. En mi oficina pagan una pasta gansa por las transcripciones.

—¿Y cómo sabes que no estoy ganando ya una pasta gansa?

«Amiga mía, estás borracha», se dijo Emira. La cazadora sobre los hombros y los billetes de cien en el bolso la empujaban a fanfarronear de una manera incontenible.

Kelley levantó las dos manos y dijo:

—En eso tienes razón.

—Y tú, ¿trabajas en recursos humanos o algo así? —preguntó Emira—. La noche que te conocí te pusiste en plan: «Tienes que escribir un artículo de opinión. O sea, ahora mismo».

Kelley se inclinó sobre la barra y miró hacia las botellas y las tónicas.

—Es verdad que lo dije… Mmm… —Miró a Emira con los ojos entrecerrados y le preguntó con cara de bastante sinceridad—: ¿Soy un cretino?

—¿Tú? Desde luego que sí. —Emira asintió con la cabeza—. A ver… No es que yo tenga demasiada experiencia, pero si tuviera que decirlo en términos estadísticos, sería un cien por cien. Pero está bien.

—¿Está bien? —Kelley sonrió.

—Sí, bastante.

—Creo que deberíamos coger un taxi —Kelley le dijo estas palabras al oído. Sonó de una manera extrañamente desinteresada que Emira, en su bruma alcohólica, encontró divertidísima. Fue como si le estuviera diciendo: «Va a necesitar puntos» o «Lo siento, su tarjeta ha sido denegada».

Emira rio y cogió su copa. Con la pajita en la boca dijo:

—Estás pedo.

Kelley juntó las palmas de las manos y dijo:

—Lo mismo que usted, señorita.

En el ascensor camino al piso de Kelley, Emira miró su teléfono. Ah, vale. adiós, cabrona, había escrito Zara. Dale pim pam a ese culito pijo. Al otro lado del ascensor, Kelley la miraba recostado contra el pasamanos. Luego se enderezó y dijo:

—¿Puedo acercarme o qué?

Dentro, en un sofá que daba la impresión de ser caro y firme, Emira se sentó en el regazo de Kelley, mirándolo de frente mientras él la sujetaba por detrás de los muslos. El piso olía a chico y también a colada hecha con detergente de esos que llevan la etiqueta de «Sin perfume». Por encima de la cabeza de Kelley, colgado en la pared de su salón, había un plano gigantesco de Allentown, Pensilvania. Emira besó a Kelley bajo el resplandor que entraba por una ventana abierta hasta que él se separó un poco y susurró:

—Oye oye oye.

Emira dijo:

—¿Mmm?

Kelley apoyó la cabeza en el respaldo del sofá.

—No tienes…, no sé, veinte años, ¿verdad?

—No. Tengo veinticinco.

—Ostras. Vale. —Kelley se puso las manos detrás de la cabeza—. Yo tengo treinta y dos.

Emira se puso de pie para quitarse los pantalones.

—Vale.

—Son siete más de los que tienes tú.

—Ajá. —Emira rio de nuevo mientras se inclinaba para desabrocharle a Kelley la hebilla del cinturón—. Hay que ver qué bien sabes contar…

—Vale, señorita. —Kelley rio—. Solo me estaba asegurando.

Entre caricias y besos, Kelley sacó un condón y lo dejó en el cojín del sofá a su izquierda. Parecía una ofrenda de paz o un botón de pánico. En un momento determinado, levantó a Emira por las caderas.

—Quédate así —le dijo Kelley antes de pegar la boca contra su pelvis.

—Uy, no tienes que… —comenzó a decir Emira, algo que le sonó a una expresión típicamente blanca. Lo que quería decir en realidad era: «Preferiría no tener que devolverte el favor cuando termines».

—Ya lo sé —dijo Kelley riéndose antes de llevársela de nuevo a la boca. Pero se detuvo una vez más para decir—: A no ser que no quieras que te lo haga.

—Sí, sí quiero —se apresuró a contestar Emira. Apoyó las dos manos y una rodilla en el respaldo del sofá. Por segunda vez aquella noche, pensó: «¿Sabes qué? Que a tomar por culo», y se agarró a la nuca de Kelley.

Cuando volvió a sentarse, Emira cogió el condón. Que ella iba a seguir encima era algo tan implícito como evidente.

Seguía bastante borracha cuando más tarde sacó el teléfono y le escribió un mensaje a Zara: Dónde estás? Kelley se había puesto unos bóxers y una camiseta, y le llevó un vaso de agua con hielo al sofá. Luego volvió a la cocina a beberse él uno mientras la miraba por encima de la isla. El reloj de su microondas marcaba la 01:10.

Emira recogió sus zapatos.

—¿Puedes pedirme un Uber y darme algo de comer?

Kelley cogió su teléfono.

—El Uber sí. De comer te daré cuando me des tu número de teléfono.

Emira rio. A su derecha, junto al equipo de música, había una caja de leche llena de vinilos.

—¿Por qué tienes la banda sonora de *Esperando un respiro*? —preguntó.

También vio álbumes de Chaka Khan y Otis Redding.

Kelley suspiró sin apartar la vista del teléfono.

—Porque tengo los gustos musicales de una mujer negra de mediana edad, supongo —dijo.

Emira puso los ojos en blanco, pero Kelley no lo vio. Quizá Josefa tenía razón y era un fetichista. Emira estuvo a punto de preguntarle cuántas veces había usado aquella respuesta, pero lo que dijo fue:

—Tienes cosas chulas.

Se sentía relajada, cansada y feliz de la vida. Paseó la vista por la habitación y vio un equipo de música, una silla que no tenía pinta de ser de IKEA, una cafetera negra en la encimera de la cocina que parecía sacada de una lista de bodas y una bicicleta y un inflador apoyados contra la pared. Movió la cabeza hacia la izquierda.

—Tienes cosas chulas, de persona adulta.

—No tienes pinta de ladrona, pero si lo eres, se te da fatal. Hassan te recoge en tres minutos.

—Allentown —dijo Emira. Se puso a leer del revés el nombre de la ciudad que tenía encima de ella y pestañeó a medida que las letras aparecían y desaparecían—. ¿A quién conozco yo de Allentown?

—De Allentown me conoces a mí. —Kelley fue hasta ella, le puso una bolsa de palomitas en el regazo y dijo—: Empecemos con lo de darme tu número de teléfono.

Emira se lo dio mientras comía palomitas, con el brazo derecho relajado sobre la cabeza. En el mapa a su espalda, dos calles que empezaban a la altura de su dedo pequeño del pie marcaban el lugar donde Kelley Copeland echó por completo a perder el último año de instituto de Alex Murphy. Eso fue en la primavera del 2000, antes de que ella se convirtiera en Alix Chamberlain.

# SEGUNDA PARTE

# SEIS

En el recibidor de la casa de los Chamberlain, cerca de la puerta, había una mesita de teca. Sobre ella había una taza de porcelana con monedas, una maceta de madera rectangular con tres suculentas en flor y un cargador inalámbrico de la cadena de tiendas de decoración CB2 enchufado a la pared. En las últimas semanas, Alix había desarrollado lo que sabía que era una costumbre horrible e invasiva al llegar a casa: cerrar la puerta sin hacer ruido, inclinarse y mirar el teléfono de Emira. El pequeño recibidor estaba protegido por una puerta que daba al vestíbulo principal, hecho que Alix usaba de excusa para convencerse de que ni había llegado todavía a casa ni estaba exactamente mirando el contenido del teléfono. No se sabía el código de desbloqueo y jamás lo habría usado de saberlo, pero la pantalla bloqueada de Emira siempre estaba llena de información juvenil, reveladora y completamente adictiva.

Nunca desconectaba el teléfono de Emira del cargador y rara vez pulsaba algún botón (los mensajes y las notificaciones se activaban solos), pero tres veces a la semana bajaba por la pantalla con el dedo corazón mientras oía a Emira cocinar en el piso de arriba y decir a Briar que soplara por si estaba caliente. Había transcurrido un mes desde lo ocurrido en el Market Depot y, en ese tiempo, Alix había empezado a albergar sentimientos por Emira que eran semejantes a los de un enamoramiento. Se ilusionaba al oír la llave de Emira en la cerradura, se desilusionaba cuando llegaba la hora en la que se tenía que ir y cada vez que Emira reía o hablaba por iniciativa propia tenía la sensación de haber hecho algo bien. Las ocasiones en las que esto ocurría eran muy esporádicas, razón por la cual Alix no dejaba de espiar el teléfono de su canguro. Habría recurrido a las redes sociales, pero sus búsquedas la habían llevado a la conclusión de que Emira no estaba en ninguna de ellas.

Emira sí tenía un chat de grupo llamado «Hermanos», en el que su hermano y su hermana enviaban canciones, memes y tráileres de películas que se iban a estrenar. Emira se mensajeaba todo el tiempo con Zara, que tenía en contactos como «*Kween*[3] Zara», la cual a menudo contestaba con una ristra de mensajes cortos: No. Para. Ni se te ocurra. No puedo. Zara y Emira salían juntas casi cada fin de semana y muchos de sus mensajes eran sobre logística. Una tarde, Emira debía de haber puesto su teléfono a cargar momentos antes de que llegara Alix, porque estaba desbloqueado y esperándola. Ni siquiera tuvo que deslizar la pantalla. Emira había escrito: Cómo vas a ir vestida?, a lo que Zara contestó: De putón, y Emira respondió: Genial, yo también. Cuando Alix llegó al piso de arriba, Emira estaba jugando en el suelo con Briar y diciendo: «Vale, ahora tienes que decirme cuál es tu segunda verdura preferida».

---

[3] Grafía alternativa y juvenil de *queen* (reina). *(N. de la T.)*.

En ocasiones no había conversaciones que Alix pudiera leer, pero siempre había música puesta en pausa. Alix reconocía algunos de los nombres, como Drake y Janet Jackson, OutKast y Usher, pero la mayoría eran desconocidos como J. Cole y Tyga, Big Sean y Travis Scott. Alix siempre terminaba escribiendo en Google cosas como «¿Childish Gambino es una persona o un grupo de música?» o «¿Cómo se pronuncia el nombre SZA?». Una tarde, memorizó el título de una canción y después, en su habitación, la buscó en Google. Escuchó el primer verso en los auriculares, empezaba: *Que lo intente ese negro, que lo intente/Voy a ir a por toda su puta familia*[4]. Le subieron las cejas hasta el nacimiento del pelo. Miró a Catherine, a su lado, y susurró: «Ups».

Pero, de toda la información que había reunido en las últimas semanas, lo que más la intrigaba como futuro punto de unión era el hecho de que, sin duda, Emira tenía una nueva relación con alguien que figuraba en su teléfono como «Kenan&Kel». Una tarde de miércoles (Alix lo leyó cuando salía de casa) había escrito: La próxima vez avísame de que no te gusta el café, so rara. Un miércoles por la noche había dicho: Querrías ir a un partido de baloncesto? Y, en una ocasión, Emira había enviado una captura de pantalla de su conversación con él a Zara, que había contestado: No se corta. Los mensajes entre Emira y esta nueva persona tenían ese tono guay y esmerado que solo existe al principio de algo, cuando uno se esfuerza por demostrar espontaneidad y un humor natural y espacia sus respuestas para parecer ocupado. Alix se moría de ganas de preguntarle a Emira por él, de saber si se llamaba Kenan, Kel o ninguna de las dos

[4] «Let a nigga try me, try me/Imma get his whole motha-fuckin family», de la canción *Body Catch*, de Dej Loaf. (*N. de la T.*).

cosas. Quería cruzar ese umbral; de esa manera, esperaba que Emira le contara sus cosas voluntariamente y, sobre todo, confiara en que Alix no diría nada a nadie. Y aquella noche, después de ver el último mensaje que había recibido Emira en su teléfono protegido por una sucia funda de goma rosa (Ganas de verte esta noche, señorita Tucker), Alix decidió propiciar la situación.

Subió a la cocina y, cuando llegó, Briar levantó la vista de su dibujo y dijo:

—Mamá, *eshte* fantasma no da miedo, ¿vale?

Alix dejó el bolso en la encimera y cayó en la cuenta de que la habitación estaba caldeada y olía a dulce. Aquella mañana había puesto calabazas de distintas variedades en el centro de la mesa y había colgado hojas de otoño (cogidas del jardín trasero) en las ventanas que daban a la calle. Briar coloreaba el dibujo de un fantasma de lo más bonachón junto a un plato con pepino, garbanzos y pasta sin nada. En la nevera había nuevos dibujos: una bruja de ojos saltones hecha de fieltro y un papel morado que decía: «¡Bu!». Las letras junto al dibujo estaban tan bien coloreadas que saltaba a la vista que Emira había «ayudado» a Briar. Alix se quitó el cárdigan drapeado, besó a Briar en la mejilla y cogió a Catherine de los brazos de Emira, que ya se la ofrecía.

—¿Lo habéis pasado bien?

—Sí. —Emira se quitó un resto de comida seca de la rodilla de los vaqueros—. Bastante bien, ¿verdad, Briar?

Briar levantó la cera y dijo:

—Hazlo tú.

Emira se sentó a su lado.

—¿Qué tengo que hacer?

—Se pide por favor, Bri —dijo Alix—. Emira —añadió—, ¿tú bebes vino?

Emira aceptó con cuidado la cera que Briar le daba. Pestañeó y dijo:

—Yo... sí.

Alix sacó dos copas del armario y pensó: «Pues claro que bebes». Se sentó, se colocó una botella de vino entre las piernas y consiguió sacarle el corcho con Catherine en brazos. Cuando la niña levantó la cara para mirarla, Alix dijo:

—Hola. ¿Me has echado de menos o qué?

Alix le dijo a Emira que podía llevarse la copa al cuarto de baño con Briar, que ella lo hacía siempre. No había comido nada desde el almuerzo (había adelgazado más de dos kilos desde la intervención cariñosa y alentadora de sus amigas) y, mientras sorbía su copa de vino, retiraba juguetes de la mesa de la cocina y escuchaba a Emira dar a Briar un baño rápido, notó esa sensación laxa y maravillosa del decoro abandonando su cuerpo. Encendió dos velas en la encimera de la cocina y puso una lista de reproducción con Fleetwood Mac y Tracy Chapman. Cuando apagó las luces de la cocina para dejar solo la araña de cristal rosa iluminando la mesa, se dio cuenta de que estaba casi cortejando a su canguro. Pero aquella velada le recordaba a sus viernes con Rachel, Jodi y Tamra. Llevaba meses sin servirle una copa de vino a otra mujer.

Emira apareció con unos libros de dibujos debajo del brazo, la copa medio llena y Briar detrás, ya con el pijama puesto y envuelta en su manta blanca raída. Emira se detuvo frente a la cocina y dio otro sorbo de vino.

—Está buenísimo —dijo.

—A mí también me gusta.

Desde la mesa, Alix levantó su copa y estudió el color. En su otro brazo, Catherine tomaba un biberón que Alix le estaba dando con la mano libre.

—¿Tú eres de vino?

—A ver, me gusta —dijo Emira. Dejó su copa en el otro extremo de la mesa y se sacó los libros de debajo del brazo, que también puso en la mesa—. Pero normalmente bebo vino de tetrabrik, así que... no soy una enófila.

Momentos como aquel eran los que Alix trataba de vivir con naturalidad, pero se le aferraban en algún punto entre el corazón y los oídos. Sabía que Emira había ido a la universidad. Sabía que se había graduado en Lengua y Literatura Inglesa. Pero, a veces, cuando veía las canciones pausadas en su teléfono con títulos como *Dope Bitch* y *Y'all Already Know*[5] y cuando la oía usar palabras como *enófila*, Alix experimentaba una mezcla de sentimientos que iban del desconcierto y la admiración profunda a la vergüenza y culpabilidad por su primera reacción. No había razón alguna para que Emira no supiera aquella palabra. Y no había razón alguna tampoco para que Alix se asombrara de ello. Eran cosas que sabía muy bien, pero solo cuando se obligaba a sí misma a dejar de pensarlas.

—Bueno, yo fui muy fan del vino en tetrabrik durante un tiempo —dijo—, pero sabes que esta botella no la he comprado yo, ¿verdad?

Emira se sentó y acomodó a Briar en su regazo.

—¿No?

—Pues claro que no, yo ya nunca compro vino. Ni muchas otras cosas. —Alix dio otro sorbo—. Llevo años así. Escribo a unas bodegas y les digo que estoy organizando un evento y que quiero probar distintos vinos. Y me mandan unas cuantas botellas gratis. Esta es de... —Giró la botella para leer la etiqueta—. Michigan, me parece.

---

[5] Canciones de Fabolous y Sarkodie respectivamente, cuyas traducciones aproximadas serían: «Cómo mola esa zorra» y «Ya tú sabes» *(N. de la T.)*.

—Entonces, ¿tiene un evento dentro de poco?

—Cuando salga mi libro lo tendré, desde luego. —Alix guiñó un ojo.

—Aaah, ya lo entiendo —Emira rio.

—¡Leo *eshto*! —anunció Briar levantando un libro de cartón—. Leo *eshto*.

Emira dijo:

—Claro que sí, venga.

Briar toleraba que le leyeran durante el día, pero la hija de Alix era la única de su edad que no disfrutaba de leer cuentos en compañía antes de dormir. Lo que le gustaba a Briar era que la abrazaran mientras «leía» para sí, hasta que la vista se le volvía borrosa. Mandaba callar todo el rato a la persona que la abrazaba, incluso si no había dicho una palabra. Alix trató de hablar en voz suave para que Briar no se enfadara y su canguro no se callara.

—¿Tienes algún plan divertido esta noche?

Emira asintió con la cabeza.

—Voy a ir a cenar.

—¿Sabes dónde?

Emira cruzó los brazos por encima del regazo de Briar.

—A un mexicano que se llama Gloria's.

—¿Gloria's? —confirmó Alix—. ¿Ese al que te puedes llevar las bebidas? ¿Y que es muy ruidoso?

—Ajá.

—Lo conozco. Es muy divertido. Ah, deberías llevarte esto. —Alix agitó la botella de vino—. No puedo tomar más de una copa porque todavía me saco la leche.

—¿En serio? —preguntó Emira, e inmediatamente Briar levantó la vista y dijo: «¡Shhh! No, Mira, no, no».

Emira se puso un dedo delante de los labios y Briar pasó de página. Emira dijo «Gracias» en silencio.

—De nada —contestó.

«Esto va bien —pensó Alix—. Todavía no lo hemos conseguido, pero falta menos». Alix sabía que sus aspiraciones a tener una amistad con Emira eran posiblemente excesivas, a juzgar por lo que había visto con sus amigas y los canguros de estas. Rachel y su niñera, Arnetta, a menudo hablaban de sus divorcios, de los niños de la clase de Hudson que menos les gustaban y de quiénes eran los padres más atractivos. En una ocasión, Tamra se tomó un día libre y dejó que sus hijos se saltaran parte de las clases para ir a ver a su querida canguro, Shelby, interpretar un papel en una serie de televisión. Y Jodi se pasaba el día eligiendo pañuelos y cremas porque a su canguro, Carmen, le gustaban esas cosas, o por lo menos ella pensaba que le gustaría probarlas. Alix no sabía qué le gustaba a Emira, ni qué no le gustaba, o qué hacía para estar tan delgada, o si creía en Dios. No podía llegar a saber todo a la vez, pero tenía que seguir intentándolo, incluso si eso implicaba ser la primera en romper los silencios. Y con Emira había muchos.

—¿Vas con tus amigas?

Emira sonrió y negó con la cabeza.

Alix puso una expresión de curiosidad tan exagerada que parecía una caricatura. Dijo «Uy, uy, uy» y Emira rio. Los labios se le juntaron en un gesto de secretismo coqueto.

—Venga, cuenta. ¿Es guapo?

Emira asintió con expresión pensativa. Puso una mano cerca de su coronilla y aplanó los dedos.

—Es muy alto.

—¡Bien! —dijo Alix.

Emira volvió a reír. Alix tuvo la impresión de que la risa de Emira conservaba un matiz de condescendencia, pero le dio igual. Aquella conversación era mejor que cualquiera de las que había tenido con las colegas de Peter. Acunó a Catherine y dijo:

—¿Dónde lo conociste?

—Mmm... —Briar cerró con brusquedad el primer libro y pasó al segundo. Emira le revolvió el pelo del flequillo—. Nos conocimos en el metro.

—¿En serio? Qué monos. —En brazos de Alix, Catherine había empezado a quedarse dormida, pero sus labios continuaban succionando el biberón ya vacío a un ritmo furioso. Alix lo dejó en la mesa y le metió el dedo meñique a su hija en la boca—. ¿Es vuestra primera cita?

—Es para los caballitos —dijo Briar mirando su libro—. Necesitamos un mapa.

—Es como... la cuarta.

—Shhh, Mira —dijo Briar.

—Vale, shhh —susurró Emira.

Alix negó con la cabeza y puso los ojos en blanco.

—Perdón.

Emira movió los labios sin hablar: «No pasa nada».

Había muy pocas oportunidades en las que Catherine se pudiera quedar dormida en la cuna y Alix sabía que había llegado una de ellas, pero no quería interrumpir aquel momento aún. No podía preguntar cómo se llamaba el chico. Eso la haría parecer mayor. Y tampoco podía preguntar lo que de verdad quería saber: si Emira se había acostado ya con él, o si acostarse con alguien antes de empezar una relación era algo que Emira hacía, si acostarse con alguien en general significaba algo para ella. Eran justo las 19:06 de la tarde; Emira nunca se había quedado hasta tan tarde. Alix sabía que podía hacerle una última pregunta antes de que se marchara.

—¿Crees que vais en serio?

Emira se encogió de hombros y rio.

—No lo sé —dijo—. Es mono. Pero de momento tampoco tengo planes de…, no sé…, de ir y casarme.

Aquel sentimiento llenó de regocijo a Alix.

Quería preguntarle a Emira a qué edad se había casado su madre y contarle que la suya lo había hecho a los veinticinco. Quería saber si Emira había tenido alguna relación seria y a qué se dedicaba aquel chico. Pero los susurros de Briar se habían convertido en cabeceos y Emira le puso una mano en la frente para que no se golpeara contra la mesa. Phil Collins cantaba por los altavoces. Las dos copas de vino estaban transparentes y vacías.

Alix asintió dos veces con la cabeza y dijo:

—Me alegro mucho por ti. —Tocó la botella de vino y se levantó con la niña en brazos—. Esto lo dejo junto a tu bolso.

# Siete

Cerca de la casa de los Chamberlain había un Starbucks de dos plantas donde autónomos y universitarios se instalaban durante horas. Cuando terminaba su jornada de canguro, Emira solía subir al piso de arriba simulando ir a reunirse con compañeros de clase y amigos y se cambiaba de ropa en el baño unisex. Aquella noche, combinó los vaqueros con una camiseta blanca, botines color vino y una cazadora de la universidad de Shaunie con una letra *S* en relieve en la parte delantera izquierda. Luego se pintó los labios en el espejo, se hizo una coleta y le envió un mensaje a Kelley: Llego tarde, lo siento, voy corriendo.

Gloria's siempre estaba a rebosar. En las paredes había todo el año luces de Navidad, además de calaveras de azúcar, rosas y mantas con dibujos intricados. Emira se abrió paso entre parejas y grupos que esperaban fuera y una encargada que decía: «¡Reuben, mesa para seis!». Cuando se le acostumbraron los ojos a la iluminación, vio a Kelley sentado en un rincón.

—Lo siento muchísimo.

—No pasa nada, de verdad —Kelley le tocó el codo, la besó en un lado de la cara y cuando se separó dijo—: ¿Queda raro si digo que hueles a baño de espuma?

Kelley Copeland había nacido en Allentown, Pensilvania. Tenía una hermana mayor que era madre de un hijo y dos hermanos pequeños que trabajaban en la misma oficina postal en la que había trabajado su padre durante veintiocho años. Kelley se esforzaba mucho por evitar las pantallas a partir de las diez de la noche. Solo leía libros impresos y, hasta la hora de acostarse, usaba unas gafas ridículamente grandes y de cristales naranjas que le protegían de la luz azul. Pasaba la mitad de sus días con la vista fija en un ordenador, escribiendo códigos y creando interfaces para gimnasios, retiros de yoga, sesiones de fisioterapia y clases de *spinning* que requerían a quienes participaban en ellas registrarse en aplicaciones con publicidad artificiosa y notificaciones automáticas. Emira sabía que Kelley se había roto dos veces la clavícula, que se ponía «irracionalmente furioso» cuando la gente no oía su nombre en la cola del café y que la sola idea de beber leche entera le daba asco, pero lo que no sabía era cómo sería acostarse con él una segunda vez.

Cuatro días después de la velada en Luca's, Kelley le preguntó a Emira si quería tomarse un café con él antes de ir a trabajar. Emira hizo una captura de pantalla de la propuesta y se la envió a Zara, que contestó: No sabría decirte si quiere contratarte o dejarte. El café con Kelley resultó extrañamente formal. Como si no se hubieran acostado la última vez que se habían visto, como si ella no le hubiera apartado las manos a él cuando la cogió del pelo (Kelley se había disculpado dos veces y ella le había quitado importancia), como si él no hubiera recuperado de manera encantadora el mando a distancia sobre el que se había sentado, lo hubiera dejado en un lado de la mesa y hubiera dicho: «Perdón. ¿Por dónde íbamos?». En aquel local tan moderno, con luz natural a raudales y cafés fríos a cuatro dólares la taza, Emira esperó a que Kelley le comunicara un ascenso o le preguntara si tenía espíritu de equipo. Pero lo que le preguntó fue de dónde era, quién era el personaje más lamentable al que seguía en Instagram (Emira no tenía Instagram; el de Kelley resultó ser un mapache domesticado) y si alguna vez, mientras hacía alguna tarea cotidiana, recordaba sin venir a cuento un sueño de la noche anterior.

De haber conocido a Kelley, la madre de Emira habría dicho algo como: «Cuánto le gusta hablar a este chico». Sin duda, Kelley hacía preguntas para tener ocasión luego de dar sus propias respuestas, pero también escuchaba mucho y a Emira no le molestaba. Kelley era absurdo de una manera que no resultaba ni ruidosa ni cargante. En una ocasión propuso jugar a adivinar qué estaba escuchando en sus auriculares la gente que se cruzaban por la calle. En otra, después de pasar junto a dos bebés llorando, miró a Emira y dijo: «Cuánto se sufre por amor, ¿verdad?». Y una vez, cuando salían de un partido de baloncesto detrás de un niño pequeño que canturreaba la misma canción una y otra vez, Kelley susurró al oído de Emira: «Te doy setenta y cinco dólares si le vacías la Coca-Cola a ese niño en la cabeza. Pero tiene que ser ahora mismo».

Emira se sentó frente a él, se quitó la cazadora de Shaunie y lo miró.

—Venía con tiempo de sobra… —dijo—, pero últimamente mi jefa no hace más que preguntarme cosas y tirarme de la lengua.

Kelley bajó la vista a la carta y usó la luz de las velas para leer.

—¿Tiene miedo de que le pongas una demanda por mandarte al supermercado más blanco de Filadelfia?

—No tengo ni idea. Ah, ¡espera! —Emira buscó detrás de su silla y dentro del bolso que colgaba de uno de los lados. Sacó la botella de vino con el corcho puesto que la señora Chamberlain le había dejado junto al móvil—. Me ha dado esto.

Kelley sacó su teléfono y usó la luz para leer la etiqueta.

—¿Te ha dado esto tu jefa?

—Me preguntó si quería una copa y luego me dijo: «Llévatelo».

—Tiene pinta de ser carísimo —dijo Kelley—. ¿Te importa si lo busco?

—No, búscalo. —Emira cogió una patata y la mojó en salsa—. Pero no le ha costado un centavo. Escribe a las bodegas para decirles que está organizando eventos y le mandan cosas.

—¿De verdad? —La cara de Kelley se iluminó con el resplandor de su teléfono—. ¿A qué se dedica?

—Es escritora —dijo Emira. Y como hacía poco había buscado a la señora Chamberlain en Google y visto fotos suyas con alumnos en edad universitaria, añadió—: Y a lo mejor también profesora. No lo sé. Está escribiendo un libro de historia que sale el año que viene.

—Joder. —Kelley miró a Emira y entrecerró los ojos—. Es una botella de Riesling de cincuenta y ocho dólares.

Emira dijo:

—Ostras.

Pero no estaba sorprendida. La señora Chamberlain tenía gustos caros que nunca reconocía abiertamente. En lugar de ello, le gustaba hablarle a Emira de las gangas que conseguía. Le decía el precio exacto de una alfombra que había sido un «chollo» o afirmaba que se sentía bien por haber conseguido un vuelo barato para Navidades. Emira no podía evitar preguntarse por qué la señora Chamberlain no podía sentirse bien pagando un precio normal por las cosas, puesto que podía permitírselo. A menudo consultaba el precio de los artículos del hogar y del estilo de vida de la señora Chamberlain, o de sugerencias que hacía. En cada uno de sus bolsos había un envase de un rímel llamado Juice Beauty que costaba veintidós dólares. En una ocasión se había alojado en un hotel de Boston que, Emira descubrió, cobraba trescientos sesenta y ocho dólares la noche entre semana. Y un día, cuando Emira explicó que le había tenido que comprar a Briar unos pantalones cortos nuevos después de que se sentara en el barro, la señora Chamberlain metió la mano en su bolso a la vez que se disculpaba en tono apremiante: «Déjame que te los pague. ¿Con treinta dólares llega?». Emira había comprado el pack de dos pantalones cortos en Walgreens por 10,99 dólares. Cuando Emira le contó esta conversación a Zara, esta se puso furiosa porque Emira no se quedó con la diferencia. «¿Se puede saber qué coño te pasa? —había dicho—. Le dices: "Sí, me han costado treinta dólares justos. De nada. Adiós"».

—Bueno. —Kelley devolvió a Emira la botella de vino—. Había traído cervezas porque pensaba que éramos personas honradas de clase trabajadora, pero de haber sabido que estabas intentando seducirme...

—Sí, claro. Ja, ja.

Emira sonrió con una patata en la boca. Aquella era una cosa más en la que había decidido dejar que Kelley se fuera de rositas: el hecho de que se considerara clase trabajadora. Kelley trabajaba en una de esas oficinas lujosas en las que todos compartían una habitación gigantesca con auriculares último modelo, y barra libre de cereales y agua con gas marca LaCroix. Pero en lugar de recordarle esto, y también el hecho de que vivía encima de un CrossFit en Fishtown, dijo:

—No te voy a mentir. Es el mejor vino que he bebido en mi vida.

Terminaron bebiéndose las cervezas porque en Gloria's no permitían beber nada que viniera ya abierto. Emira guardó la botella en su bolso y Kelley dijo:

—Luego le damos salida.

Hablaron del día que habían tenido, pero, en su subconsciente, Emira no hacía más que pensar: «Como no me folle esta noche, me va a dar algo». Daba la impresión (y se trataba solo de su opinión, aunque respaldada por Zara) de que Kelley seguía algo preocupado por la diferencia de edad. De la misma manera en la que las mujeres blancas a menudo se mostraban abiertamente complacientes con Emira cuando coincidían en determinados entornos blancos (consultas de dentistas, reuniones para ver los Óscar en las que era la única persona negra, cada martes y jueves en la sede del Partido Verde), Kelley estaba intentando compensar las consecuencias de su diferencia de edad llevando a Emira a sitios nada sexis y terminando la velada con un beso junto a la oreja. A Emira le había sorprendido la química que habían tenido y lo compenetrados que habían estado durante su primera noche juntos (algo que, en su opinión, llegaba solo con el tiempo), pero después de dos citas de «¿Has estado en Europa?» y «¿Qué harías si te tocara la lotería?», tenía ganas de volver con él a su piso. En el sofá de Kelley, aquella primera noche, Emira no había pensado en Briar ni en su acuciante problema de cobertura médica. Ni siquiera en el hecho de que su alquiler subiría noventa dólares en cuanto empezara el nuevo año.

Kelley se puso los brazos detrás de la cabeza, pero los bajó enseguida cuando llegó un camarero a traerles la comida.

—Creo que ha llegado el momento de que me hables de los pringados con los que has salido antes de conocerme a mí —dijo.

—Ah, ¿sí? ¿Ha llegado ese momento? —Emira rio y dejó la cerveza en la mesa.

—Pues sí. Y también de que me cuentes qué tal les va y lo mucho que te echan de menos.

—Uy, guau. Vale. —Emira se arrellanó en la silla—. Pues… en verano salí unos meses con alguien y al principio estuvo bien. Luego empezó a mandarme citas motivacionales sin parar… Y fue como… «Ni de coña, no pienso seguirte ese rollo».

—Voy a necesitar ver por lo menos una.

—Seguramente las he borrado. —Emira empezó a cortar sus enchiladas y trató de hacer memoria—. Pero, sí, me mandaba fotos y citas en plan: «Michael Jordan no consiguió entrar en el equipo de baloncesto de su instituto», y yo pensaba: «Vale, ¿y?».

—Entiendo. Así que las citas no te van. ¿Quieres otra? —Kelley señaló el cubo con las cervezas y Emira asintió con la cabeza.

—En la universidad salí con un músico durante un año y estuvo bien, pero en plan rollo. Creo que ahora está de gira con algún grupo, afinándoles las guitarras.

Kelley terminó de masticar y dijo:

—¿Por qué será que me imagino que el grupo son los Red Hot Chili Peppers o algo por el estilo?

—A ver, que a esos los conozco. —Emira sonrió con suficiencia—. Y luego salí con un tío durante... unos diez meses, entre el instituto y la universidad. Pero la segunda mitad fue una relación a distancia, así que también fue algo superficial.

—Vaya. —Kelley se limpió la cara con la servilleta y dejó las manos encima de la mesa—. Entonces no has tenido nunca una relación larga, seria.

Emira sonrió sin dejar de masticar.

—Bueno, tampoco he tenido una vida larga ni seria, así que no. ¿Ahora es cuando me cuentas que estás casado y tienes hijos o algo así?

—No, no, no... ¿Por qué me dan ganas de decir: «No, que yo sepa»?

Emira simuló vomitar y dijo:

—Por favor, no lo hagas.

—Lo sé. No me hagas caso. —Kelley negó con la cabeza y empezó de nuevo—. Conocí a mi última novia en la universidad, pero no salimos hasta años después. Ahora se dedica a traer niños al mundo en una reserva en Arizona. Tuve una novia dos años al terminar la universidad y de vez en cuando nos felicitamos por nuestro cumpleaños o por Navidad. Creo que vive en Baltimore. También tuve novia durante un tiempo en mi primer año de universidad. Tenemos buena relación. Y... tú te has remontado al instituto, así que supongo que yo también debería. A los diecisiete años tuve una novia que era la chica más rica del lugar.

Emira cruzó las piernas.

—¿Cómo de rica?

Kelley levantó un dedo.

—Pues mira: hicimos un viaje con el instituto a Washington, ella iba un curso por delante de mí, y fuimos unos treinta en el mismo vuelo. Ella fue la primera en embarcar y yo iba justo detrás. Y cuando llegó a su asiento, dejó el equipaje en el pasillo y se sentó. Sin guardarlo.

Emira bajó la cabeza y su coleta se balanceó.

—¿Esperaba que se lo guardaras tú?

—No. —Kelley se inclinó hacia delante—. Esperaba que se lo guardaran los del avión. Abrí el compartimento superior y se puso a decirme cosas en plan: «¡No toques cosas del avión!». Nunca había ido en un avión en el que el personal de vuelo no te guardara el equipaje.

—Pero ¿hay aviones de esos?

—Claro, en primera clase.

—Ah, joder —dijo Emira—. ¿Y ahora tiene avión privado?

—Probablemente. Lo que sí sé es que vive en Nueva York. De lo que me acuerdo es de que, a ver, esto te va a sonar raro, pero fue uno de esos momentos de pérdida de inocencia, cuando de repente te caes del guindo, ¿me entiendes? Y tuve muchos momentos así con ella, pero esa es otra historia. Me acuerdo de que la mayoría de mis compañeros de clase nunca se habían subido a un avión y era probable que no volvieran a hacerlo en mucho tiempo. Y luego estaba esta chica que viajaba en primera y no entendía por qué no había sitio para estirar las piernas. Y mi cerebro de diecisiete años pensó: «¡Vaya! ¡Qué vidas tan diferentes llevan las personas!». ¿Entiendes lo que digo?

—Ajá. Sí. —Emira asintió—. A ver, esto es justo lo contrario, pero de pequeña un día fui a dormir a casa de una niña y cuando entré en el cuarto de baño me encontré tres cucarachas gigantes en mitad del suelo. Me puse a chillar, pero la niña me dijo algo tipo: «Espántalas y ya está». —Mientras decía esto, Emira agitó con suavidad su servilleta ilustrando el gesto, como si estuviera pastoreando un rebaño de oveja diminutas—. Y yo me quedé como: «¿Que haga qué?». Creo que la niña y su hermana gemela dormían juntas en una cama de noventa. Pero en aquel momento, lo que más me impresionó fueron las cucarachas. Me conmocionó. Era como: «¿Podéis vivir así?». Y ahora en cambio, pues..., a ver, la mayoría de la gente vive así.

—Efectivamente. Lo has explicado muy bien. —Kelley se limpió la boca, hizo una mueca y asintió con la cabeza—. Vale, tengo otra historia. Cuando era pequeño, a mi hermano pequeño le encantaba la serie *Moesha*. ¿Te acuerdas de ella?

—Pues claro que me acuerdo.

—Lógico, porque estás más cerca de la edad de mi hermano.

Emira puso una cara y dijo:

—Genial, Kelley.

—Perdón perdón perdón. En fin, el caso es que... estábamos toda la familia cenando cuando, sin venir a cuento, mi hermano pequeño, que tendría unos seis años, suelta: «Mamá, ¿por qué *Moesha* es una basura de negratas?».

Por debajo de la música de mariachis que, de pronto, sonaba demasiado alta, Emira abrió muchos los ojos y torció el gesto, como si se hubiera encontrado un pelo en la comida. Kelley siguió hablando.

—Mi madre soltó algo tipo: «¿Cómo?». Y mi hermano dijo: «El padre de Michael me dijo que lo quitara porque...». Bueno, no voy a repetirlo, pero era evidente que no tenía ni idea de qué significaba. Pero yo era mayor que él, así que lo entendí. Y no me podía quitar a aquel padre de la cabeza. Y pensaba: «Joder. Eres una mala persona, padre de Michael. Cuando te veo en el colegio, veo la maldad».

Emira miró a Kelley y el corazón se le empezó a encoger.

Solo habían hablado de raza una vez, y muy por encima. Durante el partido de baloncesto, un grupo de adolescentes negros vieron a Kelley darle su entrada a Emira y uno de ellos, con evidente deseo de hacerse oír, dijo: «Es una puta vergüenza». Kelley los saludó con una media reverencia de lo más encantadora y dijo: «Vale... Gracias, señor mío. Gracias por su colaboración». Ya en sus asientos, Kelley se sentó con las piernas separadas y se inclinó para hablarle a Emira al oído.

—¿Te puedo hacer una pregunta?

Emira dijo que sí con la cabeza.

—¿Has salido alguna vez con...?

Se interrumpió y entonces Emira pensó: «Ay, madre». Cruzó las piernas mientras se decía: «Paso de esta conversación. ¿No podemos ver el partido y punto?».

—¿Has salido alguna vez —empezó otra vez Kelley— con alguien que no fuera tan... alto?

Emira rio y le dio un empujón en el hombro.

—Ya vale, tío.

Kelley levantó los hombros simulando ponerse a la defensiva.

—Es una pregunta válida. ¿Se enfadarían tus padres si les llevaras a casa a un... tío alto?

Emira rio de nuevo. No le recriminó haber robado el chiste de *El príncipe de Bel Air*. Quizá eso formaba parte de la broma. Nunca más volvieron a hablar del tema.

Emira había salido con un chico blanco en el pasado, y se había enrollado repetidas veces con otro durante el verano nada más terminar la universidad. A ambos les encantaba llevarla a fiestas y le decían que debería probar a no hacerse nada en el pelo. Y de la noche a la mañana, de una manera en la que su comportamiento anterior no había presagiado, aquellos hombres blancos empezaron a tener mucho que decir sobre viviendas de protección oficial, salario mínimo y citas de Martin Luther King Jr. aludiendo a los blancos moderados, aquellas que «la gente no quiere oír». Pero Kelley parecía distinto. Kelley Copeland, con su humor de persona mayor, sus expresiones exageradas y su afición a repetir una palabra tres veces («Ei ei ei», «Oye oye oye», «No no no»), al parecer, era capaz de reconocer que salía con una mujer negra y que esta sabía valorar una buena historia por encima de la necesidad de guardar las formas, pero, aun así… ¿No debería no haber dicho directamente la palabra que empieza por *n*? ¿No debería haberse esperado a la sexta o séptima cita? Emira no lo sabía. Por un momento, se comenzó a sentir moderadamente horrorizada por que hubiera repetido la frase de su hermano remarcando tanto la palabra insultante, pero luego vio moverse las venas de las manos de Kelley mientras este daba un último bocado y tomó una decisión. «¿Sabes una cosa? Que voy a dejar que te vayas de rositas también esta vez».

—¿Cómo era el padre de Michael?

—Pues, a ver, estoy seguro de que se parecía a la mayoría de los padres de Allentown. —Kelley dejó el tenedor junto a su plato—. Pero ahora, cuando pienso en él, lo imagino con un sombrero de vaquero sentado en un porche con…

Emira le tocó por encima de la mesa antes de que le diera tiempo a hacer otra imitación.

—¿Quieres que vayamos a tu casa?

Más tarde, en el dormitorio de Kelley, este se sentó en la cama y dijo:

—Se nos ha olvidado bebernos el vino.

Se puso unos calzoncillos y fue a la cocina.

Emira se levantó a hacer pis. Llevaba una camiseta que decía «Nittany» en la parte delantera. Se hizo un *selfie* en el espejo del cuarto de baño de Kelley y se lo mandó a Zara, que contestó: No te aguanto. Eran las 23:46.

Kelley cogió dos copas y las puso encima de la isla de la cocina. Emira sacó la botella envuelta en una bolsa de plástico morada, dejó el vino en la barra y se quedó de pie al otro lado de la isla.

—«Escuela de ballet Little Lulu» —leyó Kelley. Quitó la bolsa y puso el vino en la encimera—. Suena a tortura total.

—Qué va. Llevo a Briar todos los viernes y lo disfruto muchísimo.

—¿Briar es la niña que vi en el supermercado?

—Ajá. Se le da fatal el ballet. —Emira estiró los brazos por encima de la cabeza y notó que la camiseta le dejaba el trasero al descubierto—. Las otras niñas son tímidas y gráciles; en cambio, Briar se pasa la clase gritando porque quiere un sándwich de queso y cosas así. La semana que viene es el último día. Va a haber una fiesta de Halloween y estamos superilusionadas.

Kelley sirvió el vino en las copas.

—¿Te vas a disfrazar?

—Voy a ir de gato. Y Briar, de perrito caliente.

—Muy chulo. La clásica combinación perro y gato. ¿Estás preparada para probar esto? —Kelley puso una copa delante de Emira—. Ah, calla, si tú ya lo has probado. ¿Estoy preparado yo? Sí. Sí lo estoy.

Con los ojos fijos en Emira, Kelley hizo girar el vino dentro de la copa con mucho aspaviento. Dio un sorbo y dejó que le llegara al fondo de la garganta.

—Guau. —Mientras dejaba la copa en la encimera asintió con la cabeza—. Joder, sabe a club de campo.

—Te lo dije. A mí casi me deprime, porque lo más probable es que nunca vuelva a beberlo. —Emira apoyó los antebrazos en la encimera—. ¿Crees que tu novia rica del instituto estará bebiendo esto ahora mismo en un avión, en primera clase?

Kelley rio.

—Seguramente. —Miró a Emira antes de añadir—: ¿Quieres que te cuente cómo rompí con ella?

—Sí.

—Fue horrible —advirtió Kelley—. No te puedes ir después de que te lo cuente. Hubo muchos otros comportamientos chungos que influyeron, y también que no dejara de escribirme cartas y más cosas, pero cuando corté con ella, le dije: «Creo que será mejor que sigamos caminos separados y que esos caminos no se crucen jamás».

Emira se tapó la boca con la palma de la mano y dijo:

—¡No!

—Sip —Kelley dio otro sorbo de vino y dijo—: En su momento me pareció lo más.

—¿Se puede saber qué te pasa?

—Tenía diecisiete años.

—Sí, bueno. Yo también he sido joven, amigo.

—Vale vale vale. No sé. No hacía más que escribirme cartas floridas y poéticas. Creo que decidí que tenía que romper con ella en el mismo tono elevado, pero no me salió. Y me gustaría poder decir que es la mayor estupidez que hice en el instituto, pero la realidad es que no es así.

Emira se enderezó.

—¿Qué más hiciste?

—No es tanto lo que hice… sino las cosas que creía. Como, por ejemplo… Ya sabes que el día de San Valentín lo inventaron las empresas de tarjetas postales. Pues yo creía que se referían a las tarjetas de crédito. Hasta que llegué a la universidad, pensaba que San Valentín lo habían inventado Visa y MasterCard. Cosa que me parecía rara, pero aun así… Ah, pero espera. Hay una cosa peor. Creía que la palabra *lesbiana* tenía una *r* al final. Y que era un verbo.

—¡Kelley! —Emira volvió a taparse la boca—. No te puedo creer.

—Te lo juro —dijo—. Creía que una mujer podía lesbianar a otra. Hasta que tuve, como, dieciséis años. ¿Por qué te estoy contando todo esto?

Emira rio.

—La verdad es que no tengo ni idea. Pero repíteme la frase con la que rompiste con aquella chica.

Kelley apoyó ambas manos en la encimera y carraspeó.

—Creo que será mejor que sigamos caminos separados y que esos caminos no se crucen jamás.

—Es una preciosidad.

—Gracias.

Emira se apoyó en la encimera con las caderas por delante. Miró a Kelley coger la botella de vino de cincuenta y ocho dólares y servirle el líquido que quedaba.

—¿Quieres pedirme un Uber? —le preguntó.

Kelley dejó la botella vacía en la encimera.

—La verdad es que no.

Emira asintió con la cabeza y dijo:

—Vale.

# OCHO

Un día, en Nueva York, mucho antes de que naciera Catherine, Tamra estaba sirviendo vino en tres copas.

—Cada una tiene que contar el momento más incómodo de toda su vida.

—Me encanta cuando Tamra bebe —dijo Jodi—, porque se transforma en una niña de once años.

Las cuatro mujeres estaban sentadas en sillas metálicas de exterior rodeadas de palas y cubos de plástico y una piscina infantil cubierta de hojas en el espacio enmarcado en hiedra del jardín trasero de Rachel. Sobre sus cabezas colgaban diminutas luces blancas. Al otro lado de la puerta corredera de cristal había un estudio que Rachel usaba para invitados. En una cama de matrimonio abatible, Briar dormía con el pulgar en la boca. Las hijas de Tamra, Imani y Cleo, dormían junto a ella y al otro lado de la hija de Jodi, que estaba a punto de convertirse en hermana mayor (Jodi bebía agua con gas y limón). El hijo de Rachel, Hudson, estaba en

Vermont con su abuela. Era la primera vez que las cuatro mujeres estaban juntas sin la presencia inmediata de sus hijos.

Rachel cerró con cuidado la puerta corredera usando el codo y la melena negra lisa ondeó a su espalda.

—Mi respuesta a esa pregunta se refiere más a un periodo de tiempo que a un momento, y tiene que ver con el pene de mi hijo.

Dejó cuatro platos blancos sobre la mesa, junto a una pizza grande con tomates, guindillas y albahaca.

—No quiero oírlo. ¡La, la, la, la! —Jodi se tapó los oídos con las manos. Tres días antes había sabido que estaba embarazada de un niño, al que más adelante llamaría Payne. Su espeso pelo oscuro brilló cuando fue a coger, por encima de una vela repelente de insectos, el mismo trozo de pizza que Alix. Retiró la mano y dijo—: Para ti, Alix.

Jodi era la primera a la que Alix había conocido en la consulta del pediatra, cuando llevó a Briar a la revisión de los cuatro meses. Jodi le había presentado a Rachel y Tamra, y Alix aún percibía la preocupación cariñosa y los gestos que tenía con ella para que se sintiera cómoda.

Rachel se reclinó con los brazos a ambos lados de la silla.

—En el supermercado, en la cola para el café... «Mami, el pene es secreto». «Mami, con el pene no se juega al pilla-pilla». «Mami, yo tengo pene y nuestro perro tiene pene y tú has perdido el tuyo, así que tienes que tener más cuidado».

—Madre mía —dijo Tamra—. Es como vivir con un pequeño Freud.

—Vale, estas chicas ya conocen mi momento embarazoso —dijo Jodi volviéndose hacia Alix—. El verano pasado mandé a Prudence a un campamento cristiano con sus primos. Pues resulta que uno de sus monitores me llamó porque al parecer había explicado con todo lujo de detalles que su mamá metía a niños y niñas pequeños en una habitación y los ponía delante de una cámara.

—¡No puede ser! —Alix rio.

—Y que los niños que lloraban… —Jodi se inclinó hacia delante. Abrió mucho uno de sus ojos verdes y cerró el otro— … eran los malos y a esos no los dejaba volver.

Tamra rio por la nariz.

—Me acuerdo de eso.

Rachel negó con la cabeza.

—Me putoencanta esa niña.

—¡Ah! —Jodi levantó un dedo—. Y solo podían volver los niños y niñas que se portaban bien. Mamá los ponía otra vez delante de la cámara y, cuando estás delante de la cámara, tienes que hacer todo lo que te diga mamá, aunque estés llorando.

Alix dijo:

—Me sé de una niña a la que se le acabaron los campamentos.

—Si hasta tuve que ir yo. —Jodi arrancó un trozo del borde de su porción de pizza y dio un mordisco—. Tuve que enseñarles mi tarjeta de presentación y mi página web. Me convertí en una loca sentada en una silla infantil en la que no me cabía el culo explicándoles que no era una pedófila y que hago *castings* de niños para películas normales.

Tamra miró a Alix.

—¿Cómo cree Briar que te ganas la vida?

Alix cogió su copa de vino y dijo :

—Briar está convencida de que trabajo en una oficina de correos.

A lo que Tamra contestó:

—Bueno, tampoco va tan desencaminada.

—Hudson cree que me gano la vida comprando libros, algo que la mayoría de las veces es verdad —dijo Rachel—. Jo, ¿en qué cree Pru que trabajas tú?

—Os lo acabo de decir. Mamá es una pervertida.

Las mujeres rieron entre sorbos de vino y bocados de *mozzarella*.

Alix miró a Tamra.

—¿Y qué creen Imani y Cleo que haces tú?

Tamra dejó su copa.

—Ah, pues saben que soy directora de un colegio.

—Qué cosa más rara —dijo Rachel con un suspiro—. Los hijos perfectos de Tamra están perfectamente informados del trabajo perfecto de su madre.

Al decir esto, Rachel juntó las manos a uno de los lados de la cara, como si fuera una princesa de dibujos animados. Alix cayó en la cuenta de que Rachel estaba algo borracha y sintió afecto por ella, por aquel grupo de mujeres, por aquel momento. Le encantaba oír sus voces y verlas dar grandes bocados a sus trozos de pizza y que el sol tardara tanto en ponerse en verano.

Tamra sonrió bajo el cúmulo de pecas oscuras que se le arremolinaban bajo los ojos. Cuando negó con la cabeza, sus rastas largas y cuidadas le centellearon detrás de los codos. Era la única que se estaba comiendo la pizza con cuchillo y tenedor.

—Imani no estaría de acuerdo contigo en lo referido al trabajo perfecto —dijo—, pero el momento más incómodo de mi vida sin duda fue en la universidad. Me vino la regla durante una clase en mi segundo día en Brown. Y llevaba pantalones cortos blancos. —Tamra pronunció estas palabras despacio, deteniéndose en cada sílaba de *cortos*, tensando el labio inferior—. Una chica encantadora me prestó su chaqueta para que me la pusiera alrededor de la cintura, pero cuando ya me habían visto unas cuantas personas. No me borré de la asignatura —dijo Tamra, orgullosa de sí misma—, pero me pasé todo el semestre sentada en la última fila y les pedía a mis compañeros de clase que le entregaran los exámenes al profesor de mi parte.

—Así se hace —dijo Jodi—. Yo habría dejado la asignatura para otro semestre.

—Le toca a Alix —dijo Rachel—. Tienes que contar tu momento y tiene que ser peor que la regla, los penes y la pedofilia.

Alix tenía una rodaja de tomate en la boca. Desplegó los dedos y los agitó delante del pecho.

—Vale. —Tragó—. El mío no es... divertido.

—Vamos a ver, ¿es que no me habéis oído? —Jodi levantó la mano derecha—. He dicho «pe-dó-fi-la».

—No le falta razón —dijo Rachel.

—Vale, vale —dijo Alix—. Lo mío fue en el instituto.

El verano anterior a empezar el bachillerato, los abuelos de Alex Murphy murieron con dos días de diferencia. Salieron en la prensa local y, en el funeral conjunto, celebrado en una diminuta capilla un jueves por la tarde, no hubo sillas suficientes para todos los asistentes. En público, el padre de Alex lloró como correspondía la muerte de sus padres, pero en privado tanto él como su mujer se regocijaron al enterarse de que cobrarían una herencia inesperada que ascendía a casi novecientos mil dólares. Se eligieron parcelas para la abuela y el abuelo Murphy en el cementerio, una al lado de la otra y no lejos de los padres de la abuela Murphy, pero, antes del entierro, la empresa funeraria cometió un error garrafal. Incineraron por accidente a la abuela y el abuelo Murphy. Alex y su familia siguieron adelante con el velatorio y simularon que había cuerpos dentro de los ataúdes vacíos.

Rachel dio un respingo y Tamra dijo:

—Madre mía.

—Sí, fue una cosa muy grave —dijo Alix—. Así que mis padres usaron la herencia para contratar a un abogado famoso, pusieron una demanda pidiendo una barbaridad de dinero y... ganaron. Y acto seguido se volvieron locos.

El señor y la señora Murphy, que guardaban un parecido asombroso, ambos con pelo claro, piernas flacas y barrigas redondeadas y abultadas, se mudaron con Alex y su hermana pequeña, Betheny, de Filadelfia a Allentown. Querían propiedades. «Pero a lo grande», explicó Alix. Compraron una casa de diecisiete habitaciones en lo alto de una colina; una casa que ahora Alix reconocía como la típica mansión de nuevos ricos. Había una clave de cuatro dígitos para abrir el portón y acceder al camino de entrada. El dormitorio principal tenía un balcón desde el que se veía la bandera del nuevo instituto de Alex y Betheny. Y había una escalinata que arrancaba de ambos lados de una chimenea delante de la cual ni Alex ni su hermana llegarían a hacerse una foto antes de un baile del instituto o de una graduación.

—De un día para otro, me cambió la vida —dijo Alix—. Mi madre se tatuó la raya de los ojos. Teníamos un cine en casa. No había subido a un avión en mi vida y, de repente, volábamos en primera clase a Fort Lauderdale.

Los Murphy también contrataron los servicios de la señora Claudette Laurens. Claudette era una mujer negra de piel clara con pelo gris rizado que limpiaba la casa, hacía la cena y veía concursos en la tele con las niñas Murphy cuando estaban enfermas y no podían ir al colegio. Claudette fue quien enseñó a Alex a hacer pastel de fruta, a coser un botón y a conducir un coche con marchas. Claudette era la única persona del mundo con la que Alix seguía firmando sus cartas como *Alex*. Alix no se explayó en su profundo afecto por Claudette, sino que habló a sus amigas de las compras absurdas que sus padres hacían sin venir a cuento (autorretratos hechos por artistas de verdad, mocasines con monedas de oro de verdad en los empeines, guitarras y pianos que habían sido propiedad de artistas de rock).

—Alix, tengo la sensación de estar aprendiendo mucho sobre ti —dijo Rachel—. Ahora me explico muchas cosas.

Jodi estuvo de acuerdo.

—¿Por eso tienes esa fobia a acumular cosas?

—Pues sí. —Alix puso los ojos en blanco—. Cuando tus padres se convierten en unos horteras forrados que lo personalizan todo con circonitas y sus iniciales y compran seis, sí, seis perros de Pomerania, terminas tirando muchas cosas a la basura. En el momento pensaba: «¡Qué maravilla! ¡Puedo comprarme todos los cedés que quiera!». Pero en realidad ni siquiera eran tan ricos. Era ridículo.

Solo con hablar de ello, a Alix le pareció oler el interior de la casa de sus padres, la misma que más tarde les había embargado el Estado. En la puerta había aparcados varios todoterrenos con matrículas personalizadas y volantes forrados en leopardo. En el interior tenían el aire acondicionado puesto al máximo y, apiladas junto a la puerta principal, siempre había cajas de cartón con las últimas adquisiciones. Siempre olía a vacío, igual que una vivienda piloto, de esas de una sola planta en la que los cajones de la cocina no se pueden abrir y los grifos del fregadero nunca han estado conectados a la toma de agua. Los perros de Pomerania campaban a sus anchas y dejaban por todas partes cacas que parecían montoncitos de uvas mohosas.

—Pero, bueno —dijo Alix—, el caso es que en mi último año de instituto tuve mi primer novio serio.

Kelley Copeland creció casi ocho centímetros entre primero y segundo de bachillerato, algo que no le pasó desapercibido a Alex Murphy. Con su casi metro ochenta de estatura, tenía la sensación de que el número de chicos con los que podía permitirse salir era limitado, pero, independientemente, Kelley era una excelente opción. Era encantador, despreocupadamente divertido y siempre le sujetaba la puerta a la gente y levantaba el brazo para que pasaran. Había que agachar un poco la cabeza al pasar debajo de su hombro y entonces Kelley decía cosas tipo: «Faltaría más» o «Para eso estamos». Tanto Alex como Kelley jugaban a vóleibol en el instituto William Massey, y Alex se las arregló para sentarse a su lado en un viaje de tres horas en autobús para jugar un torneo en Poughkeepsie. En aquel momento, Alex se sentía de lo más revolucionaria y moderna por salir con un alumno de primero de bachillerato, al ser ella una alumna de segundo de lo más madura.

—Creo que solo salimos unos cuatro meses —dijo, pero sabía muy bien cuánto tiempo habían estado juntos. Oficialmente había sido desde la Nochevieja de 1999 hasta el 12 de abril del 2000—. Pero, aun así, nos dijimos que nos queríamos y yo iba a todos sus partidos... Todas esas cosas que te crees que significan algo cuando tienes dieciocho años.

Rachel abrió mucho los ojos y dijo:

—Te quiero mucho, pero estoy esperando a que llegues a la parte embarazosa.

—Vale, perdón. —Alix se recostó en el respaldo y la parte inferior de su silla chirrió bajo su peso—. Le escribía cartas todas las semanas...

Rachel resopló y Jodi dijo:

—Ay, Alix.

—Sí, ya lo sé. Ahora mismo a quien hiciera eso le diría: «Echa el freno», pero en su momento me parecía una idea maravillosa. Hasta que Kelley decidió enseñar una de mis cartas, la más comprometedora de todas, al chico más popular del instituto.

El chico en cuestión se llamaba Robbie Cormier. A Robbie lo conocía todo el mundo, y a pesar de que era un poco el payaso de la clase, a los profesores les gustaba tenerlo de alumno porque se inventaba raps y ritmos en voz alta para memorizar la materia. Era muy bajito, pero de lo más atractivo para un estudiante de instituto, y fue coronado rey en el baile de fin de curso al que Alix no llegó a ir.

Jodi dijo:

—Ay, ay, ay...

—Bueno, venga. —Tamra dejó el tenedor en el plato y se sacudió las manos fuera de la mesa—. Queremos la transcripción original de esa carta. Desembucha, chica.

—Le mandé un montón de cartas a Kelley... —Alix levantó la vista hacia la sombrilla del patio y meneó la cabeza. Revivió la sensación de usar las uñas de los meñiques para deslizar las cartas dobladas por las ranuras de la taquilla de Kelley y el sonido leve que hacían al caer—. Pero esta carta —dijo— era con diferencia la peor.

Rachel contuvo la respiración.

—¿Era sexteo? Un SexteAlix. EnviAlix Desnudos.

Desde el otro lado de la mesa, Jodi tocó la mano de Alix.

—Te ganas la vida escribiendo unas cartas preciosas, así que no te sientas mal.

Las tres mujeres se inclinaron hacia delante y esperaron a que Alix describiera la única carta de su vida que se arrepentía de haber enviado.

—La carta que enseñó a ese chico —dijo— llevaba mi dirección, el código para abrir la verja y un mapa para llegar a mi casa. Era una invitación a Kelley que incluía explicaciones de dónde, cuándo y con qué canción de fondo quería que me quitara la virginidad.

El mapa incluía dos conjuntos de líneas onduladas que representaban agua; en uno de ellos decía «Jacuzzi» y en el otro «Piscina». Alex también dibujó el gigantesco camino de entrada con forma de cerradura, la cancha de baloncesto, una flecha indicando dónde se hacían las hogueras y un corazón encima de su dormitorio. Abajo del todo había unas casillas donde Kelley tenía que marcar «Sí» o «No».

Tamra dijo: «Ay, Dios mío» y Rachel dijo: «Uf».

—¡Quería acostarme con él! —Alix hablaba con las manos y esto lo dijo mientras Jodi susurraba: «Ay, tesoro»—. Mis padres iban a estar fuera el fin de semana. En su casa nunca podíamos enrollarnos porque tenía un montón de hermanos... Y me gustaba muchísimo y quería saber que lo íbamos a hacer.

Tamra le sirvió más vino a Alix.

—Así que Kelley le enseñó la carta a Robbie —continuó Alix—, y Robbie, con el que yo jamás había tenido una conversación, se me acerca y me dice: «Me he enterado de que tus padres van a estar fuera el fin de semana. Queremos hacer una fiesta en tu mansión».

En aquel momento a Alex le había costado asimilar que Robbie se estuviera dirigiendo a ella. Alex y Kelley no eran unos marginados, pero tampoco ocupaban un puesto elevado en el escalafón social. Alex esto lo sabía porque, en dos ocasiones, cuando la gente se había enterado de que estaban saliendo, habían dicho: «¿En serio?» y, a continuación, «Bueno, tiene lógica».

De manera que, cuando recordó a Robbie preguntándole si podía ir a su «mansión», Alix recordó también haberle dicho que no con mayor delicadeza de la que la ocasión merecía. En aquel momento, lo que más le preocupaba era que Robbie hubiera leído el resto de la carta. Fue directa a buscar a Kelley, quien negó incluso haberla recibido.

—¿Por qué iba a enseñarle una carta tuya a Robbie? —no dejaba de decir Kelley. Cuando Alex lo encaró, estaba en el coche y ella llevaba rodilleras y una coleta en el pelo.

—Te juro que esa carta no me ha llegado. Pero si Robbie quiere venir… La verdad es que sería alucinante.

—¡Kelley! —chilló Alex—. ¡Esa carta era… era la más importante de todas!

Además de por tener que explicar el contenido de la carta, Alex recordaba sentirse igual de molesta por el aprecio que sentía Kelley por Robbie Cormier y los otros cinco atletas con los que andaba siempre. Eran estrellas dentro y fuera del campo, ruidosos, divertidos y guapos. Se tomaban confianzas con los celadores del instituto y les chocaban los cinco cuando se cruzaban con ellos por los pasillos. Cada vez que un miembro de este grupo le dedicaba a Kelley la más mínima atención, la nuca se le ruborizaba por el esfuerzo por parecer interesante y normal a la vez. No era difícil imaginar a Kelley enseñándole a Robbie la carta de Alex como quien no quería la cosa. Kelley opinaba que Robbie era alucinante y ambos tenían las taquillas cerca de un surtidor de agua muy frecuentado.

Pero Alex no estaba dispuesta a organizar una fiesta cuando su plan era perder la virginidad. No conocía a aquellas personas. Claudette iba a estar el fin de semana en la casa con su hermana y con ella, y no tenía intención de llegar virgen a la universidad. A Kelley no le costó demasiado esfuerzo aplacarla.

—Oye, igual la carta se te cayó o algo así —esto lo dijo con los antebrazos apoyados en los hombros de Alex—. Pero no pasa nada, porque ya le has dicho que no. No va a presentarse en tu casa. Pero… ¿Yo sigo invitado?

Aquel fin de semana, con los Counting Crows de música de fondo en su dormitorio y Claudette y su hermana abajo, en el cuarto del cine, Alex y Kelley se acostaron por primera vez. Faltaba una semana exacta para el baile de graduación. Alex se sentía muy enamorada y liberada ya de la presión de tener que hacerlo. Después se acurrucaron y vieron reposiciones de *The Real World Seattle*.

Cerca de las diez y media de la noche (tres episodios más tarde), Robbie Cormier y otros ocho alumnos se presentaron en la casa. Más tarde, las cámaras de seguridad mostrarían a Robbie en la puerta principal, tecleando el código para entrar, algo que confirmaba (aunque Alex no necesitaba más pruebas) que Kelley sí le había enseñado a Robbie su carta.

—¡No me lo puedo creer! —dijo Jodi—. ¡Qué horror de tíos!

—Así que me encontré con los chicos más guais del instituto en mi casa —dijo Alix—, dando golpecitos en las ventanas, con la música a todo volumen y exigiendo que les encendiéramos los jacuzzis. Como os podéis imaginar, la mayoría iban pedo.

—Yo lo pasé mal en el instituto —dijo Rachel—, pero no tanto.

—A veces contemplo la posibilidad de mandar a las niñas a un instituto público —dijo Tamra—. Pero luego, cuando oigo cosas como esta, pienso que ni de broma.

Aunque Alix no compartía aquella manera de pensar, ignoró el comentario y continuó su historia:

—Fue un desastre.

Recordó correr hasta la ventana al oír encenderse un estéreo portátil. Robbie dirigía los saltos en grupo a su piscina al son de *The Real Slim Shady* mientras otro estudiante simulaba tirarse a un cocodrilo hinchable. Desde su dormitorio del segundo piso, Alex miró el jardín y luego a Kelley.

—¿Qué se supone que tengo que hacer?

Kelley se puso la camiseta por la cabeza.

—Espera, Alex —dijo—. Igual… A ver…, tus padres no están.

Alex volvió a correr las cortinas y notó cómo se le abría la boca de par en par. Dos horas antes Kelley le estaba diciendo que la quería y preguntándole si debían coger una toalla. Ahora daba vueltas alrededor de la cama buscando sus calcetines y sus zapatos. Alex lo vio sopesar la oportunidad que se le presentaba en el piso de abajo: la ocasión de hacerse amigo de los atletas más populares del instituto solo por estar en el lugar adecuado. De pronto, se sintió incómoda. Se suponía que aquella noche era solo para ellos dos. Se cruzó de brazos y preguntó:

—¿Me lo dices en serio?

Betheny no llamó. Abrió sin más la puerta de la habitación de Alex y dijo:

—Alex, ¿qué pasa?

Claudette estaba detrás de ella con un trapo de cocina encima del hombro. Apoyó una mano en la pared y dijo:

—¿Llamo a la policía?

Kelley empezó a anudarse los cordones.

Aquel fue probablemente el momento de mayor autoridad del que había disfrutado nunca Alex, y todavía tenía la entrepierna irritada por su primera vez. La visión de su hermana pequeña, el paño húmedo en el hombro de Claudette y la energía expectante del silencioso afán de medra social de Kelley la llevaron a asentir con la cabeza y decir:

—Sí, llama a la policía.

—Oye oye oye. —Kelley se puso de pie—. Venga ya, Alex.

Betheny se fue con Claudette escaleras abajo y Alex cogió su sudadera de la cama.

—Esto no mola —le dijo a Kelley.

—Alex, espera espera espera. —Kelley la siguió escaleras abajo y Alex estuvo segura de verlo buscar ventanas para agacharse por si había alguien fuera—. No tiene por qué pasar nada. Robbie es un tío enrollado. Déjales que se queden un rato.

—¡Ni siquiera los conoces!

Con esto quería decir: «No saben ni quién eres».

Kelley entendió la insinuación y contestó:

—Los conozco mucho mejor que tú.

Alguien de fuera pidió a gritos que subieran la música. Alex entró en la cocina, donde Claudette acababa de colgar el teléfono.

—Están de camino.

—Muy bien —dijo Alex.

—Es increíble, Alex —se quejó Kelley. Cogió su mochila de la mesa de la cocina y salió por la puerta lateral.

Alex no iba a presentar cargos; solo quería que se fueran de su casa. Sus padres se habrían puesto furiosos con ella de saber que había montado una fiesta, seguramente la habrían castigado sin ir al baile de graduación. Y el camino de entrada era sin duda lo bastante largo como para que les diera tiempo a escapar cuando vieran las luces del coche patrulla. Pero cuando llegó la policía, no todos consiguieron salir del jardín a tiempo. Después de gritos de «¡Mierda!» y «¡La poli!», los amigos de Robbie saltaron una valla y corrieron colina abajo para ponerse a salvo. Sin embargo, a Robbie la llegada de la policía lo había sorprendido subido a una escalera de mano que estaba apoyada contra la casa de los Murphy. Su intención había sido tirarse a la piscina desde el balcón. La policía lo iluminó con sus linternas y Alex oyó a uno de los agentes decir: «Baja de ahí, chico». Además de allanamiento de morada, Robbie fue acusado de estar borracho y de llevar una bolsita de cocaína en el bolsillo de cremallera de su pantalón militar. La combinación de estudiante atleta negro y popular detenido en una casa con columnas neocoloniales en la fachada no favoreció a la imagen de Alex Murphy.

—Decían: «Ah, la Murphy tiene una casa gigantesca y ni siquiera invita. ¡Menuda zorra!» —explicó Alix—. Y cada vez que mi hermana y yo nos atrevíamos a salir, nos hacían la vida imposible. «Ahí va la princesa Murphy». «¡Ten cuidado o Murphy, la niña rica, hará que te detengan!». «A Robbie le han quitado la beca después de que lo detuvieran por tu culpa, ¡felicidades!».

Y eso no fue lo peor. Aquel verano hubo quien se refirió a Alex y a su hermana en público y en privado como «basura rica». Un día en el que Alex fue a recoger a Betheny del aparcamiento de un sitio de tortitas, un compañero de clase le preguntó si se iba a nadar a la piscina de su plantación. Y, en una ocasión, Robbie Cormier se encontró con ella en Jamba Juice y la saludó diciendo: «Buenos días, *bwana* Murphy».

—La gente me hacía reverencias y me sujetaba la puerta como si fuera de la realeza —dijo Alix—. Todo el mundo se había enterado. Ese fue el remate de mi último año de instituto.

Pero, lo que resultó aún peor, aquella noche en casa de los Murphy se cumplieron todos los sueños de Kelley. Alex supo luego que cuando se fue de su casa se encontró a los amigos de Robbie huyendo por la calle. Los llevó en coche a la comisaría, donde esperaron toda la noche hasta que soltaron a Robbie. Kelley fue quien lo llevó a su casa.

Kelley rompió con Alex el lunes siguiente, justo después de la clase de primera hora y cinco días antes del baile de graduación. Ocurrió entre el aula de Kelley y el concurrido surtidor de agua que usaron tres alumnos distintos mientras él soltaba su discurso. Empezó la conversación diciendo:

—Oye, no te enfades… pero creo que voy a ir al baile de graduación con la prima de Robbie, Sasha.

Alex no había estado muy segura de cómo iban a reconciliarse (él no le había devuelto las llamadas en todo el fin de semana), pero no se había esperado algo así. De acuerdo, las cosas se habían puesto muy feas aquella noche y quizá ella se había equivocado, pero ¿no acaban de acostarse? Le pareció que Kelley nombraba a otra chica para dar la impresión de que la dejaba por otra, cuando saltaba a la vista que la estaba dejando por Robbie. Alex no tenía ni idea de qué le tenían preparado sus compañeros de clase (escupirle en el coche, llamarla nazi), pero la forma en la que Kelley puso fin a su relación, informándole de sus nuevos planes para el baile de graduación, le dolió como solo puede doler el primer desengaño amoroso. Alex sintió algo parecido a cuando supo que su abuelo había muerto, una tristeza desconcertante y el impulso de pedir aclaraciones del tipo: «Entonces…, ¿ya no vamos a vernos más?».

—Nunca fue mi intención meter a Robbie en problemas —le dijo a Kelley. Intentó añadir algo antes de que se le quebrara la voz, pero solo consiguió decir—: Solo… Solo quería que se fueran.

—Lo sé. Lo siento.

—¿Podemos hablarlo después de clase? —preguntó Alex. Sabía que no podría borrar los antecedentes penales de Robbie, pero tal vez para entonces se le habría ocurrido algo que decir.

—Pues… —Kelley suspiró—, creo que lo mejor será… que sigamos caminos separados y que esos caminos… no se crucen jamás.

Tamra se inclinó hacia la mesa.

—¿Cómo dices?

—Os juro por Dios que esas fueron sus palabras —dijo Alix.

—¿No estaba mal de la cabeza ese chico? —preguntó Jodi con sinceridad.

Rachel puso los ojos en blanco.

—Yo lo que creo es que te libraste de una buena.

Alix dio un gran sorbo de vino y se sirvió otro trozo de pizza. Tamra dijo:

—Ay, Alix, yo a ese chico lo mataba.

—De verdad que no pensé que pudieras superarme —le dijo Jodi—. Pero lo has hecho.

Sentada delante de Jodi, Rachel y Tamra, Alix hizo un esfuerzo por no volver al número 100 de Bordeaux Lane, en Allentown, Pensilvania, 18102. Aún le parecía oír a Robbie y a sus amigos por la ventana trasera de su casa, aullando y huyendo de la policía. Mientras esposaban a Robbie en el jardín trasero, la hermana de Alix se había tirado al suelo llorando: «¡Por lo menos tú has terminado el instituto! ¡Yo

tengo que quedarme aquí y soportar que todos lo sepan!».
Claudette estaba con Alex en la ventana y murmuraba «Sin-
vergüenzas» para sí misma.

La última vez que Alex vio a Kelley Copeland fue en
una gasolinera Sunoco, el día antes de la graduación. En
cuanto lo vio bajar del coche, Alex colgó la manguera con
un gesto teatral y le puso el tapón al depósito aunque no
había llenado ni la mitad.

—Venga ya, Alex —había dicho Kelley. Alex reparó en
que llevaba chanclas marca Fila y calcetines blancos altos,
igual que Robbie después de los partidos—. He cortado
contigo, pero eso es todo. Y lo siento, pero… ¡Yo qué sé!
No te he hecho nada más.

A aquellas alturas Kelley era un miembro destacado de
la camarilla de Robbie Cormier y Alex había sido oficialmente exiliada de todas las actividades del instituto. Mientras Kelley almorzaba en la mesa de la élite y empezaba a
salir con una chica negra de piel clara y trenzas, Alex comía
sola en un aula de arte vacía y salía cinco minutos antes de
que terminara la última clase para poder llegar al coche sin que
la acosaran. Alex había soñado con un momento así, en el
que Kelley le prestara atención una vez más e intentaran
arreglar las cosas hablando. Pero interpretó su lamentable
admisión de culpabilidad como un gesto de autocompasión
y no pudo evitar perder los estribos.

—¿Que no me has hecho nada más? ¡Nadie te obligó
a enseñarle a otra persona una puta carta privada! En eso tú
tienes tanta culpa como yo, pero es a mí a la que están castigando. Tenía que proteger a mi hermana y a Claudette.
¿Qué querías que hiciera?

—¿Tenías que proteger a tu hermana de Robbie? —preguntó Kelley con una perplejidad que parecía sincera.

Alex se metió en el coche y se fue. Había desperdiciado seis dólares de gasolina prepagada, algo que, a pesar de todo lo ocurrido con su familia, seguía pareciéndole mucho dinero.

—Se suponía que iba a ir a Penn State —dijo Alix—, pero me admitieron en NYU y les supliqué a mis padres que me dejaran venir a Nueva York. Pedí préstamos —Alix levantó un dedo—, los cuales mis padres se negaron a pagar con sus millones de dólares porque decían que era una estupidez gastar tanto en una universidad cuando podía ir a la de Pensilvania. Pero yo les dije: «Me da igual, pienso ir». Y me pasé todo el verano trabajando de camarera.

Cuando Alix pensaba en sus dieciocho años y en cómo había tenido la sensación de estar hipotecando su vida al contraer una deuda de decenas de miles de dólares en préstamos estudiantiles, deseaba poder retroceder en el tiempo. Se diría a sí misma que todo iba a salir bien, que iba a conocer al mejor hombre del mundo en un bar a la edad de veinticinco años, que él tendría un corazón como una casa y un pene sorprendentemente grande y que, antes de casarse, le amortizaría todas las deudas como si fueran suyas y como si fueran una minucia. No la juzgaría por no mostrar dolor alguno cuando sus padres murieron con solo dos meses de diferencia. Comprendería que para ella resultaba un alivio más que otra cosa.

—Bueno, técnicamente —dijo Rachel— no te habríamos conocido de no haberte convertido en una paria en Pensilvania.

Alix suspiró y silbó como quien recupera el aliento después de coger un avión por los pelos.

—Pensilvania no está mal. Pero no pienso volver a Allentown en mi vida.

Desde el otro lado de la puerta corredera de cristal entreabierta, Alix oyó la voz áspera de su única hija que decía:

—¿Mamá?

—¡Oh, oh! —canturreó Jodi.

Alix se levantó.

—Alguien se ha dado cuenta de que me lo estaba pasando demasiado bien.

# NUEVE

El viernes 30 de octubre por la mañana, Spoons Chamberlain pasó a mejor vida en su casa y rodeado de sus seres queridos, que no se enteraron de nada. Alix descubrió el cadáver flotando a las 11:34 y murmuró: «Mierda». Briar estaba terminando de almorzar pollo y pera y Catherine brincaba en un saltador en el rincón. Alix tapó la pecera con una planta y cogió su teléfono móvil.

Se acaba de morir el pez de Briar, escribió. Puedo pedirle a Emira que le coja otro?

JODI: Sí.

TAMRA: Sí.

RACHEL: Una vez le encargué a Arnetta un plan B.

—¿Has terminado? —preguntó Alix a Briar, quien asintió con la boca todavía llena. Alix la bajó al suelo.

—¿Mamá? —Briar fue hasta donde estaba Catherine. Acarició el pelo rubio que le caía a su hermana por la frente y esta sonrió radiante—. ¿Cómo se mojan las plumas?

—Pues... cuando llueve —dijo Alix—. O cuando los pájaros se bañan. A tu hermanita hay que tocarla con suavidad.

—Pero cómo... Porque... las plumas son... ¿cómo se mojan las plumas y luego vuelan?

—Mira, Bri. —Alix cogió una pelota rosa de una caja con juguetes y la lanzó hacia el pasillo. Briar dio un gritito feliz y, obediente, echó a correr detrás de ella mientras subía y bajaba los brazos.

Así que no os parece raro si la llamo y le pido que compre uno de camino aquí?

JODI: Me parto contigo, Alix. Pues claro que no. Está en su horario de trabajo.

TAMRA: Exacto. Una vez le pedí a Shelby que se hiciera pasar por mí para no tener que hablar con un vendedor.

Alix escribió: Se enfadó?

Para nada, contestó Tamra. Le hizo mucha ilusión poner acento británico.

Yo una vez, escribió Rachel, le pedí a Arnetta que le dijera a un tío asqueroso que me había muerto.

Emira contestó al primer tono de llamada. Cuando Alix le susurró que se había muerto el pez de Briar, Emira rio y dijo:

—¿Spoons?

—Me sabe fatal pedírtelo, pero ¿podrías comprar uno de camino aquí? Te puedo mandar una fotografía, por si se te ha olvidado cómo era.

Al cabo de un instante, Emira dijo:

—¿Una foto de un pez muerto?

—¿Te parece siniestro? —Alix se inclinó para coger la pelota rosa y blanda que Briar le había devuelto—. ¡Ahí va! —le susurró a Briar, y lanzó la pelota en dirección al cuarto de las niñas—. Si es de una tienda de mascotas, seguro que han visto cosas peores.

—Lo que pasa… es que hoy es la fiesta de Halloween de la clase de ballet de Briar. Y si paso por la tienda de animales, voy a llegar tarde a recogerla.

Alix se llevó una mano a la frente y repitió:

—Mierda.

—A ver, podría llevarla usted. Podemos quedar allí y cambiamos.

—Me encantaría, pero no puedo —dijo Alix—. Laney Thacker viene a las seis y necesito comprar algunas cosas.

—¿Quién?

—La copresentadora de Peter.

—¿Esa que le cae tan mal?

¿Había dicho eso Alix? Se lo había dicho a Rachel, Jodi y Tamra muchas veces (Jodi había contestado que Thacker no era un nombre de verdad y, en respuesta a la fotografía sacada de internet que les había mandado Alix, Tamra había dicho: Qué fuerte, y Rachel: Esa mujer no es de verdad. Pero ¿le había revelado Alix a Emira su opinión de la copresentadora de Peter? Al parecer sí. Y con todas las letras. El día que Alix terminó las tarjetas de agradecimiento para los asistentes a la fiesta de cumpleaños de Briar, había pasado la lengua por el último sobre y dicho:

—Lo que me ha costado.

Emira había dicho:

—Odio escribir notas de agradecimiento.

—A mí se me suele dar bien, pero la mayoría de estos regalos son una locura. —Alix se metió las cartas en el bolso—. Y no puedo decir: «Gracias, Laney, por el set de purpurina y barra de labios para niños y por insinuarle a mi hija que el aspecto físico es más importante que la inteligencia».

Emira había reído cortésmente.

Denostar a Laney había sido el resultado, no la intención, de hacer ver a Emira que Alix no quería esa clase de regalos para Briar. Emira también participaba en la crianza de la niña. Aquellos regalos proporcionaban una excelente ocasión para subrayar que Peter y Alix querían que Briar pensara por sí misma antes que sobre sí misma. Pero añadir a Laney en la ecuación había sido un error que no resultó evidente hasta ahora, con el cadáver de Spoons flotando en la pecera. Saltaba a la vista que Laney Thacker buscaba la amistad de Alix y, a diferencia de Rachel, Jodi y Tamra, Emira había sido testigo de este deseo genuino. Laney miraba la expresión de la cara de Alix antes de reír o decir algo en una conversación de grupo. Había enviado un regalo de bienvenida la primera semana de Alix en Filadelfia: dos pares de (según escribió en una lujosa tarjeta) lo que esperaba que se convirtieran en las «tijeras buenas» de Alix. Criticar a Laney había dejado de ser divertido. Ahora era como darle una bofetada a un gatito.

—Perdona, ¿qué? —dijo Alix para ganar tiempo—. No, Laney me cae bien. Pero ¿te parece bien el plan?

—Vale, entonces… —dijo Emira—. ¿Compro un pez, luego voy para allá y Briar se pierde la fiesta de Halloween de la clase de ballet?

—Sí —decidió Alix. Empezó a pensar en voz alta—. Prefiero eso a tenerla toda la noche preguntando por el pez. Y ¿sabes una cosa? Mañana vamos a ir a pedir caramelos, así que va a tener Halloween de sobra.

Alix no estuvo segura, pero por encima de los ruidos de la calle, en el extremo de la línea de Emira le pareció oírla reír, pero no como quien acaba de escuchar un chiste.

—Por supuesto, el pez lo pago yo.

—Uy, no, me costó como… cuarenta centavos. No hace falta. Nos vemos… cuando llegue por allí.

—Vale. Perfecto. Gracias.

—Ajá..

—¡Y hoy terminas a las seis!

—Ah, vale.

—Pero, por supuesto, te pagaré hasta las siete.

—Vale.

—Muy bien, genial. Gracias, Emira.

Alix colgó el teléfono con una mueca de incomodidad.

Tenía un mensaje de texto de Laney esperando. Te parece bien que Ramona y Suzanne vengan esta noche? También tienen niñas y son un encanto. Pero si prefieres que estemos solo tú y yo, dímelo con toda tranquilidad!

Alix se frotó la nuca y pensó: «Qué puto coñazo».

Usando las dos manos, escribió: Cuantos más mejor!

Emira llegó a las doce y media. Cuando Alix fue a su encuentro en el piso de abajo, a pesar de que no había sido su intención, le hizo un gesto bobalicón que decía: «¿Lo has traído?», del que enseguida se arrepintió. Con cero disimulo y sin decir una palabra, Emira le dio una bolsa de plástico con un pez nadando dentro. Alix no sabía dónde había comprado Emira el primer pez, pero supuso que era uno de esos lugares con un acuario superpoblado, con cientos de cuerpos tumescentes nadando con frenesí. Quizá no le habían dado demasiada elección, porque este pez era más pequeño que el Spoons original y tenía motas negras en la cola, pero aun así Alix dijo: «Genial» y suspiró aliviada susurrando un «Gracias». Se lo escondió en el jersey y subió a dar el cambiazo.

Cada vez que Alix se temía que Emira se hubiera enfadado con ella, sus pensamientos regresaban al mismo punto: «Ay, madre mía. ¿Habrá visto por fin lo que dijo Peter en las noticias? No, es imposible. Está igual que siempre, ¿no?». Emira subió justo cuando Alix terminaba de lavarse las manos. No dijo nada cuando Catherine la vio y chilló de alegría, y se limitó a sonreír cuando Briar señaló con el dedo y anunció a los presentes: «A Mira gustan pantalones». Alix se secó las manos e hizo crujir con suavidad el dedo gordo del pie contra el suelo de baldosa. ¿Tan enfadada estaba Emira por lo del pez? ¿Le había molestado tener que ir a comprar otro? En realidad, ¿no le estaba haciendo ella un favor? Alix había estado en la clase de ballet de Briar. Era aburrida e interminable y las otras madres alentaban a sus hijas de una forma ridícula, veían grandes promesas y futuras primeras bailarinas en niñas de tres años, mientras que el pediatra de Briar había recomendado apuntarla solo para estimular su equilibrio y sus destrezas auditivas. Solo había transcurrido una semana desde que Emira se quedó hasta tarde tomando una copa con Alix, pero el acuerdo mudo y secreto entre ambas (que lo habían pasado bien charlando, que no siempre tenían que hablar de las niñas, que era posible que fueran amigas) había decaído y se había transformado de nuevo en una tolerancia cortés. Emira se sentó en el suelo al lado de Briar y se colocó bien el cuello del polo de HablAlix.

Alix cogió a Catherine y la instaló en la hamaca. Con unos cuantos clics en el ordenador de la cocina, el mismo en el que Briar veía vídeos de peces y osos panda, encontró un desfile de Halloween de perros en un parque cercano y anotó a Emira la dirección y la hora en un papel.

—Creo que esto puede ser divertido. Si te parece que no, lo dejo a tu criterio, por supuesto. Que te diviertas, Bri. Igual hoy ves unos cuantos perritos.

Briar levantó la vista del pendiente de Emira, que estaba inspeccionando.

—¿Perritos en mi casa?

—No, cariño. En el parque. Te quiero.

—¿Hay perritos en casa?

—No, Bri.

—¿Se han perdido sus mamás?

—Te quiero. ¡Pásalo bien! —dijo Alix, y trotó escaleras abajo.

Una vez en la puerta principal, Alix se encerró en el recibidor, con una mano en el patuco de Catherine y la otra en la correa del bolso. Como siempre, el teléfono de Emira parpadeaba conectado al cargador.

KENAN&KEL: Buena suerte en el ballet/desfile/actuación de Halloween. Sé lo mucho que os habéis preparado tú y (cómo se llama la niña?) para este momento. Dadlo todo en el escenario. Mucha mierda.

Cuando Alix llegó a la puerta principal, algo centelleó en el interior del bolso de Emira, que estaba colgado de la pared del recibidor. Dentro de la solapa interior había una diadema negra con orejas de gato cubiertas de lentejuelas. La etiqueta del precio seguía puesta y decía «6,99$».

Peter envió un mensaje para asegurarse de que la cita con Laney seguía en pie. Alix la había cambiado ya dos veces, y aquella noche se suponía que iba a ser la demostración de que verdaderamente había estado muy ocupada, de que apoyaba la carrera profesional de su marido y de que por supuesto que Laney no estaba tan mal. Alix compró flores, libros de colorear de Halloween, agua con gas, pan, frutos secos y quesos. Mientras Catherine dormía en el cuco que tenía junto a su cama, Alix reorganizó el cuarto de las niñas y colocó su iPad delante de una hilera de sacos de dormir y almohadas. Alix consideró la posibilidad de llamar a Emira mientras seguía en el parque con Briar, de hablar con ella mientras Catherine dormía la siesta o de asomar la cabeza cuando estuviera dándole a Briar un baño mucho más temprano de lo habitual. Pero la idea de convertir la segunda planta de su casa en un lugar aún más incómodo le resultaba más terrorífica que intentar arreglar la situación.

Y a las seis de la tarde, cuando llegaron Laney, Suzanne y Ramona (Laney con su hija de cuatro años, Bella, y Suzanne con su esterilla de yoga), Alix supo que había hecho lo correcto. De haber podido retroceder en el tiempo, habría preferido esforzarse por sustituir el pez a contarle a Briar la verdad. Después de haber cancelado el plan con Laney tantas veces, Alix sentía la necesidad de organizarle una velada especialmente agradable, sin la presencia de una niña pequeña hiperinquisitiva y llorando la muerte de su pez.

Cuando Briar tenía dos años, después de saber que se había hecho daño en la vagina montando un triciclo, se dedicó a explicar su diagnóstico a todas las personas del parque, a un dependiente de J.Crew y a tres alumnos de una clase de arte para mamás y bebés. Briar hizo lo mismo cuando aprendió las palabras *cera*, *minusválido*, *conjuntivitis* y *chino*. Y, por si el gregarismo sin filtros de su hija no bastara, estaba la delicadeza general de Bella Thacker. Bella tenía mejillas naturalmente sonrosadas y su pelo castaño (que poseía en cantidades anómalas) le caía y se le rizaba de manera adorable a la altura de los hombros (cada vez que Alix veía a Bella y su espesa melena, no podía evitar pensar en las judías ortodoxas de Nueva York que compraban en grupos en Bloomingdale's y viajaban en metro con carritos de niño color negro). Cuando Alix se agachó para agradecer a Bella su visita, esta inclinó la cabeza y dijo: «Sí, señora». Llevaba un pijama de rayas con el cuello planchado.

Emira y Briar bajaron las escaleras de la mano justo cuando Suzanne le estaba diciendo a Alix lo bonita que era su casa. Laney asintió con la cabeza y dijo:

—¿A que es perfecta?

—Hola, Briar —saludó Bella en voz alta.

Dio un paso adelante para abrazar teatralmente a Briar.

—Briar lleva todo el día ilusionada con este momento —dijo Alix—. Bri, ¿quieres enseñarle a Bella tu habitación?

Vestida con *leggings* morados y una camiseta blanca con un taxi de Manhattan en la parte delantera (¿No podía haberle puesto Emira un pijama más mono?), Briar retrocedió para alejarse de Bella y enseñó los dos dientes delanteros en señal de desconcierto. Miró a Alix con una expresión que decía: «¿Conozco a esta persona?» y a continuación volvió a mirar a Emira como diciendo: «¿De verdad tengo que hacer esto?».

—No conocen el piso de arriba, Bri —dijo Emira—. Tienes que enseñárselo.

Bella fue la primera en empezar a subir las escaleras y Briar la siguió. Laney, Ramona y Suzanne saludaron a Emira (Laney añadió que se alegraba de volver a verla) mientras seguían a las niñas hasta la cocina. Alix apoyó una mano en la barandilla y les dijo:

—Subo ahora mismo.

Emira se guardó el teléfono en el bolsillo de la chaqueta. No había mensajes nuevos en él cuando Alix volvió de la calle. Solo una canción titulada *Shawdy Is Da Shit*[6]. Emira

---

[6] Título de una canción de The Dream cuya traducción podría ser «Esa chica es la caña» *(N. de la T.)*.

cogió su bolso del gancho de la pared, se quitó el polo de HablAlix y lo colgó donde había estado el bolso.

—Este me lo quedo yo. —Alix cogió el polo—. Este fin de semana toca colada. Pero, Emira... —dijo—, me siento mal por haberos dejado a Briar y a ti sin ballet.

Existía la posibilidad de que no fuera aquello lo que tenía molesta a Emira. Después de todo, tenía una vida, una familia y amigos propios. Pero Alix se dijo que nunca se arrepentiría de tomar todas las precauciones en lo relativo a Emira. Nunca lamentaría haberse disculpado.

Emira negó con la cabeza y puso una cara que daba a entender que casi lo había olvidado.

—Ah, no pasa nada. Tenía razón, ni se ha acordado.

Alix se llevó la mano a la cabeza y se ajustó el moño rubio.

—Solo para que quede claro... Quiero que Briar y tú hagáis cosas divertidas juntas. Y sé por experiencia lo aburridas que pueden ser las actividades infantiles, así que si alguna vez te apetece cambiar los planes, tú dímelo. Si hay una película, o una feria o lo que sea... tú dime y te dejaré dinero para que podáis ir.

Emira puso las yemas de los dedos en la pared y mantuvo el equilibrio mientras se ponía los zapatos.

—Vale, me parece bien.

En el piso de arriba, se oyó el ruido de descorchar una botella de champán y Suzanne dijo: «Buf. Odio hacer eso». Laney le estaba diciendo a su hija: «No sé, tesoro. Habrá que preguntárselo a la señora Chamberlain cuando suba» y Briar estaba explicándole a Ramona que su pez tenía varicela en la cola. Alix miró en dirección a los bolsos y las chaquetas de sus invitadas colgados en las perchas. Detrás de un bolso de Coach color camel había una cazadora negra de terciopelo sintético. En la espalda, en letras cursivas blancas y rosas, decía «Primero a sudar, luego el vino». Algo en el mensaje y en aquellas letras hizo caer a Alix en la cuenta de que Bella Thacker y Emira eran las únicas personas que la llamaban señora Chamberlain, a pesar de que les había dado permiso para que no lo hicieran.

—¿Tienes algún plan divertido para esta noche? —preguntó a Emira.

—Más o menos. —Emira se sacó el pelo de dentro de la cazadora de cuero negra—. Voy a ir a casa de mi amiga Shaunie.

Por un momento, Alix se sintió traicionada por el teléfono móvil de Emira. Aquel era el primer plan de Emira que Alix no había conocido con antelación antes de fingir que no era así. Miró las uñas pintadas de negro descascarillado de Emira buscar el pomo de la puerta.

—Imagino que Zara también irá.

—Sí. También viene.

—Salúdala de mi parte.

—Vale. —Emira siguió donde estaba. Las dos mujeres se miraron en el recibidor diminuto hasta que Emira señaló el sobre que tenía Alix en el bolsillo trasero—. ¿Es para mí?

—Ay, sí. Perdona. —Alix sacó el sobre mientras negaba con la cabeza—. Ha sido una semana muy larga.

Emira aceptó el sobre y lo metió en el fondo del bolso.

—No pasa nada. Bueno, pues hasta luego.

Mientras salía a las escaleras, Emira agitó cuatro dedos. A Alix le costó cerrar la puerta. En el piso de arriba, alguien dijo:

—¡Hora del vino!

Alix miró la nuca de Emira y sus dedos mientras se colocaba los auriculares, y pensó: «Mira, por favor, no me abandones».

# DIEZ

Cuando Emira se disponía a llamar por quinta vez, la puerta del piso de Shaunie se abrió y tuvo que retroceder de un brinco. Apareció Shaunie dando saltos con los puños delante del pecho.

—¡Lo conseguí, lo conseguí, lo conseguí!

El pelo de Shaunie bailaba y se le enroscaba alrededor de la cara y delante de su boca abierta. Desde el sofá, Zara levantó las dos manos y empezó a animarla:

—¡Shau-nie, Shau-nie!

Josefa, que llevaba una sudadera gris que decía «BU» en la parte delantera, levantó la vista del sándwich de queso fundido que estaba preparando y saludó:

—Holaaa.

Emira entró en el piso.

—¿Se puede saber qué es lo que has conseguido?

—Tienes delante a… —Shaunie volvió al salón mientras Emira dejaba su bolso en la encimera de la cocina— ¡La nueva adjunta de dirección de marketing de Sony en Filadelfia!

Emira pestañeó.

—¡Anda ya!

—Mira, voy a tener despacho propio. —Shaunie se llevó las manos a la nuca en lo que parecía un esfuerzo por impedir que su cuerpo empezara a levitar. Seguía vestida para ir a trabajar, con falda de tubo gris y camisa azul claro, la clase de ropa que Emira alguna vez imaginaba que se pondría cuando fuera adulta—. Son cincuenta y dos mil al año —dijo— y tengo un puto despacho propio. Bueno, lo comparto con otra chica, ¡pero aun así!

—Joder. —Emira trató de adoptar una expresión que, confió, se pareciera a la alegría—. ¡Qué maravilla!

Shaunie no percibió su esfuerzo porque se había puesto a bailar contra uno de los laterales del sofá.

—Dale, Shaunie. Es tu cumpleaños.

Vestida con un pijama de enfermera azul oscuro, Zara empezó a cantar los logros de Shaunie. Esta se inclinó con las manos en las rodillas y apostilló cada logro con un «¡Sííí!».

—La han ascendido.

—¡Sííí!

—Tiene un despacho.

—¡Sííí!

—Y tiene un plan de ahorros.

—¡Sííí!

—Dale caña, tía.

—¡Sííí!

Desde el sofá, Josefa preguntó:

—Emira, ¿quieres beber algo?

Emira miró a Shaunie agacharse cada vez más mientras Zara aplaudía más deprisa.

—Cualquier cosa que tenga alcohol —dijo.

El piso de dos habitaciones de Shaunie tenía una cocina con pared de ladrillo visto y una ventana que daba a una escalera de incendios. Josefa también vivía allí, pero nunca ponía objeción a quienes se referían al lugar como «casa de Shaunie». Estaba lleno de cosas de esta y avalado por su padre. Emira reconocía los elementos propios de residencia universitaria: la maraña de cables que colgaba del mueble del televisor, el sofá más vendido de IKEA, demasiadas fotografías recientes tratando de hacerse un hueco en la puerta de la nevera… Pero la casa de Shaunie desprendía un aire de adultez, y ahora su nuevo empleo también. Al parecer, la dirección de Sony había convocado a Shaunie al final de la jornada. Le habían explicado lo contentos que estaban con su rendimiento, le habían preguntado si le gustaba trabajar allí y, a continuación, le habían ofrecido un ascenso. En el séptimo piso de un rascacielos en el barrio sur de Filadelfia, Shaunie brindó con sus jefes con sidra y, según diría después, lloró como una tonta. Así fue como se convirtió en la última de las amigas de Emira en dejar de usar el seguro médico de sus padres.

Emira aceptó la copa de vino que le ofrecía Josefa. Al otro lado de una tabla de cortar, Josefa aplastó su sándwich con un cuchillo y se comió una hoja de albahaca que sobresalía del interior. El plan para la noche era ver Netflix, beber vino y quizá pedir comida tailandesa de un restaurante de la misma calle, de manera que Emira se sintió un poco desconcertada porque Josefa se hubiera preparado la cena. También necesitó unos cuantos minutos para asimilar la nueva información.

«¿Cincuenta y dos mil dólares al año?».

—Entonces, ¿qué vamos a ver?

—¿Qué? —Sin levantar la vista, Josefa puso las mitades de sándwich en un plato y se lamió las migas del dedo—. Chica, vamos a salir —dijo—. ¿Quieres un poco?

—No, gracias. ¿Cómo es que vamos a salir?

—A Shaunie van a lloverle los billetes de un momento a otro.

Josefa señaló hacia su espalda. En ese momento, Zara recogió las hojas secas de plástico que Shaunie había repartido sobre la mesa de centro a modo de decoración y empezó a tirárselas a Shaunie, que no dejaba de bailar.

—¡Dale caña, chica! —Deslizó una hoja entre la cintura del pantalón de Shaunie y sus glúteos levantados en posición de perreo.

—Si necesitas ropa —dijo Josefa—, yo te dejo.

—Vale, tía. —Emira se colocó el pelo encima de uno de los hombros—. No sé, la verdad es que estoy bastante cansada.

No era una mentira, pero el dichoso principio de mes también estaba cerca. En dos días Emira pagaría el alquiler y vería desaparecer todo el contenido de su sobre blanco.

—¿Y eso? —Josefa se sirvió más vino—. Creía que solo hacías de canguro los viernes.

Emira sujetó su copa con las dos manos. Josefa nunca le diría algo así a Shaunie. Y nunca diría: «Zara, creía que solo tenías turno hoy». Para alguien a quien pagaban por estudiar, Josefa tenía opiniones muy estrictas sobre lo que constituía una jornada laboral propiamente dicha. Pero Emira no pensaba ponerse a defender un empleo que, en cierto sentido, deseaba no tener.

—Sí, pero es que… no hemos parado —dijo.

—Pues yo he tenido un examen supergordo hoy y creo que me ha salido genial. —Josefa se santiguó antes de levantar su plato—. Así que pienso ponerme como una cuba.

Emira dijo: «normal» y «qué bien», pero no siguió a Josefa a su habitación.

Más que la idea de salir, Emira odiaba la idea de que Zara lo hiciera sin ella. Sabía que era un poco retorcido, pero si Emira no estaba, era posible que Zara se diera cuenta de que no era su mejor amiga, sino más bien la razón por la que las cuatro no hacían más cosas juntas, como por ejemplo irse a una playa tropical los fines de semana en verano, aprovechar los días de oferta en manicura de uñas de gel o probar clases de *fitness* con tacones. Emira también deseaba poder llevar más sudaderas de universidades (o pijamas de hospital, o camisas que consideraba «ropa de trabajo») que le dieran razones periódicas para celebrar o una excusa válida para no hacerlo y quedarse en casa.

Volvió al salón llevando la sudadera universitaria de Shaunie sobre el brazo. Le quitó una pelusa de la manga y dijo:

—Oye, que se me había olvidado devolverte esto.

—Ah, bueno, ya casi ni me acordaba. —Shaunie arrugó la cara en una mueca simpática y lanzó la sudadera a su habitación. Con la otra mano se llevó su móvil a la oreja—. Póntela cuando te apetezca. Esta noche las copas las pago yo. Aunque voy a tener que convencer a Troy. Pero Mira, echa un ojo en mi armario y coge lo que quieras.

Una vez en la habitación de Shaunie, Zara conectó su teléfono a los altavoces y empezó a sonar Young Thug.

—Cariño —gritó Shaunie cuando sonaba el primer verso de la canción—, adivina. Esta noche salimos con las chicas.

Zara empezó a rebuscar en el armario de Shaunie y, en la habitación contigua, Josefa hizo lo mismo en el suyo. Emira entró en el cuarto de baño adyacente y cerró la puerta.

Se situó delante del lavabo y se preguntó si habría una cantidad concreta de apoyo y entusiasmo que había que mostrar a una amiga, porque, de ser así, entonces Shaunie estaba agotando su cupo. Cada semana era una cosa nueva. ¿No era maravilloso que la hubieran cogido de becaria? ¿No era una monada su novio nuevo? ¿No fue genial que ese hombre mayor al que le gustaba la sonrisa de Shaunie nos pagara las copas?

Y, lo que era más importante, ¿por qué tenía que mentir la señora Chamberlain a Briar como si no fuera a ser capaz de aceptar la puta realidad?

En las corvas, en la parte trasera de los *leggings*, Emira tenía pelos blancos de un perro que se había arrimado a ella en el parque aquella tarde. Había perros vestidos de famosos y de hortalizas, y cachorros tratando de librarse de sombreros y capas. Briar no dejaba de señalar y de chillar que había más perros todavía y que los perros que había visto antes seguían allí, pero a cada poco miraba a Emira como alguien que ha entrado en una habitación y se ha olvidado de lo que iba a buscar.

Emira no sabía si su irritación con la señora Chamberlain se debía al código de conducta Tucker que tan interiorizado tenía («Cuando empieces algo, termínalo») o si se debía en realidad a haber perdido la ocasión de disfrazarse con Briar. O quizá tenía más que ver con el hecho de que Emira había visto a la señora Chamberlain portarse como una excelente madre, y se estaba dando cuenta de que cuando no lo era se trataba de una elección antes que una incapacidad.

En una ocasión, Emira había visto a la señora Chamberlain con Briar y Catherine en la oficina de correos un martes por la mañana. No las saludó, sino que observó a la señora Chamberlain cantar con Briar mientras envolvía a Catherine en un complicado fular. Briar estaba nerviosa por las luces de la oficina postal, las cajas y la gente, pero la señora Chamberlain la mantenía a su lado apremiándola cariñosamente («Aguanta, chica mayor») y animándola a que enseñara a Catherine que el patio de su casa era particular y a saltar tan alto como pudiera. La señora Chamberlain había hecho todas estas cosas enfundada en unos vaqueros maravillosos y de aspecto caro.

Lo que le molestaba a Emira era saber que la señora Chamberlain poseía talento para ser madre. Sabía cuándo Catherine estaba a punto de llorar. Le daba a Briar las galletitas saladas en una taza, nunca en un plato. Sabía felicitar sinceramente a Briar cuando esta conseguía soltarse el cinturón de la silla de paseo, o a Catherine cuando casi conseguía decir adiós con la mano. Pero solo lo hacía cuando estaba de humor. A medida que Catherine se hacía mayor y más bonita, pero seguía igual de tranquila, Emira reparó en que momentos así se espaciaban más y más.

«Y luego hay otra cosa», pensó Emira mientras se bajaba los pantalones y se sentaba en el váter. En realidad, Laney Thacker era un puto encanto. Se había ofrecido dos veces a ayudar a Emira durante la fiesta de cumpleaños y le había metido por dentro la etiqueta del cuello del polo. Y, de acuerdo, no tenía el más mínimo estilo, se reía de forma rara y usaba un tono de maquillaje demasiado oscuro, pero, mira por dónde, no contarle a tu hija la verdad sobre su primer animal de compañía solo porque tienes invitados parecía algo más propio de alguien como Laney Thacker.

Alguien llamó a la puerta y Emira dijo:

—Estoy haciendo pis.

Desde fuera Zara dijo:

—Vale.

Pero aun así entró. Cerró la puerta y apoyó una cadera contra el lavabo.

—Pensé que iba a encontrarte colgando de la barra de la ducha.

Aquella era la versión de Zara preferida de Emira. Trenzas *twist* hasta los hombros. Pijama azul de enfermera. Calcetines naranjas con suela antideslizante. Ver a Zara un viernes era como estar en casa. Además de la irritación con su jefa y el hecho de que se había comprado unas ridículas orejas de gato en Walgreens para nada, Emira estaba teniendo lo que sabía que era una reacción infantil por tener que compartir a su mejor amiga.

Zara tenía dos hermanas, de las cuales una tenía problemas de anorexia y la otra de depresión, dos enfermedades que, en opinión de la madre de Emira, las personas negras «no cogían». Además de la energía, el buen humor y el ingenio de Zara, Emira valoraba su paciencia infinita y nunca crítica con su familia, con sus pacientes y con ella misma. A pesar de saber desde pequeña que la enfermería era su vocación, Zara nunca había mirado por encima del hombro a Emira ni al hecho de que no tuviera ni idea de qué hacer con su vida. En lugar de ello, Zara a menudo le pagaba a Emira el servicio de guardarropa, algo que, por alguna razón, siempre molestaba a Josefa. De vez en cuando, y sin que nadie se enterara, Zara le hacía un Venmo a Emira para que se pagara una copa o la cena en un restaurante y, cuando Emira no se encontraba bien, la escuchaba recitar sus síntomas por teléfono o por mensajes de texto (a continuación le respondía con consejos detallados o le decía que eran gases). Emira nunca había dudado de la lealtad de Zara, pero Shaunie y Josefa podían ofrecerle a esta amistad y pagar primeras rondas de bebidas, mientras que Emira a menudo cenaba solo un entrante.

Hundió los hombros y se escuchó hacer pis.

—Lo siento, he tenido un día asqueroso.

—¿Qué ha pasado?

Emira apoyó los codos en las rodillas. ¿Qué se suponía que tenía que decir? «La niñita con la que paso veintiún horas a la semana está empezando a darse cuenta. Cada día la veo acostumbrarse más y más a la indiferencia de la persona que más quiere en el mundo. Y es una niña asombrosa, madura, a la que le encantan la información y las respuestas. ¿Y cómo coño puede no darse cuenta su madre? Y tengo el fondo de todos mis bolsos lleno de bolsas de té. Y a veces, cuando saco el monedero, cae una bolsa de Earl Grey o de té de jazmín, y entonces me doy cuenta de que tengo que dejar este trabajo y de que no voy a poder». En momentos como aquel, Emira también tenía la sensación de que, si no andaba con cuidado, si seguía desmoralizando a Zara con trivialidades como peces de colores o bolsas de té, podría acabar con su paciencia.

—Nada, es una tontería —dijo Emira—. Luego te lo cuento.

—Vale. —Zara se dobló hacia delante y susurró—: Pero ahora cambia esa cara y alégrate por Shaunie.

—Es que creo que va muy de sobrada ahora mismo.

—Siempre va de sobrada.

Emira abrió el ojo derecho para ver la reacción de Zara.

—También odio un poco a Troy.

Cuando el novio de Shaunie salía con ellas, algo que ocurría con poca frecuencia y después de mucho persuadir y sobornar, exigía sentarse en clubes y bares en los que hubiera televisión. Cuando Emira le hablaba, la miraba con un ojo pendiente de ella y el otro de un partido de baloncesto. A cualquier comentario que se le hiciera contestaba siempre con: «Mola, mola».

—Ay, amiga, a Troy lo odia todo el mundo —susurró Zara—. No te creas especial por eso.

Emira suspiró.

—Creo... —dijo—. Me parece que tengo que buscarme otro trabajo.

—¿Me lo dices o me lo cuentas, perra? —Zara rio—. Siempre estás superdeprimida cuando sales. Pero o te buscas otro, o te quedas con el que tienes, porque el año que viene sigue en pie lo de ir a México por mi cumpleaños. En ese viaje lo voy a petar. —Zara dio una palmada después de *pe* y otra después de *tar*.

Mientras ella decía esto, Emira doblaba papel higiénico.

—Lo sé, lo sé —dijo.

Pero, a diferencia de Josefa, Shaunie y Zara, Emira no tenía ni días libres ni vacaciones. Si no trabajaba, no cobraba. No solo se gastaría la paga semanal en habitaciones de hotel y Ubers (en lugar de en el alquiler y el abono de transporte), también perdería dinero cada día que pasara fuera, y Zara le había hecho prometer que serían cinco.

—Vamos a hacer una cosa, entonces —dijo Zara—. Dime cuándo te viene bien y nos sentamos delante de la televisión a echar currículos.

Emira frunció los labios.

—Vale. ¿Qué tal esta noche?

—Calla, chica. —Zara bajó de nuevo la voz para decir—: Tienes que animarte y alegrarte por Shaunie.

—Vale, vale.

Emira se levantó y tiró de la cadena.

Mientras se lavaba las manos en el lavabo, le vino a la nariz el aroma del jabón orgánico que Shaunie compraba en los mercadillos de productos naturales. Detrás de ella, Zara sacó su móvil y apoyó la cadera contra la de Emira, un gesto que, esta había aprendido ya, era su manera de asegurarse de que no había sido demasiado dura con ella y que su intención era buena.

—¿Ves? Por eso necesitas Instagram —dijo Zara—. Es una manera de ser simpática con personas sin tener que verlas. Tú observa.

Zara inclinó la pantalla para que Emira la viera. En un susurro monótono fue diciendo en voz alta las palabras y símbolos que empezó a teclear.

—«OMG Shaunie, eres una *crack*. Signo de exclamación, emoticono de estrella, emoticono de chica negra, emoticono de bolsa con dinero». —Zara dejó que Emira viera como hacía clic sobre el icono de «Comentar». Luego le dio a «Me gusta» en la fotografía de Shaunie (en la que salía saltando delante del edificio de Sony) y un diminuto corazón rojo palpitó—. Hecho —dijo Zara—. ¿Ves? Tenemos la tecnología.

Cuando Emira salió del baño, cogió a Shaunie por el antebrazo y le dijo:

—Vamos a tomarnos un chupito.

En la cocina, cerca de la ventana abierta a la salida de incendios, donde crecían albahaca y menta, Emira y Shaunie empinaron dos vasos y arrugaron la cara mientras chupaban rodajas de limón que había cortado Josefa.

—Felicidades, Shaunie —dijo Emira. Lamió los restos de sal que tenía en la mano—. Te lo digo en serio. Es una pasada y te lo mereces.

Shaunie hizo una mueca de gratitud. Le dio un gran abrazo a Emira y dijo:

—Gracias, Emira.

Emira nunca había llegado a entender lo de abrazar a alguien en medio de una conversación, pero aquella era la gran noche de Shaunie, así que le estrechó la espalda con fuerza. Olió las cremas acondicionadoras en el pelo de su amiga, productos con nombres como «Mezcla armónica» y «Mitad & Mitad». Shaunie siguió cerca de ella después de que Emira se separara.

—Y aquí, entre nosotras… Pues… —Shaunie miró en dirección a la puerta de dormitorio de Josefa—. A ver, yo creo que ya lo sabe. Pero voy a empezar a buscar un piso de un dormitorio o un estudio.

—¿De verdad? —Emira primero se sorprendió, luego sintió envidia y por último se preguntó: «¿Eso es lo que se supondría que tendríamos que estar haciendo ahora? Porque, si es así, yo voy con mucho retraso».

—Esta claro que me ha encantado vivir aquí —admitió Shaunie en voz baja, a pesar de que oían a Josefa charlar con su hermana al otro lado de la puerta cerrada de su habitación—. Pero sí —dijo Shaunie—, creo que ha llegado el momento. Y, lo que es más importante, tú deberías quedarte con mi habitación. Quiero dejársela a alguien a quien me apetezca venir a ver. Además de Josefa, claro.

Emira vivía con una compañera de clase de Temple (una estudiante de posgrado que dormía en casa de su novio de miércoles a domingo) en un diminuto piso de un quinto piso sin ascensor por el que cada una pagaba setecientos sesenta dólares de alquiler, que en 2016 subirían a ochocientos cincuenta. Dormía en una cama individual y solo una de las estufas funcionaba, pero de momento era suficiente. El piso de Shaunie era mejor en todos los sentidos. Había una cafetería cerca, las ventanas de los dormitorios daban al cielo, no a paredes de cemento, y no estaba en Kensington, sino en Old City. Pero en el piso de Shaunie había una serie de cosas que no tenían nada que ver con la localización y que se irían con ella: la suscripción a HBO que pagaba su padre, las láminas enmarcadas que eran tremendamente básicas (puentes, girasoles, los rascacielos de Nueva York), un estante con especias dispuestas por orden alfabético, un guante de horno floreado que se enganchaba a la nevera… Shaunie tenía un equipo estéreo en su habitación y un tocadiscos en el salón. Cuando la compañera de piso de Emira no estaba en casa de su novio, las dos ponían música en la cocina usando un amplificador con forma de cuenco que llamaban «cuenco-megáfono». Si lo colocaban encima de la nevera parecía resonar mejor.

—Es una oferta maravillosa —dijo Emira—. ¿Cuánto pagabas de alquiler?

—Uy, no es nada caro. —Shaunie negó con la cabeza—. No son más que mil ciento cincuenta dólares cada una. Más suministros. Una ganga. Mierda, me llama Troy. Hola, amor.

Zara salió de la habitación de Shaunie sosteniendo un elegante vestido rojo a la altura de los hombros.

—Me voy a probar este.

Shaunie le hizo un gesto de asentimiento con la mano y siguió hablando por teléfono.

—Chico, no pienso aceptar un no por respuesta. —Shaunie empezó a desabrocharse los botones de la blusa en el salón mientras sujetaba el teléfono entre la oreja y el hombro—. ¿Sabes qué? Que te voy a mandar una foto, a ver si luego eres capaz de decirme que no.

Emira se terminó el vino.

—Zara, ¿me haces una foto? —Shaunie entró en su habitación.

—Chica, ¿por qué tienes que suplicarle de esa manera? —dijo Zara. Tiró el vestido rojo encima de la cama de Shaunie.

—Déjame que me cambie de sujetador un momento, espera.

Emira suspiró. Sacó su teléfono del bolso, apoyó las manos en la pared y se agachó para salir por la ventana de la cocina. Una vez en la escalera de incendios, se abrazó las rodillas juntas y cruzó las piernas con cuidado de no dar a ninguna de las macetas. Kelley descolgó al segundo tono de llamada.

—¡Hola! ¿Estás bien? Déjame buscar un sitio tranquilo, espera.

Fuera hacía frío, pero Emira no quería entrar a por una chaqueta. Oyó voces de hombre en el fondo por encima de música de Earth, Wind & Fire. Era la primera vez que llamaba a Kelley.

—Hola, ¿qué pasa?

—Hola, perdona —dijo Emira—. Perdóname. Parece que estás ocupado.

—Qué va, es el último acto del congreso —dijo Kelley—. No son más que un puñado de tíos de tecnología tomando Long Islands.

—Puaj. Vale.

—¿Qué pasa?

—No, nada. —Emira se movió de tal forma que los calcetines taparan la rejilla lo máximo posible y miró abajo, hacia la acera, donde un repartidor llamaba una y otra vez al timbre de un piso.

—Lo siento, la verdad es que no tengo nada interesante que contar. He tenido un día de mierda.

—No me digas —dijo Kelley—. Yo también.

—¿De verdad?

—Ha sido lo peor. Pero cuéntame primero el tuyo.

Emira le habló de la señora Chamberlain, de Spoons y de cómo había empezado la tarde enseñando la fotografía de un pez muerto a un empleado adolescente. Cuando le contó que no habían ido a la fiesta de Halloween, que sus días de ir a clase de ballet con Briar habían terminado, Kelley dijo:

—¡Nooo! ¡No me digas que os habéis perdido la fiesta de Halloween de Lulu's!

Emira rio.

—Tenía mis orejas de gato y todo. Lo que me ha cabreado es que no quisiera hablar con su hija y que le hiciera perderse una fiesta solo por eso.

—Bueno, en mi opinión, cualquier madre que pasa por alto la ocasión de vestir a su hija de perrito caliente es una psicópata.

—Exacto. Gracias. Y ahora —Emira bajó la voz— estoy en casa de Shaunie y le acaban de dar un superascenso y sé que debería alegrarme por ella…, pero lo único que me apetece es darle un puñetazo en la cara y meterme en la cama.

—Tranquila, fiera —dijo Kelley—. Invítala a una copa y ya está.

Emira se agarró al pasamanos.

—Ahora cuéntame tú.

Aquel día Kelley se había presentado a quien creía que era un directivo de tecnología, de nombre Jesse. Luego resultó que Jessie era una mujer y que Kelley se había presentado a su asistente, un hombre, delante de ella y de su equipo. También le había entrado aliño de ensalada en el ojo y durante cerca de dos minutos había creído estar ciego. Y odiaba Cleveland.

—Por lo menos vuelvo mañana temprano.

—Vale. —Emira escuchó a Shaunie y a Zara llamar a Josefa y a esta contestar con un «¿Qué?» irritado. Emira se inclinó para ver la cocina y comprobó que seguía sola—. Te dejo, perdona —dijo. Luego cambió de opinión y, con una mueca, añadió—: Perdona. Esto no ha venido a cuento.

—¿Por qué no iba a venir a cuento? Espera..., ¿te vas ya?

—Pues sí. Me parece que no me queda otra.

—Bueno, pues, oye, cuando termines, vete a dormir a mi cama.

Emira rio y dijo:

—¿Qué?

—Voy a llamar al conserje y a decirle que vas a ir. Duermes ahí y así mañana desayunamos.

Aquello, pensó Emira, era la cosa más adulta que le había pasado jamás.

—Espera, no —dijo—. No puedo hacer eso, Kelley.

—No hay ninguna razón por la que no puedas —dijo Kelley—. Es la oportunidad perfecta para robarme todo lo que te apetezca. Voy a llamar ahora mismo a conserjería. ¿Te parece bien?

Tan bien le parecía a Emira que dijo:

—Mmm...

—¿Qué quieres decir con «Mmm»?

Al otro lado de la ventana, Zara gritó:

—¡Relaja los hombros, tronca!

Emira miró las nubes negras del cielo y dijo:

—Déjame pensar un segundo.

—Vamos, Emira. —Kelley rio. Emira lo oyó contener el aliento antes de decir—. ¿No le apetece estar conmigo, señorita?

Emira se llevó una mano a la frente y sonrió.

Para cuando volvió a la cocina, tenía un mensaje nuevo de Kelley. Frank ya sabe que vas. Lleva identificación. Emira se sirvió otra copa de vino mientras oía a Zara decir: «Sefa, tienes que acercarte, cariño».

Emira empujó la puerta del cuarto de Shaunie y se la encontró desnuda de cintura para arriba. Con un brazo se cogía los pechos y el otro lo tenía a lo largo del cuerpo. Josefa sostenía una lamparita sobre su cabeza y decía:

—Creo que tienes que estar todavía más alta, Za.

Zara se subió a una silla mientras sostenía el iPhone de Shaunie con el brazo extendido.

—Espera. A Emira se le dan mejor estas cosas. —Zara le pasó el teléfono a Emira—. Yo lo que voy a hacer es levantarte las tetas.

# Once

Alix le daba igual seguir pesando cuatro kilos más que antes de quedarse embarazada. No era consciente de que Peter y ella llevaban casi tres semanas sin acostarse (para ser justos, tampoco él parecía llevar la cuenta. Se pasaba el día delante de las cámaras cubriendo el temporal de nieve). Y tampoco se preocupaba de contestar a los correos y llamadas de su editora preguntándole cómo iba su libro y si tenía algunos capítulos que pudiera leer durante las vacaciones. Rachel, Jodi y Tamra iban a pasar Acción de Gracias en Filadelfia. Y, lo que era aún mejor, Alix volvería con ellas a Nueva York y se quedaría allí nada menos que cinco días. El equipo de la campaña electoral de Clinton se había puesto por fin en contacto con ella y le había pedido que participara en un evento de mujeres. Sería la primera vez que volvería a la ciudad en ocho meses y la primera visita de Catherine. Y mientras Alix se quitaba los guantes y el gorro en el recibidor de su casa, el móvil de Emira parpadeó con un aviso de mensaje en la franja superior. Lamentamos informarle de que su vuelo WX1492 ha sido cancelado.

Fuera, la nieve caía a tal ritmo que parecía imposible que fuera a cuajar. Pero lo hizo, sepultando coches y árboles, taponando entradas de tiendas y después manteniéndolas abiertas de par en par, igual que libros usados. Durante los tres últimos días, el escalón superior de las escaleras del porche de los Chamberlain había sido un felpudo en el que sacudirse hielo y barro. Alix seguía yendo a las clases de natación en Uber o taxi (las niñas y ella estaban a menudo solas en la piscina) porque se le estaban agotando la paciencia y las actividades de interior (juegos como «Vamos a mirar fotos en el móvil de mamá», «Vamos a jugar debajo de la manta», «Vamos a sacar todos los libros de la librería y a colocarlos otra vez»). Pero el día siguiente era Acción de Gracias y aquel Acción de Gracias iba a ser distinto.

Alix y Emira no habían sido las mismas desde la muerte del pez de Briar, tres semanas atrás. Un lunes, Emira declinó la oferta de llevarse unas galletas a casa para que Alix no se las comiera. Y un viernes por la noche, cuando Alix le ofreció una copa de vino, Emira dijo: «La verdad es que no me apetece, pero gracias». Este cambio en su relación asaltaba los pensamientos de Alix en momentos cotidianos en los que nunca habría imaginado que se dedicaría a cavilar sobre su canguro. Un día, en una librería, se sorprendió a sí misma pensando a qué hora se iría Emira a la cama. Mientras amamantaba a Catherine, se preguntó si Emira habría visto la película *Pretty Woman* y si la encontraría polémica. En las escaleras mecánicas de la tienda de moda Anthropologie, Alix imaginó qué le habría contado Emira a Zara de ella y se preguntó si Zara sería de las que aceptan las opiniones ciegamente o disienten.

Alix también empezó a reorganizar su estilo de vida alrededor de Emira, a pesar de que no tenía razones explícitas para ello. Si iba de compras, arrancaba de inmediato las etiquetas de las prendas y otros artículos para que Emira no viera lo que había gastado, aunque Emira no era de esas personas que muestran curiosidad o preguntan. Alix ya no se sentía cómoda dejando a la vista determinados libros o revistas por miedo a que Emira viera su ejemplar de Marie Kondo y pensara: «Guau, eres tan privilegiada que necesitas comprarte un libro en tapa dura que te enseñe a deshacerte del resto de cosas caras que tienes». En ocasiones, Alix se sorprendía simulando delante de Emira que estaba a punto de cenar sobras cuando en realidad estaba pensando: «Pide sushi y ya está. Mándale un mensaje a Peter y pregúntale qué le apetece. ¿Qué pretendes demostrar cenando sobras?». Pero, aun así, esperaba a que Emira hubiera salido por la puerta para ir al ordenador, preguntar a Peter si quería lo de siempre y hacer el pedido en Seamless.

Al principio Alix buscó el nombre de Emira en internet e Instagram, para ver si por fin se había abierto una cuenta (se había convencido a sí misma de que se trataba de una medida de precaución relativa a sus hijas), pero ahora le había dado por entrar en su propia cuenta de Instagram e imaginar que era Emira viéndola por primera vez. Se desplazaba despacio por sus publicaciones e intentaba adivinar en qué fotografías pincharía Emira. Esta nunca daba muestras de pensar así de ella, al fin y al cabo, no había motivo, pero Alix a menudo tenía la impresión de que Emira la veía como la típica blanca rica, una persona muy parecida a las irritantes madres del Upper East Side que Alix y sus amigas siempre intentaban evitar. Pero si Emira se molestara en mirar con más atención, si quisiera darle una oportunidad, Alix sabía que dejaría de verla así.

Fantaseaba con la posibilidad de que Emira descubriera cosas de ella que la llevaran a la que Alix consideraba que era la versión más auténtica de sí misma. Que descubriera, por ejemplo, que una de las mejores amigas de Alix era también negra. Que sus zapatos nuevos preferidos eran de Payless y costaban dieciocho dólares. Que había leído todo lo que había escrito Toni Morrison. Y que dentro de su grupo de amigos, Alix y Peter eran los que tenían sueldos más bajos, y en cambio Tamra siempre volaba en primera clase. A menudo Alix intentaba dejar caer estos retazos de información, sin ningún éxito. Pero al día siguiente, con un poco de suerte, Emira comprobaría todas estas cosas en persona.

Rachel, Jodi y Tamra cogerían el tren a Filadelfia la mañana de Acción de Gracias. Rachel se sentía agradecida por no tener que pasar la fiesta sola (Hudson estaría con su padre); Tamra iría con sus dos hijas, Imani y Cleo (su marido había tenido que ir a Tokio por trabajo) y la familia de Jodi al completo estaría presente (su marido, Walter; su hija de cuatro años y medio, Prudence, y su hijo de un año, Payne). Acción de Gracias fue lo que hizo a Alix caer en la cuenta de que sus tres mejores amigas no conocían aún a Catherine, que tenía casi siete meses. ¿Tanto tiempo había pasado? Catherine, que cada día se parecía más a Alix, que era tan fácil de transportar y tan adorable, y que tenía tan poco interés en gatear que a su lado Briar parecía hiperactiva. Sus amigas habían bromeado con la idea de que Alix les organizara un Acción de Gracias como los de las revistas de decoración, donde no faltaran adornos muy de barrio residencial, jerséis esponjosos de cuello vuelto en cálidos colores otoñales, centros de mesa personalizados sacados de Pinterest y la retransmisión del desfile de Acción de Gracias de Macy's. Pero la broma había terminado convertida en un eje temático que Alix estaba deseando poner en práctica.

Contrató dos empresas de *catering* para que prepararan bebidas, colgaran abrigos, sirvieran comida y retiraran los platos sucios. Llenó la primera planta de la casa de calabazas de varias clases, espigas y mazorcas; una piñata con forma de pavo esperaba a ser colgada sobre la gigantesca mesa de comedor alquilada que ocupaba todo el largo del vestíbulo de suelo de baldosa. Usando cordel rojo y encima de una mesita en la que había cuatro tartas distintas, Alix colgó tiras de papel de estraza en las que los invitados podrían escribir motivos para estar agradecidos. Se deleitaba pensando en el día siguiente, en el que estaría en compañía de sus tres mujeres preferidas con un montaje cursi de Acción de Gracias y toneladas de vino tinto, pero la mera idea de que Emira pudiera también estar hizo que se ruborizara bajo la bufanda.

Llegaba cargada con las compras de última hora (pan, sal rosa, mantequilla, pasta de galletas y agua con gas). Alix dijo «¡Hola!» y dejó las bolsas reciclables en la encimera. Catherine babeaba en una manta, sentada en una hamaquita en el centro de la habitación. Emira sujetaba por las caderas a Briar, quien, subida en el asiento de la ventana, señalaba alguna cosa de la calle.

Briar dijo:

—Mamá, la ventana me muerde los dedos.

Emira se giró y dijo:

—No me puedo creer que haya salido con la que está cayendo.

«Bendito tiempo», pensó Alix. La mayoría de sus conversaciones con Emira tenían que ver con la gestión de la meteorología: si Briar debía llevar guantes, si la nieve obligaría a cancelar una clase de pintura o si Emira debía coger prestado un paraguas para volver a su casa. Alix puso los ojos en blanco para comentar su hazaña.

—Ha sido una locura, bastante apocalíptico. No debería haberte hecho venir hoy.

—Bah, no pasa nada. Total, son dos días —dijo Emira. Se volvió a Briar y dijo—: Voy a estar un tiempecito sin verte, Bri.

Los dientes superiores de Briar asomaron a modo de respuesta.

—No —se opuso—. No. Sí me ves.

—Mira, normalmente te veo tres días a la semana —le explicó Emira. Levantó tres dedos y Briar se los cogió—. Pero esta semana es Acción de Gracias, así que solo te voy a ver dos.

Cuando Emira bajó el dedo anular, Briar pareció ofendida.

—No, no. —Briar negó con la cabeza—. No. Me ves tres.

—En cambio, la semana que viene voy a verte todos los días. ¿A que es genial?

—Con lo de la semana que viene me salvas la vida —dijo Alix. Abrió la puerta de la nevera y la velocidad del gesto produjo un ruido de succión—. Emira, odio tener que decirte esto —Hizo una mueca—, pero deberías comprobar el estado de tu vuelo de esta noche.

—¿De verdad?

—Solo para asegurarte. —Alix empezó a cambiar de sitio fuentes y platos dentro de la nevera—. Usa ese ordenador.

¿Era cruel aquello? ¿Tratar de ganar el Óscar a la mejor actriz de reparto mientras esperaba a que Emira se enterara de que le habían cancelado el vuelo? Qué importaba; en cualquier caso, se lo compensaría. Saber que Emira tendría un sitio en su mesa por Acción de Gracias casi emborrachaba de felicidad a Alix. De pronto, el cuarto jueves de noviembre no era una fiesta sin más. Eran cuatro (o, con un poco de suerte, cinco o seis) horas durante las que convertir a Emira en parte de su familia. Era una velada en la que, entre copas de Malbec, boniatos, velas y tartas, podría hacer saber a Emira que no había olvidado el episodio de Market Depot. Que pensaba en ello todos los días, varias veces. Que no tenía intención de pisar esa tienda nunca más, aunque se tratara de una emergencia, aunque nevara como estaba nevando en aquel momento, aunque Emira no fuera ya su canguro. Emira fue al ordenador e hizo un clic detrás de otro mientras Alix rezaba por que Zara no tuviera familia en Filadelfia.

Emira apoyó los codos en la mesa, se tocó los lados de la cara y dijo:

—Qué desastre.

—¡Nooo! —dijo Alix. Cerró la puerta de la nevera. No debía sobreactuar, pero tenía que comportarse como si aquello fuera de verdad una tragedia—. Ay, Emira, qué disgusto; lo siento muchísimo. Tengo la sensación de que te he gafado.

Emira seguía con la vista fija en la pantalla. Se mordió el labio inferior y suspiró mientras Briar trepaba a una silla cerca de ella.

—No. Perdón, ¿puedo llamar a mi madre un momento? Me sacaron el billete ellos, así que igual sabe si puedo coger un vuelo más tarde.

—Pues claro. Briar, baja de ahí.

Briar dijo:

—Mamá, no puedes tocar el agua de Mira.

Y Alix, mientras la dejaba en el suelo, dijo:

—Vale, no lo haré. Gracias por avisarme.

Cuando Emira subió otra vez, Alix había puesto música a poco volumen y Paula Cole cantaba con suavidad mientras Briar explicaba que también los muñecos de nieve necesitan echar una siesta de vez en cuando. Alix cogió en brazos a Catherine, que se acurrucó contra su pecho. Emira se sentó en el antepecho de la ventana.

—Cuánto lo siento, Emira. —Alix le dio la vuelta a Catherine de modo que tuviera la nuca en contacto con su pecho. Briar fue hasta donde estaba Emira y empezó a darle golpecitos en las rodillas—. Aunque quizá es mejor que te enteres ahora y no en el aeropuerto.

—Sí. Estuve en casa este verano, así que no es tan grave. Y tampoco es que pueda hacer nada.

—Emira. —Mientras mecía a su hija pequeña pegada a su estómago, Alix fue a reunirse con su canguro en la ventana—. Ya sé que no era tu plan —dijo—, pero nos encantaría que pasaras Acción de Gracias con nosotros.

—Uy, guau... No, no. —Emira negó con la cabeza.

—Sí, porque... Mira —interrumpió Briar—, yo soy tu plan.

Alix pensó: «Qué chica más lista, Bri».

Emira rio.

—Bueno, ese argumento no lo puedo rebatir —dijo. Se inclinó para coger a Briar por las axilas y le dio la vuelta para sentársela en el regazo—. Es muy amable, pero de verdad que no hace falta.

—Emira. —Alix continuó meciendo, con la esperanza de que aquello aportara naturalidad a sus palabras, que sabía que tenían que sonar a opción apetecible y no a petición desesperada—. Te aseguro que las tiendas de alimentación ahora mismo son una locura. He tenido veinte años y he celebrado Acción de Gracias pidiendo comida china, y nunca lo disfruté. En realidad, me deprimía, y además luego me salían granos.

Aquello había sido mil veces mejor que pasar el día con sus padres en una residencia de mayores maloliente, pero esa no era la cuestión.

—Vienen mis tres mejores amigas de Nueva York. Va a haber comida de sobra y nos encantaría que nos acompañaras.

Briar levantó seis dedos y dijo:

—¿Cuánto *esh eshto*?

Emira le tocó la mano y dijo:

—Seis. Señora Chamberlain, de verdad que se lo agradezco, pero tiene pinta de que mi novio tampoco va a poder salir de la ciudad. —Miró hacia su móvil—. Se suponía que tenía que reunirse con su familia en Florida, pero también le han cancelado el vuelo.

Aquello era aún mejor.

—Nos encantará que venga él también —dijo Alix—. Trae a tu novio. A las cuatro el jueves. Y no vendrás como canguro. Nada de cambiar pañales. Vendréis como invitados.

Emira suspiró, pensativa.

—Si te comes los dedos de los pies… —dijo Briar mirando a Emira. Y a continuación suspiró—. Mira, entonces no tienes dedos de los pies.

Emira pulsó el botón principal de su teléfono, sonrió y dijo:

—Déjeme preguntarle.

Mientras Alix rezaba por segunda vez aquella tarde, Emira rodeó la cintura de Briar con el brazo que tenía libre.

—¿Qué hago, Bri? ¿Como pavo aquí contigo? No me gusta mucho comer dedos de los pies.

Los pendientes de Emira eran unos cuadrados de cobre y, en lugar de contestar, Briar los tocó y dijo:

—Quiero abrir *eshto*.

—No se abren, amor —le dijo Emira mientras tecleaba.

Oír aquel apelativo cariñoso puso nerviosa a Alix y le hizo pensar: «Por favor, por favor, por favor, ven mañana».

Emira miró a Briar y preguntó:

—¿Quieres que venga a comer tarta contigo esta semana?

—Sí —decidió Briar—, pero solo comes diez trozos.

—¿Solo diez? Supongo que me parece justo. —Emira miró su móvil. Después volvió a mirar a Alix y dijo—: Dice que le encantará venir.

Alix tuvo que hacer verdaderos esfuerzos por no soltar a su hija y taparse el rubor de la cara con las manos.

—¿Lo has oído? —le dijo Alix a Catherine al oído—. ¡Mira va a venir a comer pavo con nosotros!

—¿Te parece bien? —Emira alargó el brazo y apretó el pie a Catherine—. ¿Me dejas que venga a pasar aquí Acción de Gracias?

Y entonces, Catherine May Chamberlain miró a Emira y dijo:

—Hola.

Emira y Alix contuvieron la respiración. Alix notó como se ruborizaba y se le llenaban los ojos de lágrimas. Dio la vuelta a su hija y la levantó frente a ella.

—¿Acabas de decir «hola»? —preguntó—. ¿Le has dicho «hola» a Mira? Briar, ¿has oído a tu hermana?

—Mamá —dijo Briar—, ¿puedes… hacer una foto del pendiente de Mira? Vamos a hacer una foto.

—¿Puedes decir «hola» otra vez? ¿No? —Alix tragó saliva. Catherine sonrió con dulzura y Alix estrechó su cuerpecillo. Meneó la cabeza con expresión feliz—. Emira, vete a casa.

Emira dijo:

—¿Cómo?

—Hace un tiempo de locos, vete a casa. Nos vemos en Acción de Gracias.

—Ah, pero puedo darle un baño rápido a Briar.

—No, no. Mira, vete. —La alegría de Alix por la primera palabra de su hija y por el día que estaba a punto de tener casi no cabían en la misma habitación. Si Emira se quedaba mucho más rato, Alix correría el riesgo de decir «Te quiero» o de preguntarle si le gustaba trabajar en aquella casa o cuántos años creía que tenía—. Aunque, ahora que lo pienso... —dijo—, espera un momento.

Alix dejó a Catherine de nuevo en la hamaca, sacó una bolsa de Whole Foods del último cajón y abrió la nevera. Llenó la bolsa con dos botellas de agua, un plato de tortellini congelados, una lata de sopa, una lata de chili, un paquete de las galletas de Briar con formas de animales y una botella de vino tinto.

Emira entró en la cocina.

—Espere, señora Chamberlain, ¿qué es esto?

—Esto es para ti —Alix se lo puso en los brazos—. Estoy segura de que tienes comida en casa, pero esto es mejor que cualquier cosa que vendan en las tiendas ahora mismo.

—¡Hala...! —Emira sujetó mejor la bolsa—. Es muy... Es superamable.

—Tú hazme un favor —dijo Alix— y ven con mucha hambre el jueves. Y, Emira, lo digo en serio. No vienes a trabajar. Vienes como parte de la familia, ¿vale?

Emira hizo un puchero que le dio aspecto de niña pequeña. Se subió la parte de atrás de los *leggings* y dijo:

—Vale.

# DOCE

El día de Acción de Gracias, a las 16:06, Emira bajó de un taxi con botas de imitación de ante color beis. Kelley la sujetó por la parte posterior del brazo mientras buscaba huellas en la nieve por las que caminar hasta la puerta de la casa de los Chamberlain. Por primera vez en todo el día, la nieve había dejado de caer y ahora formaba una capa de dos centímetros sobre árboles desnudos, cables y alféizares. Emira se detuvo con una mano en el pestillo de la verja; en la otra llevaba un ramo de margaritas moradas y amarillas. Podía ver su respiración en el aire frío.

—Oye, ¿necesitamos una contraseña o algo así? —dijo.

Kelley se metió las manos en los bolsillos y también bajó la voz.

—¿Una contraseña para qué?

—Por si... —Emira se sonrojó—. Por si no te lo estás pasando bien y quieres irte.

—Aaah, vale. ¿Qué tal... «Me quiero ir»?

Emira le empujó en el pecho y abrió la verja.

—Mira que eres tonto.

—Lo vamos a pasar bien. Yo estoy contento de haber venido —dijo Kelley—. Aunque espero que el vino sea excelente.

—Seguro que no te llevas una decepción.

En lo alto de las escaleras, Emira hizo ademán de sacar su llave, pero aquel día era distinto. Ya oía voces de mujeres dentro, junto con las de varios niños que hablaban formando frases completas. Kelley se situó a su lado, guapísimo, vestido de fiesta con unos vaqueros oscuros, un jersey rojo y un abrigo negro que le llegaba hasta las rodillas. Habían pasado las últimas veinticuatro horas en el piso de él a base de mucho sexo, películas malas y comida a domicilio, y Emira se sentía más adulta de lo que jamás habría imaginado. Lo miró y susurró:

—Se me hace raro usar la llave.

—Vale… —Kelley puso el dedo en el timbre—. ¿Quieres que llamemos?

Emira dijo:

—Sí.

Kelley pulsó el timbre. Esperaron juntos y Emira contuvo la respiración.

—Oye —Kelley le tocó la cintura mientras sonaba el timbre—, ¿cómo se llamaba tu jefa?

—Señora Chamberlain.

—¿La tengo que llamar así? ¿Cuál es su nombre de pila, por si acaso?

—Eeeh… Es algo como… —Emira se colocó la gruesa trenza de pelo negro encima del hombro—. Ellix.

—¿Ellen?

—No. —Emira apoyó la cabeza en el hombro de Kelley—. Es Alex, pero en plan raro. Como «Eeeelix» o algo así.

—Emira —Kelley sonrió—, ¿cómo puedes no saberlo?

—Ya lo sé, lo que pasa es que yo no la llamo así. La llamo señora Chamberlain. ¡Shhh!

Se separaron y esperaron en silencio.

En la incómoda pausa, Kelley volvió a inclinarse hacia Emira.

—¿Es europea o algo así?

—No lo sé. Igual sí.

—¿Cómo que igual sí?

—Por Dios, Kelley. No lo sé. Es blanca.

Kelley rio con la boca dentro del cuello del abrigo.

—Muy bien, señorita. Déjame darte un beso antes de que abran.

Emira se acercó a él y notó sus pestañas cerca de la cara. Se separaron en el preciso instante en el que la señora Chamberlain abría la puerta.

—¡Emira, has venido!

El pelo rubio de la señora Chamberlain estaba rizado en las puntas y ondeó con la corriente producida al abrir la puerta. La acompañaban aromas a cera de velas, pastel de calabaza y brandi.

Emira dijo:

—Hola, señora Chamberlain, muchas gracias por...

Pero entonces la señora Chamberlain dijo «No me lo puedo creer» con una mezcla de pánico y de descubrimiento, como si hubiera estado a punto de darse de bruces con una cristalera muy limpia.

Emira vio cómo la cara de la señora Chamberlain adoptaba la misma expresión guerrera que adoptaba su hija cuando las cosas no salían según el plan previsto o cuando Emira trataba de leerle un cuento a la hora de dormir. Con una mano en la puerta, dio la impresión de que la señora Chamberlain se estaba preparando para recibir un golpe, o como si ya se lo hubieran dado y a duras penas hubiera logrado salir viva.

Fue entonces cuando Kelley pareció reaccionar. Pestañeó dos veces y dijo:

—¿Alex?

# TERCERA PARTE

# TRECE

lix se miró en el espejo (llevaba un jersey de punto encantador, grueso y de color avena, unos vaqueros ajustados y unas botas marrones). Bajó las escaleras con Catherine en la mochila portabebés (le susurró a Tamra: «Me parece que ya está aquí») y, al abrir la puerta, dio un paso atrás y retrocedió quince años en el tiempo. Delante de ella estaban un hombre adulto y un alumno de bachillerato, y la persona que encarnaba a ambos le decía: «¿Alex?», como si la conociera.

Allí, al lado de su canguro, estaba Kelley Copeland, del instituto William Massey, promoción de 2001. El chico con el que Alex Murphy se estrenó en todo (mamadas, sexo, «Te quiero», corazón roto), y todo acompañado de un millón de inseguridades. Por si su inexplicable presencia en la puerta de la casa de Alix fuera poco, la forma en la que había pronunciado su nombre, «Alex», la había dejado helada. Había sonado quejica y vulgar, y Alix se sintió como si acabara de encontrar una hortaliza en el fondo de un cajón de la nevera a la que después de tanto tiempo le había empezado a salir moho. El corazón se le aceleró mientras pensaba: «No, es imposible», pero, al darse cuenta de que seguían allí delante de ella, pensó: «Mierda mierda mierda mierda mierda».

Emira soltó una carcajada y dijo, mirando alternativamente a Alix y a Kelley:

—¿Cómo?

Catherine empezó a revolverse en el frío y Alix dijo:

—Eeeh, pasad, pasad... Hace mucho frío.

Emira y Kelley entraron en el vestíbulo y Alix cerró la puerta mientras pensaba: «Kelley Copeland está en mi casa». En el umbral del vestíbulo, Alix miró a las personas que más quería en el mundo rodeadas de la decoración *kitsch* de Acción de Gracias con la que había llenado el maletero de su coche solo días antes, todas centelleantes bajo aquella estúpida puta piñata con forma de pavo. Se parecía todo demasiado a las decoraciones desmesuradas que sus padres habrían encargado previo pago para la casa de 100 Bordeaux Lane y, por un momento, Alix llegó a pensar: «¿Cuánto podría tardar en tirar todo esto a la basura?». La idea no era que quedara así. La idea había sido hacer una broma.

—¿Es esta la maravillosa Emira? —El poncho beis de Jodi flotó desde sus hombros cuando se acercó—. Estamos encantados de conocerte. Yo soy Jodi.

—No te asustes. —Rachel fue la siguiente en abrazar a Emira—. Es que es como si ya te conociéramos. Hola, novio. Yo soy Rachel.

—Kelley. Encantado.

«Mierda mierda mierda».

Tamra bajó las escaleras con su aspecto habitual, presidencial e importante, abrió los brazos como si fuera un maestro de ceremonias en el momento álgido de un espectáculo y dijo:

—¿Emira? Dame un abrazo, hermana. —Esta abrazó a Emira mientras Alix trataba sin éxito de comunicarse visualmente con Jodi—. Feliz Acción de Gracias, amiga. Vamos a ponerte una copa.

Las tres mujeres cogieron a Emira y se la llevaron al bar, donde un camarero le preguntó si quería vino tinto o blanco.

Alix se quedó con Catherine y Kelley a la salida del vestíbulo en el que había leído tantos de sus mensajes de texto. Catherine pataleó y mordisqueó el calcetín que se había quitado. Por primera vez en su vida, Alix deseó no llevar a su hija sujeta al pecho.

—Estás... —Alix no tenía ni idea de qué decir ni de dónde poner las manos— ... casi igual.

Aquello era dolorosamente cierto. La estatura de Kelley seguía siendo impresionante y sus manos casi daban miedo de lo grandes que eran. Así que aquel era el novio de Emira. Kenan&Kel. El tipo que Emira había conocido en el metro y el que le había dicho que tenía muchas ganas de verla aquella noche.

—Gracias. —Kelley miró hacia la araña de cristal sobre la mesa para doce comensales y hacia la piñata roja y marrón con forma de pavo que giraba con suavidad impulsada por las ráfagas de calor que subían del suelo. Parecía estar calculando cómo sería el resto de la velada cuando dijo—: Ya veo que tú tampoco has cambiado nada.

—¿Perdona?

Pero antes de que a Kelley le diera tiempo a contestar, Peter se acercó y le ofreció la mano, como si fueran rivales antes del primer partido de la temporada de fútbol. Sonrió y dijo «Soy Peter Chamberlain» con el mismo tono que usaba en televisión.

Walter se unió a Peter en el recibimiento a la única otra presencia masculina en la casa además del pequeño Payne, que dormía como un tronco. Rachel, Jodi y Tamra estaban interrogando a Emira con copas en la mano y asintiendo con furia a todas sus respuestas. Alix se quitó a Catherine del pecho y la depositó en el parque, bajo un móvil de lunas y estrellas. Subió la mitad de las escaleras, consiguió captar la atención de Jodi y movió la boca sin emitir ningún sonido para decir: «¡Ven!».

Arriba, la cocina estaba en silencio. Repartidos por las encimeras, esperando sobre quemadores y sudando bajo papel de aluminio, había boniatos, puré de patata, panecillos y espárragos. Alix dejó atrás el dormitorio de las niñas, pasó por encima de una caja de vino tinto y abrió la puerta del diminuto cuarto de la lavadora, que, para alguien que venía de Nueva York, constituía un armario ropero respetable. Cuando oyó que las pisadas de Jodi cambiaban de alfombra a madera, sacó un brazo y metió a su amiga en el cuarto.

—Pero bueno, cariño, ¿qué haces?

Alix dijo «Shhh» y tiró de un cordel que había sobre sus cabezas. Una bombilla solitaria chasqueó en el espacio pequeño y cuadrado. Alix se dio cuenta de que estaba a punto de pronunciar en voz alta el nombre de Kelley y el corazón se le aceleró.

—Escúchame —dijo—, el chico ese que está abajo —Alix le puso las manos en los hombros a Jodi— es Kelley Copeland.

—Vale… —Jodi sonrió—. No sé quién es.

—El novio de Emira es el tío del instituto que me quitó la virginidad y luego rompió conmigo y le dijo a todo el mundo dónde vivía y me jodió la puta vida.

Bajo los estantes de toallas de invitados, pañales, detergente de lavadora y pilas de emergencia, los ojos verdes de Jodi se agrandaron.

—Estás de broma.

—Jodi, no sé... —Alix se recostó contra la lavadora y la secadora, que estaban una encima de la otra—. No tengo ni idea de qué hacer.

—¿Te acabas de enterar?

—Ahora mismo.

—¿Cuánto tiempo llevan saliendo?

—No sé, un par de meses.

—¡Meses!

Alix dijo: «¡Shhh!» y oyó la voz de Rachel que decía: «¿Hola?».

Alix abrió la puerta y metió a Rachel en el cuartito.

—¿Estáis siendo malas? —Rachel sostenía lo que Alix pensó que podía ser su segunda copa de vino de la noche, una noche que todavía ni siquiera había empezado.

Jodi cogió a Rachel por el brazo.

—Alix conoce al novio de Emira.

—¿De qué lo conoce? Es mono.

Alix se abanicó mientras Jodi daba explicaciones a Rachel. Cuando esta hubo entendido todo, dijo:

—¿Tu exnovio sale con tu canguro?

—¡Shhh! —Jodi le puso la palma de la mano en la boca.

—Vale, vale... Pero, una cosa... —Rachel se quitó la mano de Jodi—. ¿Es el cretino ese del que nos hablaste?

Alix asintió con la cabeza y se puso una mano en el estómago.

—Me parece que me falta el aire —dijo—. Ay, Dios mío, está aquí y yo sigo gordísima.

Las dos mujeres la mandaron callar:

—¡De eso nada!

Jodi le tocó a Rachel en el hombro y dijo:

—Ve a buscar a Tamra —A Alix le dijo—: Vale, pon la cabeza entre las rodillas.

A Alix lo que le apetecía era caminar, pero se había aislado a sí misma y a sus amigas en aquel armario donde, mirara donde mirara, solo veía bombillas, recambios de mopa y contenedores de lona rebosantes de cables enmarañados. La realidad de hasta qué punto era diferente aquel encuentro inesperado de sus fantasías de los últimos quince años sobre Kelley Copeland se abatió sobre Alix y la dejó sin respiración. Todavía pesaba casi nueve kilos más que antes de tener a Catherine. El estado actual de su casa no era el espacio moderno y minimalista que tanto se había esforzado por crear. Y había niños pequeños por todas partes, y no solo de los monísimos que no hacen otra cosa que dormir, sino que estaban Briar con sus preguntas y Prudence con sus travesuras y los hijos de Tamra con esa obediencia que, no sabía muy bien por qué, resultaba de lo más pretenciosa. Así no era como se suponía que iban a ser las cosas. Durante todos sus años de matrimonio, maternidad y enormes cambios profesionales, Alix nunca había dejado de imaginar escenarios ideales en los que vería a un Kelley Copeland ya adulto o, más bien, en los que él la vería a ella. Eran las típicas escenas de película (se encontraba con él un día en el que el pelo le había quedado genial, o mientras iba con tacones por un aeropuerto), pero también contextos rebuscados a cuya logística Alix podía dedicar lo que duraba una ducha o un viaje en metro.

En una de las fantasías más elaboradas, Kelley estaba de vacaciones en Nueva York con una novia menuda, castaña, de esas que hacen muchas fotos y llevan un *tote bag* de

Longchamp. Después de una mañana exasperante de perderse varias veces en el metro, los dos terminaban en el mercado de Times Square y entonces hacía su aparición Alix: llevaba a una Briar diminuta sujeta a su pecho y las dos tenían el pelo alborotado y encantador. Alix los vería a ellos primero y se encajaría las gafas de sol en lo alto de la cabeza («¿Kelley? ¡No me lo puedo creer! ¡Hola!»). Y entonces la novia de Kelley se enamoraría al momento de Alix cuando esta les diera consejos y recomendaciones maravillosas de dónde tomarse un cóctel a buen precio en alguna de las azoteas de la ciudad. Luego Alix se despediría («¡Buena suerte! ¡Que disfrutéis del viaje!») y sería la primera en irse. Iría vestida con algo clásico, como una camiseta blanca, y llevaría los labios de color rojo.

Alix incluso había soñado con un encuentro con Kelley en el futuro. No había terminado su primer libro exactamente, pero quizá escribiría otro y esa vez sería un libro para chicas jóvenes. Un Kelley de cuarenta años (con un poco de suerte, rechoncho o calvo) estaría con su hija haciendo cola en el Barnes & Noble de la calle Ochenta y seis (habrían viajado en coche desde Allentown y se alojarían en un hotel junto a la estación de metro en Astoria, el barrio de Queens). Alix abriría su libro y le escribiría una dedicatoria a su admiradora adolescente. Miraría a Kelley, sonreiría y le diría a su hija: «¿Sabes que tu padre y yo nos conocemos?».

Y en cambio allí estaba, ni regordete ni calvo, un recordatorio explícito de la noche en la que destrozó sus años de instituto. Y no solo estaba allí, ¡además Kelley Copeland salía con Emira! ¡Su Emira! El mismo hecho de que la conociera le resultaba increíble. ¿Sabía cuándo estaba enfadada? ¿Tenía permiso para tocarle el pelo? ¿Qué opinaba Zara de todo aquello? ¿Le parecía bien? Y entonces Alix se llevó la mano a la frente y no pudo evitar hacer lo que sabía era una reflexión de lo más adolescente. Pensó: «Ay, Dios mío. Kelley y Emira tienen relaciones sexuales. A la vez. El uno con el otro».

Tamra abrió la puerta del cuarto de la colada con su hija de dos años y medio, Cleo, en brazos. Rachel entró detrás de ella y la sensación fue de aforo completo.

—¿Qué...? —susurró Tamra mientras Cleo señalaba el techo.

—Luz, mami. Quema.

—Sí. No la toques —dijo Tamra.

Jodi se puso a masajear la espalda de Alix en movimientos lentos, circulares.

—A ver, Tam. Esta es la situación.

Cuando Tamra estuvo informada, asintió con la cabeza y dijo:

—Vale. Alix, oye... —Alix se puso de pie. Tenía la cara roja y le latían las sienes—. Aquello fue en el instituto, hace muchísimo tiempo. Vas a estar bien.

—¡Ya sé que fue hace muchísimo tiempo! —Alix no se encontraba preparada ni de lejos para estar bien en presencia de Kelley Copeland. Le tapó las orejas a Cleo y dijo—. ¿Tú estarías tranquila si un ex tuyo se estuviera follando a Shelby?

Tamra reflexionó sobre estas palabras y dijo:

—Vale, lo pillo.

Cleo se tapó los ojos y preguntó a las presentes:

—¿Dónde está Cleo?

—¿Cómo ha podido pasar algo así? —preguntó Alix a nadie en particular.

—Tesoro, estás roja como un tomate —dijo Rachel—. Tienes que tranquilizarte.

El instinto maternal de Jodi le impedía no hacer caso a Cleo. Le hizo cosquillas en un costado y dijo:

—Te vemos, cariño.

En el piso de abajo, un niño empezó a llorar y Jodi miró a Tamra.

—¿Es un hijo mío o tuyo? Me parece que es mío.

—Vale, esto se pone feo. Tenemos que salir de aquí —dijo Tamra—. Escucha. Tú estate tranquila. Finge que fuisteis juntos al instituto y nada más. —Tamra habría seguido hablando, pero entonces hizo una mueca. Miró a Cleo y dijo—: ¿Te acabas de hacer caca? —Levantó a la niña para olerle el trasero e informó al resto—. Vale, falsa alarma.

Este gesto abatió a Alix y no pudo evitar pensar: «Es increíble, si es que mis amigas son unas MAMÁS». Le resultaba extraordinario cómo podía estar al mismo tiempo enamorada y avergonzada por tantas cosas a la vez. Estaba la edad y el estatus de sus amigas: Rachel, divorciada dos veces a los treinta y cinco años; Jodi, la madre más madre del mundo mundial, también de treinta y cinco años, y Tamra, que, aunque espectacular en todos los demás sentidos, se acercaba a los cuarenta. Y luego había otras cifras que de pronto le resultaron humillantes. La estatura de su marido (la misma que la de ella, un metro setenta y ocho), su peso posparto (sesenta y cuatro kilos) y, sobre todo, el hecho de que la noche anterior había estado tumbada en la cama y había sido feliz mientras contaba mentalmente la cantidad de invitados afroamericanos que habría en su mesa de Acción de Gracias. El número total había sido cinco.

Rachel negó con la cabeza.

—Me dan ganas de matarlo.

Jodi dijo:

—Creo recordar que esta situación salió una vez en *This American Life*.

Tamra asintió con la cabeza.

—Ya sé cuál dices.

Jodi preguntó:

—¿Vas a decírselo a Peter?

Peter no sabría qué hacer con toda aquella información en el contexto de la velada. Alix necesitaba que fuera tan encantador como sabía ser y mantuviera a Kelley ocupado con su obsequiosa hospitalidad. Dijo:

—Esta noche no.

Rachel esperó un segundo antes de preguntar:

—¿Se lo vas a decir a Emira?

Aquello devolvió a Alix a sus preocupaciones. Miró a Tamra y dijo:

—Tam, ¿tú qué opinas?

—Esta noche no se lo vas a decir a nadie, ¿vale? —Tamra decidió por Alix y por el resto del grupo—. Lo más seguro es que Kelley y Emira estén teniendo la misma conversación que nosotras ahora mismo. Pero, escuchad, de Emira me ocupo yo. Peter y Walter ya se han hecho cargo de Kelley. Tú fuiste al instituto con él y punto. Vaya casualidad. Qué gracia. Y ahí se acaba todo.

—Vale... No es más que una casualidad.

Alix se llevó la mano al cuello del jersey y trató de crear espacio entre sus axilas sudorosas y la prenda.

—Pero, por otro lado, qué pena, ¿no? —Rachel dio otro sorbo de vino—. Habríais tenido unos hijos espectaculares.

# CATORCE

C uando la señora Chamberlain abrió la puerta, Emira tuvo que contener la risa. La cara de la señora Chamberlain reflejaba una perplejidad similar a la de cuando se conocieron. Cinco meses antes, Emira había visto cómo la señora Chamberlain abría la puerta de su casa a una persona que había creado en su cabeza y, ¡sorpresa!, se había encontrado con alguien de piel mucho más oscura. Tan educada había sido la perplejidad de la señora Chamberlain al ver a Emira que incluso se disculpó («Perdón, hola. ¡Qué guapa eres! ¡Pasa, por favor!»). Su reacción al ver a Kelley en Acción de Gracias fue muy parecida. Pero justo cuando Emira esperaba que la señora Chamberlain se disculpara, Kelley la llamó *Alex*. Las risitas cómplices de Emira se convirtieron en una risa nerviosa y la señora Chamberlain se puso seria. Antes de que le diera tiempo a entender nada, Emira se encontró arrastrada al País de las Agradecidas Maravillas y fue emboscada por tres madres. Las mujeres le pusieron una copa de vino tinto en la mano mientras le preguntaban de dónde era, en qué universidad había estudiado y si estaba enganchada a una comedia titulada *Black-ish*. Cuando Emira dijo que nunca la había visto, Tamra le cogió el brazo con firmeza y dijo:

—Ay, Emira, tienes que verla. Es una serie muy importante.

Cuando las tres mujeres subieron al piso de arriba, Emira vio a Briar, con un vestido tableado y de aspecto incómodo, sentada en el salón junto a otras dos niñitas, una con el pelo rojo brillante y la otra con una melena afro diminuta sujetada con una diadema elástica de flores. Emira tocó el hombro de Briar.

—Hola, ratita.

Briar se puso de pie y se agarró con solemnidad al cuello de Emira.

—No me gustan los zapatos de fiesta en casa.

—¿Quieres venir a conocer a mi amigo?

Briar no dijo que sí, pero Emira la cogió en brazos y volvió hacia el recibidor, donde Peter, Kelley y otro hombre estaban charlando.

—Esta es mi... Esta es mía —le dijo Briar al hombre al que Emira no conocía—. Esta es mi amiga.

—Fantástico —dijo el hombre. Tenía grandes carrillos, hombros anchos y aspecto de Papá Noel joven con un jersey blanco de nudos—. No nos conocemos. Soy Walter. Creo que ya te han presentado a mi mujer, Jodi. Todas las pelirrojas que hay aquí son mías.

—Yo soy Emira. Encantada. —Emira sonrió—. Oye, Bri, este es mi amigo Kelley. ¿Le dices «hola»?

Briar pegó la cabeza en el cuello de Emira en un ángulo forzado; podía ver a Kelley, aunque casi tenía la cara del revés. Sacó dos dedos y dijo:

—Tengo tres años.

Kelley se giró hacia la niña y dijo:

—No puede ser. Yo tengo tres también.

Briar abrió los ojos y sonrió.

—Nooo.

—Lo que pasa es que soy muy alto para mi edad —dijo Kelley—. Bueno, en realidad tengo tres y medio. A Emira se le dibujó una sonrisa y se sintió feliz. Pues claro que a Kelley se le daban genial los niños. Pues claro que tenía frases preparadas para decirles hasta conocerlos mejor. Pero cuando Tamra bajó las escaleras, seguida de Jodi, Rachel y la señora Chamberlain, Kelley interrumpió su monólogo. Le puso una mano a Emira en la espalda y dijo:

—¿Podemos hablar un segundo?

Emira dijo:

—¿Mmm?

Pero Tamra los interrumpió.

—Briar, ya sé que estás muy contenta de que haya venido tu amiga. Emira, ¿me echas una mano en la cocina?

Le pasó a Cleo a Jodi y se dirigió de nuevo hacia las escaleras. Su pregunta había sonado a orden y la forma en la que sacó pecho mientras caminaba dio a entender que esperaba que Emira la siguiera.

Emira dejó a Briar en el suelo.

—Pues ahora vengo, entonces.

Sobre la mesa del piso de arriba había una cubertería elegante que Emira no conocía y un montón de servilletas de tela.

—Necesito que me ayudes a envolver estos cubiertos un momento —dijo Tamra—. Seguro que sabes cómo se hace.

Emira dijo «Claro», aunque todo aquello se le hacía muy raro. No solo no sabía envolver cubiertos en servilletas, es que, además, aquellas servilletas amontonadas de cualquier manera le parecían un descuido impropio de la señora Chamberlain. Ella tenía que haber dejado aquello preparado antes de que llegaran los invitados. ¿Las había desordenado Tamra solo para poder estar un rato a solas con Emira? ¿Es que no estaban a punto de cenar todos juntos? Emira bajó la vista y casi se sobresaltó al ver su vestido color verde aceituna en lugar del polo blanco de talla grande que llevaba cada lunes, miércoles y viernes.

Tamra puso primero el cuchillo y Emira la imitó. Después de enrollar la primera tanda de cubiertos y meterlos en un cestillo, Tamra le tiró con suavidad a Emira de la trenza del pelo.

—¿Qué escondes ahí debajo? ¿Eh? Me da que te da miedo llevarlo natural.

—Ah.

Emira rio, más por incomodidad que por indiferencia. Había estado en otras reuniones en las que un anfitrión bienintencionado pero ignorante le había encasquetado al único otro invitado negro, pero Tamra daba la impresión de actuar por iniciativa propia. Le recordó a Emira una ocasión en la que había visto el *reality* de citas *The Bachelorette* en el piso de Shaunie. Hasta cuatro veces tuvo que presenciar escenas familiares en las que el padre de una mujer blanca soltera se levantaba en mitad de una cena y le preguntaba al pretendiente si podían hablar de hombre a hombre. Cada vez le había resultado más incómoda que la anterior.

—Pues no sé —dijo—. Supongo que me gusta largo.

—¿Quieres saber cómo les cuido yo el pelo a mis hijas? —Tamra se puso recta y contó los ingredientes con los dedos—. Les pongo aceite de coco, agua y aceite de uva en espray. Luego lo peinas una vez a la semana y la verdad es que no necesitas más. ¿Cómo de largo es tu pelo natural, cariño?

Emira tuvo que contener una mueca de desagrado. De pronto se sintió agradecida de necesitar las dos manos para doblar de mala manera la esquina de una servilleta. Imaginó la reacción de Zara cuando se lo contara. Sería un «¿Que te preguntó QUÉ?» con los ojos como platos. Emira mantuvo la vista baja.

—Mmm... Pues... hasta la barbilla, más o menos.

—Bueno, ¡pues eso es mucho! —Tamra la felicitó—. Creo que te quedarían bien los rizos, chica.

—¿Mami?

Apareció Imani en lo alto de las escaleras y Emira sintió que recuperaba el aliento. Se volvió hacia la niñita y dijo:

—Hola. Creo que no te conozco.

Emira le estuvo preguntando a Imani sobre qué tal era ser la hermana mayor hasta que todos los cubiertos estuvieron envueltos.

Cuando volvió al piso de abajo, dejó el cestillo en la mesa y buscó a Kelley, que iba camino del cuarto de baño.

—Lo siento, no sé a qué ha venido eso —susurró—. ¿Estás bien?

—Ajá. Necesito que mires tu teléfono —dijo antes de meterse en el cuarto de baño y cerrar la puerta.

Briar interceptó a Emira en el pasillo y Emira la cogió y se la apoyó en la cadera. La mantuvo allí mientras se escabullía al recibidor y cambiaba de sitio abrigos y bufandas para buscar en su bolso.

—Prudence tiene un gato grande —dijo Briar.

—Ah, ¿sí? —Emira tocó para ver sus mensajes—. ¿Cómo se llama?

Había tres mensajes de texto de Kelley y los leyó mientras Briar le explicaba que los gatos no eligen sus nombres y que los elige la mamá.

El primer mensaje de Kelley decía: Tu jefa fue mi novia en el instituto.

El segundo decía: Esa que solo volaba en primera clase.

El tercero decía: ME QUIERO IR DE AQUÍ.

# QUINCE

Se suponía que Jodi se sentaría cerca de su hija, pero Prudence había recordado enseguida su obsesión con una (a aquellas alturas) bastante achispada Rachel y suplicó a su madre que la cambiara. Peter y Catherine se instalaron a la cabecera de la mesa, cerca de Walter y Payne. Al lado de Alix, Briar jugueteaba con la correa de la sillita elevadora. Enfrente de Alix, Emira movió un brazo y tocó una calabaza espantosamente brillante con una cinta que decía «¡Da gracias!» en letras de oro alrededor de su cuerpo de plástico.

—Qué bonito está todo —dijo.

—Ah. No es... —Alix se retiró el pelo detrás de los hombros mientras tomaba asiento. La explicación que quería dar, igual que todo lo que había dicho en la última hora, iba dirigida sobre todo a Kelley, razón por la que le costaba encontrar las palabras—. Bueno, se supone que es una especie de broma —dijo—. Aunque tonta, en realidad.

—Tiene razón, Al —Jodi intervino y la salvó—. Está todo precioso. Pru —Jodi se giró a la izquierda y miró a su hija—, te hemos dejado sentarte al lado de la señorita Rachel como un regalo muy especial, así que pórtate bien, ¿vale?

Prudence puso la cara de pícara que ponía siempre que Jodi aludía a un posible castigo. Rachel chocó los cinco con Prudence y dijo:

—Las chicas solteras estamos muy bien en este sector, ¿a que sí, Cleo?

Cleo, de dos años, negó con la cabeza.

—No, gracias.

Peter miró a Alix, pero cuando habló se dirigió a todos los presentes:

—¿Queréis que demos gracias?

Walter levantó la barbilla en un gesto a su hija, en el otro extremo de la mesa.

—Pru se sabe una plegaria. ¿A que sí, Pru?

Jodi murmuró.

—Oh, cielos.

—Perfecto —dijo Alix—. ¿Quieres decirla?

Pru miró a los presentes como si estuviera a punto de poner en práctica una travesura de lo más grosera y maloliente. Juntó las manos por encima de la mesa y rio para sí.

—Por la comida y los días felices, recibe nuestra gratitud y nuestras alabanzas. Y que al servir a los otros saldemos nuestra deuda con ellos. Amén.

Los adultos a la mesa dijeron: «Amén» y Walter añadió:

—Lo has hecho de maravilla, peque.

Tamra se inclinó hacia delante.

—¿Te lo han enseñado en la guardería?

Jodi cogió una fuente con boniatos.

—No me hagáis hablar.

Alix animó a todos a servirse, y un agradable tintineo de cubiertos entrechocando con platos y porcelana empezó a subir hacia el techo.

Todo era como el Acción de Gracias que había soñado Alix, lo que hacía aún más escalofriante la velada. Los invitados tenían aspecto festivo y cálido en el resplandor de la lámpara de araña, la nieve revoloteaba sin esfuerzo detrás de las ventanas y el vestíbulo de la casa se había transformado con bastante facilidad en un comedor. Olía a una mezcla de frutos rojos, azúcar moreno, masa horneada y chimenea encendida. Briar señalaba cada alimento que le ponía Alix en el plato y preguntaba: «Mamá, mamá, ¿*eshto* quema?». Payne estaba de pie en la rodilla de Walter y se columpiaba de manera adorable con un chupete en la mano. Rachel aplicó cacao de sabor fresa a los pequeños labios de Prudence, y Jodi se apresuró a decir: «¿Qué se dice, Pru?». Tamra respondió al interés de Imani por el brillo de labios levantando las cejas y diciendo: «Ni se te ocurra». Todo era acogedor, encantador y hogareño, salvo por el hecho de que sentada frente a Alix estaba su adorada canguro, Emira, y todo indicaba que tenía la mano de Kelley Copeland encima de su rodilla izquierda. Alix sirvió espárragos a Briar e intentó no mirar a Emira mientras se preguntaba: «¿Cuánto sabes?». En un momento de silencio, Peter miró hacia Emira y Kelley y preguntó:

—¿Y cómo os conocisteis vosotros dos?

Alix vio cómo Kelley y Emira esperaban a que el otro contestara y aquel lenguaje privado le hizo revolverse en su asiento.

—Se conocieron en el metro, cariño —dijo mientras le cortaba el pavo a Briar—. ¿A que sí?

—Emmm... —Kelley hizo ademán de coger su copa de vino y, en el último momento, cogió la de agua—. Eso... no es correcto.

—Bueno... —Emira levantó la vista—. En realidad, un poco sí.

—¡Uy, uy, uy! —atronó Walter—. ¿Cómo es la historia entonces, Kelley? Venga, contádnosla.

Al otro extremo de la mesa, Prudence soplaba en la boquilla de su vaso de plástico intentando hacer pompas con la leche. Jodi la miró y susurró:

—Prudence, te lo advierto.

—No... Esto... —Kelley estaba insoportablemente guapo con cara de no saber qué decir y Alix tuvo que fijar la vista en su regazo—. No sé si se puede contar aquí.

—¡Ay, madre! —dijo Rachel—. Fue un rollo de una noche. —Esta información pareció complacerla mucho y el hecho de estar sentada junto a dos niños de cuatro años y frente a uno de dos no ensombreció su alegría—. Que no te dé vergüenza, chica. Todos hemos pasado por eso. Estos dos empezaron como un rollo de una noche. —Señaló con el tenedor a Walter y Jodi—. Y míralos ahora.

—¿En serio, Rach? —dijo Jodi con la boca llena de puré de patatas mientras Walter exclamaba «¡Ahí, ahí!».

—No fue un rollo de una noche —dijo Kelley.

Alix tragó lo que tenía en la boca. Miró a Kelley mirar a Emira. Emira examinaba la decoración de su plato. Kelley dejó de cortar un muslo de pollo para decir:

—Conocí a Emira en el Market Depot, cuando estaba retenida por la policía.

La boca de Alix se abrió de par en par y se apresuró a cerrarla. Los comensales asimilaron colectivamente esta información mientras Prudence sostenía una nube de azúcar quemada por uno de los lados. Se la enseñó a Imani y susurró:

—Parece una cacota.

Tamra se inclinó para mirar a Kelley, por delante de Emira.

—¿Estabas allí?

—Sí, vi lo que pasaba y saqué el teléfono.

—Espera un segundo, no me digas más. —Peter se recostó en el respaldo de su silla. En su brazo izquierdo, Catherine empezó a despertarse—. Ahora me acuerdo de ti.

Rachel resopló y dijo:

—Ups.

—Perdona, sí —le dijo Kelley a Peter—. No esperaba que te acordaras. Desde luego tenías otras cosas de las que preocuparte.

—Tenías el móvil en alto —recordó Peter— y estabas grabando.

—¿Hay un vídeo? —preguntó Tamra.

Miró a Alix con una cara que decía: «Lo sabía».

—Bueno, sí. Pero ahora es propiedad de Emira, lo siento. —Kelley medio rio—. Esto no es lo que se dice una conversación de Acción de Gracias. Debería haber dicho que nos conocimos en Tinder o algo así. Lo siento.

Esta vez la disculpa iba dirigida a Emira.

Alix miró a su canguro desde el otro lado de la mesa, sintiéndose como alguien a quien han excluido de una reunión que ella misma ha organizado. La sensación de haber sido traicionada («¿Por qué no me contaste dónde os habíais conocido en realidad? ¿Por qué me dijiste que en el metro?») fue reemplazada enseguida por un nuevo y doloroso desconcierto («¿Por qué llamaste a Peter aquella noche? ¿Por qué no me llamaste a mí?»).

Emira se ajustó el pendiente y volvió a coger el tenedor.

—No, no pasa nada. Es verdad que nos encontramos en el metro unos días después —aseguró—. Y luego, pues... seguimos viéndonos.

—Vaya. Pues, oye, Kelley, me alegra que estés aquí —dijo Peter—. Y me alegro de que saliera algo bueno de aquella noche. Emira, eres una santa por no demandar a la cadena de supermercados. Algo que sin duda podrías hacer si tienes un vídeo.

Walter levantó su copa.

—Ya te digo.

—Uy, no. —Emira negó con la cabeza—. No. Me moriría si ese vídeo empezara a circular. Ni siquiera lo he visto.

—A mí me pasaría igual —dijo Jodi.

—Bueno, y... —Emira se giró—. ¿Cómo se conocieron ustedes, señora Chamberlain? La verdad es que nunca se lo he preguntado.

—¿Te refieres a cómo me persiguió Alix en el bar más asqueroso en el que he estado en mi vida? —dijo Peter.

Alix forzó una carcajada.

—Lo de *perseguir* me parece una palabra demasiado grande.

—Mamá —dijo Briar—, quiero abrir la tarta.

Alix la hizo callar.

—La tarta es para luego.

Entonces Peter contó una historia que Alix había oído muchas veces, pero que nunca antes la había molestado como ahora. Llevaba toda la noche enamorándose y desenamorándose de su marido de manera bastante abrupta, y durante el relato de cómo se habían conocido, se sintió a un tiempo contenta porque la describiera como *despampanan-*

*te* cuando lo saludó y lo invitó a una cerveza desde la otra punta de un bar, y molesta porque mencionara que estaba tan nerviosa que se bebió la cerveza que le había comprado. Con Kelley tan cerca, Alix continuaba debatiéndose entre protegerse o atacar. Cuando Peter terminó su relato, pensó: «Pues sí, Kelley. Ahora bebo cerveza. Con mi marido, con el que me he acostado más de una vez».

Tamra miró a Alix y le preguntó:

—¿Eso fue cuando trabajabas en Hunter?

—Sí. —Alix asintió con la cabeza.

Quiso añadir algo sobre las repugnantes bebidas a un dólar que servía aquel bar y lo mucho que las agradeció porque por aquel entonces ganaba menos de cuarenta mil dólares, pero Kelley dio la impresión de interpretar su minúscula pausa como la ocasión para preguntar.

—¿Y ahora a qué te dedicas, Alex? Emira me dijo que estabas escribiendo un libro de historia, ¿no?

Rachel dijo: «¿Cómo que un libro de historia?» mientras Peter decía: «Es una manera muy generosa de definirlo».

Emira entrecerró los ojos cuando miró a Alix.

Esta sintió calor en la cara y en el cuello con aquel jersey que ahora deseaba haberse quitado. Meneó la cabeza y cogió su copa de vino.

—Bri, siéntate bien, amor —dijo—. Bueno, es… esto… —Dio un sorbito—. Es mi pequeña historia. —Cuando dijo el *mi* se llevó una mano al pecho y eso le recordó a cuando abrazó a Emira la mañana después de lo ocurrido en el Market Depot y a cómo Emira se inclinó hacia ella más como si tuviera problemas de oído que para corresponder el abrazo—. Voy a publicar un libro en HarperCollins e incluirá las mejores cartas que he escrito y recibido desde que monté mi empresa.

—Solo lo está contando a medias. —Tamra se volvió hacia Emira y siguió hablando—: Seguro que has visto en su Instagram todas las cosas en las que anda metida.

—Ah, no. —Emira sonrió—. No tengo Instagram.

—¡Pero chica! —Tamra simuló estar escandalizada—. ¡Tenemos que ponerte al día!

—¿No tienes Instagram? —El asombro de Jodi, sentada al lado de Alix, pareció más genuino—. Me parece increíble. Incluso Prudence tiene.

Emira dijo:

—¿De verdad?

—Bueno, la cuenta se la llevo yo, y es privada —la tranquilizó Jodi—, pero hace muy felices a los miembros de nuestra familia que viven lejos.

—Entonces, ¿cuentas la historia de tu empresa?

Kelley se negaba a cambiar de tema. Alix sabía muy bien lo que estaba haciendo, pero ¿cómo iba a enfrentarse a él en la mesa, delante de sus amigas y de Emira?

—Ajá —dijo—. Exacto.

—¿Y cuándo empezó?

—Bueno… Empecé en 2009, así que…

—Ah, guau. Vale. —Kelley le sonrió desde el otro lado de la mesa—. Así que es una historia corta.

—Espera. ¿Cuándo nos conocimos nosotras? —intervino Jodi—. ¿En 2011?

—Rachel, no me puedo creer que entonces tú fueras la madre experimentada —dijo Tamra.

—Os lo enseñé todo, cabronas —dijo Rachel.

Imani y Cleo miraron a su madre buscando la confirmación de que alguien había dicho una palabrota. Tamra negó con la cabeza a modo de confirmación y se llevó un dedo a los labios.

—¿Sabéis qué? —dijo Peter—. Quiero hacer un brindis.

Alix pensó a la vez «Oh, cielos» y «Gracias a Dios». A Peter se le daba muy bien crear una atmósfera relajada y cordial, pero siempre hablaba como en la despedida de un programa de televisión. Alix deseó poder apagar aquella noche con todos los sesenta y cuatro kilos de su ser.

—Sé que para Alix no fue fácil abandonaros, chicas —dijo Peter—. Y, lo creáis o no, yo os echo mucho de menos. Cuando veo a Alix escribir su libro y cómo crece su empresa me doy cuenta de lo mucho que os necesita, lo mucho que la animáis y también hasta qué punto le hacéis la vida más fácil. Y, Emira, eso también va por ti. Me siento feliz, o quizá debería decir *agradecido*, de estar en minoría entre tantas mujeres maravillosas esta noche. Va por vosotras.

Todos levantaron sus copas y brindaron. Briar se las arregló para pinchar sola una judía verde con el tenedor. Cuando lo sostuvo en alto y se lo enseñó a Walter, este dijo:

—Qué maravilla.

# DIECISÉIS

D espués de hacer un brindis que sonrojó a Emira hasta casi dejarla sin palabras, Peter le dio a Catherine a la señora Chamberlain y la mesa se dividió en conversaciones más pequeñas. Walter le preguntó a Kelley qué diablos era aquello de la neutralidad de red. Jodi dijo: «Es increíble lo mucho que se parece a ti» y la señora Chamberlain dijo: «Deberías ver fotografías de las dos de bebés».

En dos ocasiones durante la cena, Kelley había apretado la rodilla de Emira, pero esta no había sabido qué quería decirle con ello; llevaban muy poco tiempo juntos. ¿Estaba enfadado porque no le había contado la versión que había dado de cómo se habían conocido, aquella mentira que había olvidado por completo? ¿Es que pensaba que la señora Chamberlain mentía cuando dijo que se habían conocido en el metro, para encubrir aquella noche horrible en el supermercado? ¿Por eso estaba siendo tan maleducado respecto a su trabajo y su libro? ¿Y por qué le había dicho la señora Chamberlain que era un libro de historia cuando saltaba a la puta vista que no lo era? Cuando la señora Chamberlain salía por la puerta los lunes, miércoles y viernes, Emira imaginaba que se iba a la biblioteca y sacaba libros de referencia grandes y polvorientos, pósits e incluso una lupa. Pero ¿un libro sobre escribir cartas? ¿En plan caligrafía y cosas así? Sonaba a libro de esos que venden en la sección de saldos de Barnes & Noble, o en las cajas de Michaels. A Emira no le dio tiempo a procesar esto, y tampoco el hecho increíble de que Kelley y la señora Chamberlain hubieran salido en otro tiempo, por no hablar de que se hubieran conocido en un contexto distinto del suyo, porque, a su derecha, Tamra empezó a acribillarla con preguntas sobre sus planes profesionales y vitales.

—Así que fuiste a Temple... —dijo Tamra.

—Ajá.

—Y luego diste clases de transcripción.

—Sí, ese es mi otro trabajo.

—Bueno, pues si piensas hacer un posgrado, estás a tiempo para el otoño que viene.

¿Le habría dicho alguien a Tamra que Emira quería hacer un posgrado? Porque a Emira, desde luego, nadie la había informado. Había ido a la universidad para averiguar qué quería hacer... ¿El posgrado no era para los estudiantes que ya lo habían averiguado? Emira miró a Briar, que estaba extrañamente callada, y a Prudence, que le estaba aplastando las mejillas a Imani. Imani reía fascinada por Prudence, igual a como había reído Emira de pequeña, cuando todavía le desconcertaban las cosas que eran capaces de hacer las niñas blancas con total impunidad. Jodi preguntaba: «¿A ti te gustaría que te hicieran eso en la cara?» y Prudence le contestaba: «Sí».

—¿Qué nota media tuviste en Temple? —preguntó Tamra.

—Pues... no muy alta —dijo Emira. Dejó el cuchillo y el tenedor a uno de los lados del plato—. Un tres con uno[7].

—Ah... Vale... —Tamra asintió despacio—. Entonces lo del posgrado puede estar difícil. Pero ¿sabes qué, Emira? Hay muchas otras opciones que te sorprenderían. De hecho, mi cuñada se tituló en hostelería y ahora tiene una casa de cinco dormitorios y un sueldo de seis ceros, en Sacramento nada menos. ¿Qué te parece?

Briar hipó una vez y se le pusieron rojas las mejillas.

—Pues sí, una pasada... —dijo Emira. Se limpió las manos con la servilleta que tenía en el regazo y dijo, mirando al lado opuesto de la mesa—. ¿Está bien Briar?

Pero la señora Chamberlain estaba pasándole a Catherine a Jodi y las dos intentaban que esta volviera a decir «hola». Al otro lado de Emira, Walter, Kelley y Peter hablaban del nuevo entrenador del fútbol de Penn State y su contrato de seis años. Y a medida que la mirada de Briar se hacía más vidriosa y perdida, Emira empezó a sentirse igual que la noche en la que fue con ella a Market Depot, cuando estaban las dos muy juntas pero también brutalmente solas. Dijo:

—Bri, ¿estás bien?

Briar le tocó el brazo a su madre.

—Quiero con mamá.

—Mamá está hablando, Bri. Y no te has comido todas las zanahorias. —La señora Chamberlain se volvió de nuevo a Catherine y dijo—: Venga, cariño. Dinos «hola».

Tamra se acercó todavía más a Emira.

—Esto no sé si lo sabes, pero Alix es una persona muy influyente. Y Peter también, de hecho. —Alargó los dedos

---

[7] Equivalente a un notable, o a un siete, en el sistema universitario español. *(N. de la E.).*

y tocó el brazo de Emira—. Te quieren mucho —dijo—. Estoy segura de que te ayudarían a entrar en el curso que quieras, o te cambiarían el horario para que puedas hacer unas prácticas o ir a clase, o lo que decidas hacer. ¿Cuántos años tienes, tesoro?

Briar hipó de nuevo. Emira dijo:

—Tengo veinticinco.

—Vale, pues hay que ponerse las pilas, ¿no? ¿Cuál es tu gran objetivo en la vida?

—Mmm... —Emira se revolvió en su silla. Cogió el broche de su collar del hueco situado encima del esternón y se lo colocó en la nuca—. La verdad es que no estoy segura.

—¡Cómo que no! Venga —insistió Tamra. Al otro lado de la mesa, Briar tenía cara de estar quedándose dormida y a punto de tener un ataque de pánico, las dos cosas a la vez—. Si mañana pudieras despertarte —dijo Tamra— y hacer cualquier cosa que quisieras, ¿qué sería?

Al otro lado de Emira, Walter dijo: «Va a necesitar mejores resultados si quiere ganar el campeonato». Rachel miró a Catherine y dijo: «Hola, miniAlix». Jodi mandó callar a Prudence y dijo: «Prudence, es la segunda vez que te lo digo». Emira cayó en la cuenta de que, de haber sido sincera al contestar a la pregunta de Tamra, nadie la habría oído. Podía haberse llevado, coqueta, una mano debajo del mentón y haber dicho: «¿Crees que si tuviera un "gran objetivo" en la vida estaría sentada a esta puta mesa ahora mismo?». Pero justo entonces Briar tuvo una arcada. Y cuando Emira cogió lo que sabía que era una servilleta muy cara y se inclinó por encima de la mesa para ponérsela a la niña en la boca, Jodi fue la primera en darse cuenta y gritar.

# Diecisiete

Años atrás, en el dormitorio adolescente de Alex Murphy, con la puerta cerrada, Kelley le hizo una serie de cosas que claramente le había enseñado a hacer un hermano mayor o un amigo experimentado. Pero lo evidente de esta instrucción no atenuó el halagador hecho de que se las estuviera haciendo a ella. Kelley sacó con gran aspaviento un condón que acababa de comprar. Le preguntó si le hacía daño y si estaba bien. Incluso le sugirió poner una toalla para no estropear una colcha tan bonita. La cosa duró lo que dos canciones (*A Long December* y *Colorblind*), pero Alex estaba tan rendida ante Kelley que suspiró de alivio y de gratitud. «Pase lo que pase —se dijo—, siempre me gustará recordar esta noche». No es que pensara que fueran a casarse, pero su enamoramiento era peligroso e intenso.

Ahora, en el confort de su hogar adulto, tenía la impresión de que ese enamoramiento seguía ahí. Alix no sabía si había surgido otra vez o había estado latente en el espacio y el tiempo.

Alix miró a Jodi llevarse las manos a la boca. El cuerpo de Emira se inclinaba hacia el lado contrario de la mesa a cámara lenta, pero también con una presteza que sobresaltó a Alix. Más lento fue el movimiento de Kelley cuando se puso en pie y le pasó un brazo a Emira por la cintura, centímetros por encima de fuentes con restos de calabaza y un plato con carne oscura y tibia. En el ajetreo, Alix no fue capaz de procesar que su hija estaba vomitando en la mesa. Solo tenía ojos para esa mano que solía acariciarle debajo de la mandíbula después de partidos y amistosos entre chicos y chicas. Solo habían sido unos pocos meses, pero en aquel un momento de su vida, Kelley sabía poner a Alix deliciosamente nerviosa y, después, usaba las manos para tranquilizarla. «Oye oye oye —le había dicho en una ocasión a la salida del vestuario de chicas—. Estate quieta y disfruta un rato de lo que mucho que me gustas».

Y ahora las manos de Kelley rodeaban la cintura de Emira en casa de Alix en el día de Acción de Gracias. Alix sintió la repentina necesidad de quitar las manos de Kelley de las caderas de Emira, y no solo por la familiaridad sexual que aquello transmitía. Con esa extraña memoria muscular que te hace sacar el abono de transportes para abrir la puerta de tu casa o llamar *mamá* a tu profesora de tercer curso, Alix se sorprendió a sí misma a punto de dar un manotazo a Kelley en las muñecas para separarlo de la canguro de sus hijas. Con la misma voz y el mismo gesto que usaba a diario, estuvo a punto de decir: «No, no, no. No toques eso. Es de mamá».

Jodi le dio un apretón tan fuerte en el brazo que quedó claro que no era el primero. El llanto de Briar la había devuelto al presente. Por un instante, cuando Jodi dijo: «Alix, cariño, coge a tu chica», esta pensó que se refería a Emira.

# DIECIOCHO

La cara de Briar se contrajo detrás de la servilleta llena de vómito, lo que le recordó a Emira que la niña rara vez lloraba. El corazón se le había acelerado como resultado de abalanzarse desde el otro lado de la mesa, de haber estado a punto de caerse antes de que Kelley la sostuviera con sus manos gigantescas y también de ver la carita infantil empezar a gemir de susto y de turbación. Emira cogió la servilleta llena de vómito formando un cuenco con las manos y la sacó de debajo de la barbilla de Briar. Cuando no tuvo nada delante de la cara, la pequeña de tres años empezó a chillar.

Tamra dijo : «¡Ay, no!», Peter corrió a coger una toalla, Prudence dijo: «¡Puaj!» y Rachel rio: «Se acabó la fiesta».

La señora Chamberlain reaccionó por fin.

—Ay, Dios mío.

Fue a coger a Briar en brazos, pero Emira la detuvo.

—¿Por qué no le suelta la correa, mejor? Yo la cojo. —Emira dijo esto con tal apremio en la voz que la señora Chamberlain obedeció—. Bri, ponte de pie, cariño.

Emira cogió en brazos a la pequeña, cuya cara chorreaba de mocos y lágrimas.

La señora Chamberlain dijo:

—Ay, no. Emira. No tienes que...

—No pasa nada, yo me ocupo.

Emira subió las escaleras y se cruzó con Peter y un camarero que llevaba toallas de papel y frascos de productos de limpieza. Cuando llegó a la cocina, oyó a Walter decir:

—Ha sido increíble cómo lo ha hecho.

Una vez en el cuarto de baño de arriba, Emira sentó a Briar en el váter y cerró la puerta. Briar tenía esa respiración nerviosa e irregular que Emira había visto en otros niños cuando se despellejaban las rodillas o se les explotaba un globo. Resultaba alarmante saber que Briar había tenido dentro aquella clase de llanto siempre, que tenía la capacidad de ponerlo en práctica, pero que había elegido no hacerlo.

—Oye... —Emira cogió una toalla y la humedeció con agua templada del lavabo—. Oye, amor, no pasa nada. Mírame. —Le limpió a Briar la boca y el cuello mientras esta respiraba tan agitadamente que el cuerpo entero le temblaba cada pocos segundos—. Lo siento, chica mayor. Vomitar no es nada divertido. Pero oye, creo que lo he atrapado todo. Tu vestido sigue limpio.

Briar empezó a gimotear mientras se tocaba el dobladillo del vestido.

—Pica —dijo.

—Sí. —Emira le cogió los dedos a Briar y los limpió uno a uno con la toalla—. Este vestido tampoco es mi favorito.

—No... No me gusta... —Briar se serenó lo bastante para señalar el techo con la mano libre y decir—: No gusta me cuando Catherine ser la favorita.

Emira se detuvo. Colgó la toalla junto al lavabo y se sentó sobre los talones.

—¿Qué has dicho?

—No... No gusta cuando Catherine ser la más favorita de mamá. No me gusta *esho*.

Briar había dejado de llorar y dijo esto con la tranquilidad y la certeza de haberse explicado bien y de que así era como se sentía.

Emira juntó los labios.

—¿Sabes una cosa, Bri? —Mientras formulaba las palabras, Emira cogió las rodillas de la niña y pensó: «Nunca vas a volver a tener las rodillas así de pequeñas»—. Puedes tener un helado favorito. O unos cereales favoritos. Pero, ¿sabes? Cuando tienes una familia, todos son iguales. ¿Tú tienes una familia?

Briar se llevó los dedos a la boca.

—*Shí.*

—¿Tienes una mamá?

—*Shí.*

—¿Y un papá?

— *Shí.*

—¿Y una hermana?

— *Shí.*

—Exacto, esa es tu familia. Y en las familias, todos son iguales.

Briar se tocó los hombros.

—¿Por qué?

—Bueno...

En la familia de Emira, saltaba a la vista que Justine era la favorita, pero Emira era la predilecta de su hermano, así que la cosa parecía compensada. Su madre favorecía a Alfie en lo tocante a regalos de Navidad, y el padre favorecía a Emira en lo referido a cumpleaños y llamadas de teléfono. Emira no cayó en la cuenta de esto hasta que empezó el instituto, en cambio Briar lo estaba haciendo a la tierna edad de tres años. Emira miró a la personita sentada en la taza del váter y se sintió como si estuviera botando un enorme barco al mar. Se encogió de hombros, como dando a entender que aquella situación quedaba por completo fuera de su control, y dijo:

—Porque eso significa ser una familia. En las familias no hay favoritos.

El señor Chamberlain llamó dos veces y la puerta, sin cerrar del todo, se abrió. Cuando Briar vio a su padre, frunció el ceño y dijo:

—Hola.

Para cuando Emira volvió abajo, los camareros estaban retirando los platos y todos se habían reunido en el salón para el postre. Kelley subió su plato al fregadero de la cocina con gran aspaviento y también ayudó a dos mujeres de la limpieza a meter las sillas del comedor debajo de la mesa. Después de unos bocados de una dulcísima tarta de fresa y ruibarbo, Prudence tuvo una crisis porque necesitaba más nata montada (aquella era la tercera vez, en opinión de Emira, que a Prudence le advertían tres veces de algo). Cleo empezó también a llorar y entonces Rachel se levantó y se puso la chaqueta. Explicó que había quedado con un amigo en el centro y que estaría fuera unas horas. Le tocó a Briar la nariz y dijo: «Me voy pitando», antes de dirigirse a la puerta. Emira aprovechó el momento para apretar el brazo de Kelley.

—Nosotros igual deberíamos irnos también.

Después de adioses incómodos y entrecortados en la puerta, Emira experimentó las mismas sensaciones que cuando uno sale del cine y se da cuenta de que fuera ha anochecido hace rato. La nieve crujía bajo sus pies mientras esperaba el Uber al lado de Kelley. Con una camiseta rosa y *leggings* de dormir, Briar, en brazos de Peter, se despedía con la mano desde la puerta de la casa. Emira le devolvió el saludo y le dijo moviendo los labios: «Adiós, ratita». Una vez en el Uber, Kelley y Emira no hablaron.

Kelley miraba por la ventana y se frotaba el mentón. Mientras el silencio se instalaba entre los dos, Kelley le recordó a Emira a esas personas en el metro que maldicen en voz alta cuando hay un retraso. Siempre había un pasajero que parecía creer que el tren se retrasaba solo para perjudicarlo a él, como si no fastidiara ni hiciera llegar tarde a nadie más. Y conforme pasaba el tiempo, el pasajero se enfadaba más por el hecho de que no hubiera un encargado al que pudieran quejarse que por el retraso en sí. El coche circulaba por la nieve centelleante y, por primera vez desde que salían juntos, Emira tuvo la sensación de que el comportamiento de Kelley era muy blanco.

Cuando estaban a una manzana de su piso, Kelley pidió al conductor que parara. Le dijo a Emira: «Necesito tomar una última copa» y abrió la puerta del coche.

Emira siguió a Kelley a uno de esos bares que habrían divertido a Shaunie, en especial a las nueve de la noche el día de Acción de Gracias. Había tres hombres blancos con barba cana sentados en el centro de una barra apenas iluminada, y una sala trasera con paredes forradas de madera y una mesa de billar vacía. Había un hombre comiendo solo (pollo con algo verde) y la mirada fija en un televisor colgado en la pared, encima de la caja registradora. En la pared alargada de enfrente había fotografías de John Wayne, matrículas de Pensilvania y retratos color sepia de otros vaqueros. Emira oía música *folk* a poco volumen y, por encima de ella, procedente del televisor, un árbitro que tocaba el silbato y sacaba una tarjeta amarilla. Se quitó el abrigo y lo colgó junto al cráneo de una vaca de largos cuernos que había en la pared.

Kelley se sentó en un taburete de la barra y pidió una cerveza. Emira no quiso tomar nada. Tenía ganas de volver al piso y a la cama de Kelley porque la idea de reírse de la incomodidad de la velada todavía le parecía una posibilidad. No es que Emira no estuviera molesta por la revelación de la noche, pero, a fin de cuentas, ¿qué podía hacer ella, o en realidad nadie, respecto a la situación? (Esto lo pensó mientras veía a Kelley subir una bota al reposapiés y mantener la otra en el suelo manchado). El instituto era pasado lejano, incluso para alguien con quien te has acostado. En la universidad, cuando Emira supo que, en una ocasión, se había acostado con el que ahora era novio de su compañera de cuarto, Shaunie se escandalizó y preguntó: «¿Qué vas a hacer?». Emira simplemente se rio y respondió: «Creo que seguir viviendo mi vida». A lo que Josefa dijo: «¡Amén!».

Así que Emira se quedó de pie, haciendo que los dos estuvieran a la misma altura, una forma de interacción que le encantaba. Juntó las manos a la espalda y entrelazó los dedos, consciente de que tenía una única oportunidad de darle la vuelta a la noche. En un intento que era tonto, pero también encantadoramente paternal, Emira dijo:

—¿Por lo menos te ha gustado la comida?

La expresión de Kelley no cambió.

—Emira, no quiero ser un exagerado… pero no puedes seguir trabajando para Alex.

Emira no pudo evitar reír. Esperó a que Kelley cambiara de expresión, pero cuando no lo hizo, apoyó las manos en el lateral de la barra.

—Venga, hombre, Kelley. Sí, ha sido muy incómodo y es superraro y da bastante grima que salieras con mi jefa, pero fue en el instituto. ¿Pretendes que deje mi trabajo por ello?

—Es que no es solo... Gracias, perdón —Kelley dijo esto mientras el camarero le servía su cerveza. Sacó su cartera—. No es solo una exnovia. Alex Murphy es... es más que un momento de pérdida de inocencia. Es una mala persona.

—Pero yo no trabajo para Alex Murphy. —Emira se quitó el bolso del hombro y lo colgó en un gancho debajo de la barra—. Trabajo para la señora Chamberlain. Y me estás hablando como si siguierais en contacto o algo.

La idea de que Kelley siguiera colgado de la señora Chamberlain era ligeramente divertida. La señora Chamberlain era, en el fondo, una mamá de la cabeza a los pies. Decía cosas como «Mira a mamá cuando te habla» y «Solo una cucharada más, cariñín». Leía libros de no ficción y usaba la sobrecubierta de marcapáginas. Compraba pañales al pormayor y, cuando creía que estaba sola, se ponía los auriculares y reía en voz alta viendo vídeos de *The Ellen Show* en el iPad. Emira sabía que Kelley y la señora Chamberlain solo se llevaban un año, pero eso no los situaba a los dos en la misma generación. Kelley tenía cosas bonitas y caras, pero tener un hijo era algo mucho más serio. Emira trató de mantener la voz serena cuando dijo:

—No entiendo por qué te afecta tanto.

—No me afecta tanto. Escucha... —Kelley sorbió la capa superior de su cerveza e inclinó la cabeza para hablar con ella—. Emira..., el hecho de que Alex te mandara a un supermercado con su hija a las once de la noche ahora tiene mucho más sentido. No eres la primera mujer negra a la que

Alex contrata para que trabaje en su casa y probablemente no serás la última.

—Vale, ¿y? —Emira se sentó. No era su intención parecer frívola, pero dudaba de que Kelley fuera a contarle algo que no supiera ya. Emira había conocido a varias «señoras Chamberlain» a lo largo de su vida. Todas eran ricas, exageradamente agradables y particularmente encantadoras con las personas que les servían. Emira sabía que la señora Chamberlain buscaba una amistad, pero también sabía que la señora Chamberlain nunca se esforzaría tanto por ser amable con sus amigas como lo hacía con Emira cuando pedía «por equivocación» dos ensaladas y le ofrecía una a Emira o la mandaba a casa con una bolsa llena de comida congelada y sopas. No es que Emira no comprendiera el contexto histórico y racial al que aludía Kelley, pero no podía evitar pensar que de no estar trabajando para aquella señora Chamberlain, lo más probable era que estuviera trabajando para otra.

Kelley entrelazó los dedos en el regazo.

—Esto no te lo conté antes porque… No sé. Estábamos saliendo y no quería que pensaras que estaba intentando hacerme el activista o lo que sea, pero en el instituto… Alex vivía en una auténtica mansión. Era una locura. Pasó una cosa muy chunga, me escribió una carta que llegó a las manos equivocadas y unos chicos se enteraron de dónde vivía. Intentaron ir a nadar a su casa, porque te juro que era como un club de campo, pero Alex llamó a la policía. Y un chico negro que se llamaba Robbie, que sigue siendo amigo mío, terminó detenido. Perdió la beca. Tuvo que pasarse años en un centro público de formación profesional. Alex le cambió la vida para peor.

Emira se mordió el lateral de una uña.

—¿Tú estabas allí cuando pasó eso?

—Sí, estábamos saliendo. Hasta que pasó aquello —dijo Kelley—. Le dije que no llamara a la policía. Porque, a ver, entran en la propiedad unos adolescentes negros, la chica blanca llama a la policía y está claro lo que va a pasar, pero Alex intentó venderlo como que estaba protegiendo a su ama de llaves negra. —Kelley se interrumpió y dio otro sorbo de cerveza—. Se comportaba como si se avergonzara de su riqueza, pero sigue viviendo igual que entonces, y sigue contratando a mujeres negras para que le cuiden a su familia. Y yo en aquella época era un idiota. Pensé: «Ah, genial, tienes un cine en casa y una mujer que te hace lo que te apetezca para cenar». Pero ahora me doy cuenta de que era todo bastante siniestro. Alex se pasaba la vida pegada a esa mujer y se portaba como si fueran amigas íntimas. La mujer hasta la peinaba para ir al colegio. A Alex le pone muchísimo tener a personas negras trabajando para ella o llamar a la policía para que las detengan. No puedo... Emira, no puedes ser una de esas personas.

Emira cruzó las piernas.

—Kelley... No sé qué decir. Es un trabajo. Briar está siempre pegada a mí. Y siempre la peino.

—Alex estaba en el último año del instituto. No era una niña pequeña.

—Pero... no lo sé. Ya sé que es raro —Emira intentó explicarse—, pero hay personas que pagan a otras para que actúen como si fueran de su familia. Eso no significa que no sea una transacción.

—Emira, esto era distinto. La mujer que trabajaba para ellos tenía que llevar uniforme. Yo al principio pensaba que se ponía muchas veces el mismo polo, pero entonces me fijé en que llevaba el nombre *Murphy* y que era...

Emira no se pudo contener. Cuando Kelley dijo la palabra *polo*, bajó la vista y dejó escapar un sonido con un timbre muy de señora Chamberlain que sonó como un «Ya» lleno de curiosidad.

—Espera... —Kelley se llevó las manos al nacimiento del pelo. Era como si estuviera viendo el final de un partido muy emocionante—. Emira —dijo—, no me digas que te obliga a llevar uniforme.

Emira levantó la vista hacia el techo, lleno de manchas de humedad. Se encogió de hombros y dijo:

—A ver, obligarme no me obliga a nada.

—¡Joder, Emira!

Emira se sujetó a los lados de la silla y miró hacia el otro extremo de la barra. De todo lo sucedido aquella noche, aquella reacción era la que más le asombraba. Tenía ganas de zarandear a Kelley y decirle: «No no no. Eres Kelley, ¿te acuerdas? Te parecen divertidísimos los vídeos de perros que no devuelven lo que les tiras. Haces fotos de espejos que ves por la calle y las envías con el texto: "Hola, Mira-te". Me dejas todas las noches un vaso de agua en la mesilla, aunque no me lo bebo nunca. Ni una sola vez». Y ahora se estaba comportando como si estuvieran solos en el tipo de bar en el que no debería haber entrado a tomarse una copa sin consultar antes con ella.

—Tienes que tranquilizarte, joder —susurró.

—Y tú tienes que dejar ese trabajo —dijo Kelley—. Tienes que dejarlo. No puedes trabajar ahí. Me cago en la puta, ¿cómo ha podido pasar esto?

—A ver... Soy canguro. —Emira se enderezó en su taburete para hablarle más de cerca, con la esperanza de que la sensación de proximidad le hiciera bajar el volumen de voz—. Me cambio de camiseta en el trabajo porque pintamos y coloreamos y vamos al parque y cosas así. Es para no ensuciarme la ropa y punto. No tiene nada que ver con la casa esa a la que fuiste en el instituto.

—Sí, claro. —La mirada de Kelley era de indignación infantil cuando preguntó—: Entonces, ¿hay días en los que no te lo pones?

Emira cerró la boca.

—¿Llevan tu nombre los polos? ¿O el de ella?

En un hilo de voz, Emira dijo:

—Me parece que ahora mismo estás siendo un capullo.

—Es que no está bien. —Kelley golpeó la barra con los dedos al pronunciar *no, está* y *bien*. El líquido marrón de su vaso tembló dos veces—. Esto no va de que yo siga colgado o resentido con una novia del instituto. Es que Alex es así. Usa a empleados negros de excusa para sus actos. No solo es una mala persona, sino que es indignante ¡porque tú eres maravillosa con los niños! Deberías ir vestida con tu propia ropa y estar con personas que te merecen. Y ya sé que dije que no iba a volver a sacar el tema, pero te juro por Dios que si publicaras el vídeo del supermercado...

—Kelley, para. —Emira pronunció su nombre igual que pronunciaba el de Briar cuando la niña quería abrir el cubo de basura y mirar en su interior, solo un segundo—. ¿Ahora quieres usar el vídeo para poner en evidencia a la señora Chamberlain?

—Alex no debería irse de rositas en esta mierda. Y tú seguramente recibirías ofertas de trabajo de las familias más ricas de Filadelfia.

—Genial. Y eso es lo que más feliz te haría a ti. ¿Te das cuenta de que me pagarían lo mismo?

—¡Entonces dime lo que quieres que haga!

—Por el amor de Dios, Kelley.

—Si necesitas dinero, o un trabajo, o venirte a vivir conmigo una temporada... —Contó las opciones con los dedos—. Lo que sea. Dime qué tengo que hacer para que dejes esa casa.

—Lo que quiero es marcharme de este puto bar ahora mismo.

Emira cogió su bolso.

—Emira. No.

Los tacones de Emira repiquetearon en el suelo cuando fue a por su abrigo. Oyó el taburete de Kelley moverse con él y a continuación su voz a su espalda.

—Espera espera espera. Háblame.

Emira abrió la puerta del vestíbulo del bar, parecido al de la casa de los Chamberlain, solo que este estaba oscuro y olía a humo rancio y a zapatos sudados. La puerta de la calle era pesada y estaba fría cuando la empujó. Una ráfaga de viento y nieve la atacó desde el otro lado y la puerta se cerró de nuevo y le golpeó el hombro. Emira dijo:

—Mierda.

La puerta se cerró detrás de Kelley y se encontraron los dos solos en el estrecho espacio.

—Oye... —Kelley se puso dos dedos en el puente de la nariz como si quisiera comprobar que no la tenía rota—. Escúchame un momento. No quiero discutir. Solo digo que deberías...

—Vale, en primer lugar... —Emira se volvió hacia él. Se puso el abrigo encima del brazo y lo sujetó cerca del cuerpo—. Tú no me dices lo que debería y no debería hacer. Tienes una cafetería en tu despacho, vas a trabajar en camiseta y tienes portero, ¿vale, Kelley? Así que puedes irte a tomar por culo al cien por cien. El hecho de que te creas mejor que Alix o Alex o lo que sea es de broma. Tú nunca tendrás que considerar la posibilidad de trabajar en un sitio que te exija un uniforme, así que haz el puto favor de dejar de decirme cómo debo ganarme la vida. Y, en segundo lugar, ¡esta noche has sido un puto maleducado! ¡En una cena de Acción de Gracias, además!

Kelley se apoyó en la pared que había a su espalda y cerró la boca. Emira no había terminado de hablar y tenía la sensación de ir encontrando sensaciones y recuerdos de la velada a medida que las palabras y el frío la encontraban a ella.

—No eres mejor que los demás —dijo— por colgar tu abrigo y llevar tu plato al fregadero. Yo he sido una de esas chicas que estaban sirviendo esta noche. Joder, lo sigo siendo, y quitándoles trabajo no las ayudas. Es igual que comerte toda la comida del plato con el argumento de que hay personas que pasan hambre. No estás ayudando a nadie excepto a ti mismo. Pero es que eso ni siquiera es todo. No te das cuenta de cuál es la situación en realidad. ¡Pues claro que quiero otro trabajo! Me encantaría ganar más dinero y no tener siempre la ropa manchada de vómito. Pero no puedo... —Emira pensó: «Ay, Dios», hizo lo que Shaunie llamaba «puchero de niña fea» y se miró las botas. Tenía las punteras húmedas por la nieve derretida—. No puedo abandonarla, joder —dijo.

Kelley cerró los ojos durante dos segundos completos, como si le hubieran dado un puñetazo en el estómago y, además, lo hubiera visto venir.

—Durante veintiuna horas a la semana Briar tiene a alguien que le hace caso, ¿y pretendes que coja y me largue? ¿Cómo voy a verla si...? No es tan fácil. —La voz se le quebró de nuevo.

Emira meneó la cabeza y cruzó una rodilla delante de la otra. Estuvieron así lo que pareció una eternidad.

—La he cagado —dijo Kelley—. No estoy... No quería... Aunque es justo lo que he hecho, no pretendía...

Emira, mírame. Lo que siento por ti... es más que un «Me gustas».

Cerrándose el abrigo a la altura del cuello, Emira siguió pegada a la puerta y notó su corazón latir. Dijo:

—Vale.

Kelley apretó los labios. Se metió las manos en los bolsillos y se inclinó un poco para buscar los ojos de Emira.

—¿Entiendes lo que te estoy diciendo?

Emira asintió con la cabeza y volvió a mirarse los zapatos. Se secó el ojo con el dedo meñique, levantó la vista y dijo:

—Mierda.

Una hora más tarde, estaba sentada en la cama de Kelley. En el salón, este hacía Skype con su familia de Florida y Emira escuchó cómo le cambiaba la voz según hablaba con sus padres, sus hermanos, sus abuelos, un sobrino y luego con un perro viejísimo que apareció en la pantalla. Emira cogió su teléfono y se envió a sí misma una lista. Cuando oyó a Kelley despedirse, entró en el salón con la pantalla iluminada. La habitación estaba oscura y la nieve proyectaba manchas en sus pies descalzos.

—Tengo cosas que decirte.

Kelley cerró su portátil y giró la silla para estar frente a ella. Emira no llevaba pantalones y sujetaba el teléfono con ambas manos.

—Sé que tengo que dejarlo —dijo—. Sé que no puedo seguir en esa casa y que... educar a Briar no es mi trabajo. Pero necesito hacerlo a mi manera. La semana que viene cumplo veintiséis años. —Emira sonrió con tristeza—. Y... me van a echar del seguro médico de mis padres. Hace tiempo que soy consciente de que mi situación no es sostenible, pero es que..., sí, necesito resolverlo a mi manera.

—Lo entiendo perfectamente —dijo Kelley—. Y no se me había olvidado tu cumpleaños.

—No he terminado —Emira lo interrumpió. Miró de nuevo su móvil—. Número dos. Tienes que dejar de sacar el tema del vídeo del súper —dijo Emira. Kelley apoyó los codos en la mesa que había tras él—. Lo pillo, tienes una extraña cantidad de amigos negros, has ido a un concierto de Kendrick Lamar y ahora tienes una novia negra... Genial. Pero necesito que entiendas que... enfadarse y gritar en una tienda significa algo distinto para mí de lo que significa para ti, aunque yo tuviera toda la razón. Y entiendo que quieras culpar a la señora Chamberlain o lo que sea para vengar a tu amigo del instituto, pero su vida no cambiaría por ello. Y la mía sí. Y no quiero que nadie vea el vídeo, sobre todo cuando voy a empezar a buscar trabajo.

Kelley asintió despacio varias veces.

—Vale... No estoy del todo de acuerdo —advirtió—. Recuerdo muy bien esa noche y de verdad que me pareció que mantuviste la calma mucho más de lo que nadie podría esperar... pero también lo respeto. Y no volveré a sacar el tema.

—¿Lo prometes?

—Lo prometo.

—Vale. Y una última cosa. —Emira se llevó una mano al cuello—. No vuelvas a llevarme a un bar así.

Kelley entrecerró los ojos. A continuación, echó la cabeza hacia atrás y Emira lo vio darse cuenta de lo que había hecho y entender por qué sacaba ella el tema ahora.

—Vale... Esa ha sido otra equivocación. Pero, por si sirve de algo, ya había estado dos veces, y no te habría llevado a un sitio incómodo a propósito.

—Bueno, ya, pero es que de eso se trata. A ti no te parece un sitio incómodo porque nunca lo ha sido para ti.

Emira y Kelley hablaban muy poco de temas raciales porque siempre parecía que ya lo estaban haciendo. Cuando Emira consideraba la posibilidad de una vida con él, una vida de verdad, de esas con cuenta bancaria conjunta, contactos de emergencia y un contrato de alquiler con los nombres de los dos, casi le daban ganas de poner los ojos en blanco y preguntar: «¿De verdad vamos a hacer eso? ¿Cómo vamos a decírselo a tus padres? De haber entrado yo antes, cuando estaban en la pantalla, ¿cómo me habrías presentado? ¿Vas a llevar tú a nuestro hijo a cortarse el pelo? ¿Quién le va a enseñar que, da igual lo que hagan sus amigos, él no puede acercarse demasiado a mujeres blancas en el metro o en un ascensor? ¿Que tiene que dejar las llaves despacio y de forma bien visible en el techo del coche cuando lo pare la policía? ¿Que habrá momentos en los que nuestra hija tendrá que defenderse y otros en los que tendrá que simular que ha sido un chiste que no ha entendido del todo? ¿O que cuando la gente blanca le haga un cumplido como "Es muy profesional y siempre puntual", no siempre le sentará bien porque, a veces, lo que querrán decir es que les sorprende el simple hecho de que se haya presentado, pero no porque tenga algo que decir?».

—No sé... —A Emira le costaba encontrar las palabras—. A ver cómo te lo explico. Tú te enfadas muchísimo cada vez que hablamos de aquella noche en Market Depot. Pero yo no necesito que estés enfadado porque pasara eso. Necesito que estés enfadado por el hecho de que... esas cosas pasen. La señora Chamberlain le da mucha importancia a no volver a entrar en Market Depot y a mí me parece que, muy bien, las otras tiendas están superlejos, pero tú misma. Y contigo igual. O sea, que no quiero que cambies tu vida por mí. Si quieres ir a ese bar sin mí, pues muy bien. Solo ten en cuenta que tus experiencias y las mías son distintas.

John Wayne dijo muchas cosas muy chungas y prefiero no tener que verle la cara mientras me tomo una copa.

Kelley hizo una mueca para dar a entender que no olvidaría aquello.

—Me voy a esforzar más.

—Vale.

—También me gustaría decir… —añadió Kelley— que no pretendía insinuar que no eres capaz de buscarte un trabajo sola. Sé que puedes.

—Ya lo sé…. Bueno, ja, ya veremos. Puede que sí necesite tu ayuda si la señora Chamberlain me despide o algo así. —Emira negó con la cabeza y bloqueó su móvil, oscureciéndolo—. Aunque más le vale no hacerlo. Esta semana tengo que ir todos los días porque se va fuera hasta el viernes y necesito el dinero ya.

—Emira, si algo sé de Alex, es que no te va a despedir.

—Puede que lo haga si le molesta que tú y yo salgamos juntos.

—Para nada —dijo Kelley—. Jamás te despediría porque eso diría más de cómo es ella que de ti. Por no hablar del hecho de que ahora sabe que existe un vídeo en el que te maltratan en un sitio al que te mandó ella.

—Kelley, me ha mandado a esa tienda como cien veces. Es posible incluso que fuera idea mía ir. Lo siento, pero creo que eres el único que lo ve de esa manera.

—Vale, muy bien. Pero, escucha… Evidentemente creo que para Año Nuevo deberías empezar a buscar otra cosa, pero ahora mismo tienes un trabajo seguro. Yo en tu lugar cogería el dinero y haría que esa niña se lo pase genial antes de dejarlo.

Emira se cruzó de brazos y miró el suelo. Imaginó a Briar, hipando con cada respiración y la manera en la que señalaba el techo antes de decir alguna verdad. Emira apuntó un dedo del pie al suelo de madera oscura y dijo:

—Es una forma interesante de verlo.

Kelley giró su silla de izquierda a derecha durante un instante.

—¿Quieres… quieres hablar de lo que te dije en el bar?

Emira se mordió el labio inferior. Kelley la hacía sentir como una mujer adulta pero también devorada por reacciones infantiles. El corazón casi le estallaba al pensar que se acordaba de la fecha de su cumpleaños; hoy no pensaba tocar la palabra que empezaba por *a*.

—Mmm. No. —Sonrió—. Tenía tres cosas en la lista. Así que estoy bien.

# DIECINUEVE

El viernes por la mañana, Alix se despertó antes que su marido. Una parte de ella se maravilló de que siguiera allí, en su cama, en su casa, como si la grieta de turbulenta envidia que se abrió la noche anterior hubiera podido borrar a Peter de la ecuación que era su vida. Pero allí estaba, muy dormido, la cara ajena a todo y pegada a la axila. Alix se apartó y miró su mesilla de noche cubierta de libros, el iPad, una lámpara dorada y una fotografía de Briar y Catherine en bañador comiendo sandía. Catherine llevaba una ranita amarilla y era demasiado pequeña para sentarse sola, de manera que los brazos de Peter la sostenían y el encuadre le cortaba los bíceps. Las hijas de Alix tenían un aspecto asombrosamente pequeño e inocente, allí encima de su iPad, que estaba en reposo, básicamente porque la noche anterior, después de que su familia se hubiera dormido, Alix se había llevado la tableta al cuarto de baño y había dedicado dos horas a buscar, identificar y examinar todas las fotografías de Kelley Copeland que había en internet.

Su Facebook. Su Instagram. Su LinkedIn. La empresa en la que trabajaba. Cuando Alix descubrió que no tenía cuenta de Twitter, volvió sin hacer ruido a su habitación a coger el teléfono para poder meterse en Venmo y tratar de localizar sus transacciones. Alix recordaba cuando salió Facebook, incluyendo fotos, allá por 2005, y aquella fue probablemente la última vez que había buscado con tanto ahínco. Pero diez años después había mucho que ver. A pesar de lo que le había dicho nada más poner un pie en su casa, era Kelley el que no había cambiado un ápice.

Entre fotografías de viajes a Europa y de fiestas en vacaciones, Alix localizó a todas las exnovias de Kelley y, ¡sorpresa!, ninguna era blanca. Alix no estaba segura de que alguna de ellas pudiera considerarse negra (una tenía un padre negro, pero eso fue todo lo que logró confirmar); sin embargo, todas tenían un aspecto étnicamente ambiguo, con nombres como Tierra, Christina, Jasmine y Gabi. Tenían piel morena clara, pelo oscuro rizado o picos de viuda y apellido español. Iban a manifestaciones de *Black Lives Matter* y trabajaban para empresas emergentes sin ánimo de lucro. Publicaban tutoriales de cuidado de la piel en Instagram con estrafalarias canciones de fondo. Todas las exnovias de Kelley empezaban el día con intricadas recetas de *smoothies* (Alix pensó: «¿Será una moda?») y, cuando buscó más a fondo, Alix encontró que Kelley se había referido a dos de ellas como «reinas» (una vez en 2014: «Esta reina» y otra en 2012: «Hola, reina»). Pues claro que Kelley estaba feliz saliendo con Emira.

Pero aquellas chicas eran distintas de Emira. Tenían grandes pasiones, piel morena clara y blogs contundentes y coloridos con títulos ingeniosos. Tenían buenos trabajos y fotos de sus vacaciones y, una de ellas, varios miles de seguidores en Instagram. Si Kelley había dejado a estas mujeres de la misma manera en la que dejó a Alix (destrozándoles la reputación, anteponiendo a desconocidos, rompiendo en público con ellas con una frase horrible y pretenciosa), saltaba a la vista que se habían recuperado enseguida. Pero Emira era distinta. Alix no era capaz de explicarlo, pero Emira era distinta del mismo modo que Claudette había sido distinta; eran personas muy especiales y, aunque nadie se merecía ser maltratado, ellas lo merecían aún menos.

En el instituto, Kelley había buscado estatus y lo había conseguido a costa de Alix. Pero, ¿qué pensaba conseguir Kelley saliendo con Emira? ¿Cuántas veces habría contado con orgullo la historia de cómo se conocieron simulando nerviosismo y dando a entender que no debería haberse entrometido? Alex siguió sentada en el borde de la bañera hasta que el iPad se recalentó tanto que le quemó las piernas.

Cogió su teléfono, que estaba junto a la bañera, y envió un mensaje a las chicas diciendo que quería quedar a las diez de la mañana en lugar de a las once. Luego cogió el iPad y entró en la página web del restaurante para adelantar su reserva una hora.

—Estoy furiosa.

Alix se dejó caer en la silla.

Al otro lado de la mesa y sobre platos llenos de especialidades de *brunch*, Jodi sostenía una taza de café con las dos manos. A la izquierda de Alix, Rachel rompió una yema de huevo que se derramó sobre un lecho de ensalada verde. A su derecha, Tamra puso sal a su plato de huevos, pero con la vista levantada y fija en Alix.

—Odio estar tan escandalizada —dijo Alix— y tan poco sorprendida al mismo tiempo.

Tamra rio con amargura mientras dejaba el salero en la mesa.

—Ahora se entiende todo mejor. Sabía que había algo raro en ese hombre.

—Alix, no te enfades —dijo Jodi con cautela—, pero me cuesta trabajo entenderte. Si alguien me hiciera a mí lo que te hizo a ti, y le contara a unos chicos horribles dónde vivo y pusiera en peligro a la gente que quiero, yo también estaría furiosa. Pero ¿ahora estás diciendo que es lo contrario de racista? ¿Que le gustan demasiado las personas negras?

—Lo que está diciendo Alix —intervino Tamra— es que Kelley es uno de esos tíos blancos que no solo se esfuerza por salir con mujeres negras, sino que solo quiere salir con mujeres negras.

Con un carrillo lleno de kale, Rachel masticó y dijo:

—Eso es racista.

—Es hacer fetichismo con las personas negras de una manera muy fea —prosiguió Tamra—. Nos hace parecer a todos iguales, como si no pudiéramos contener multitud de personalidades, de rasgos y de diferencias. Y las personas así creen que eso dice algo bueno de ellas, porque son tan valientes y únicas que se atreven a salir con mujeres negras. Como si fueran una especie de mártires.

Alix asintió con tal vigor que la mesa tembló un poco.

—Eso es lo que hace —dijo—. En el instituto eran los atletas negros. Según su Facebook, ahora son las mujeres negras. A mí me da igual que siga rodeándose de personas negras solo para sentirse bien consigo mismo…, pero ahora está por medio Emira. Y esto ni siquiera se acerca a lo que me hizo a mí en el pasado.

—Vale, ahora lo entiendo. No me extraña que estuvieras tan disgustada anoche. —Jodi hincó el diente a sus tortitas de patata—. Y yo pensando que seguías enamorada de él, algo por lo que tampoco te juzgaría, pero esto es mucho más fuerte.

—No, no. No es nada de eso. Por Dios —dijo Alix—. Para que conste, esto no tiene nada que ver con que yo saliera con «Kelley Copeland» —dijo el nombre como si fuera un mito o una filosofía de moda, algo que se cita entrecomillado—. Pero me importa la canguro de mi hija. Este tío me destrozó el último año de instituto y no me fío ni un pelo de él. Y ya sé, ya sé que las personas cambian... pero, cuando lo vi anoche... No sé. Al principio pensé: «¿Qué haces aquí?» Y luego: «¿Qué quieres de mi canguro?».

Tamra se puso una mano en la mejilla. Rachel levantó la vista de su plato y dijo:

—Me han entrado escalofríos.

Tamra sacó una bolsita de poleo menta de su taza.

—Esto no pinta bien.

—Me pone la carne de gallina —dijo Alix—. Y no quiero ni pensar en lo que le habrá contado de mí.

—Voy a hacer de abogado del diablo aquí... —Estaba claro que Jodi no acababa de entender la situación, pero Alix agradecía el interés que le ponía—, pero ¿existe la posibilidad de que, aunque sea fetichista, ese fetichismo haya evolucionado a algo más serio? La gente cambia, ¿no? Y, llamadme loca, pero me pareció que Emira le gustaba de verdad.

A Alix le ardieron las orejas.

—Bueno, hay por ahí un montón de misóginos obsesionados con un tipo determinado de mujeres —dijo Tamra—. Las usan para autoafirmarse, pero piensan que no son sexistas porque les gustan muchísimo las mujeres y cosificarlas. Y tienes razón. La gente cambia..., pero tampoco es que tuviera doce años.

—Pero, aunque sea así, ¿qué podemos hacer nosotras? —Rachel, como de costumbre, cambió el rumbo de la conversación—. Porque, pensadlo. Es muy difícil decirle a alguien: «Oye, tu novio está contigo por un motivo turbio». Si alguien me dijera eso a mí, pensaría: «De eso nada. Métete en tus asuntos». Alix no le puede decir a Emira que no salga con Kelley. —Y a continuación añadió, como si fuera un hecho desafortunado—: Emira es una mujer adulta.

—¡En realidad, no! Es…

La explosión sorprendió a Alix tanto como pareció sorprender a sus amigas. De pronto notó que le ardía la cara al recordar las manos de Kelley en la espalda de Emira. Aquel mensaje que le había mandado. Te gustaría ir a un partido de baloncesto? La manera en la que se había vuelto hacia ella cuando salió a relucir el vídeo. «Ahora es propiedad de Emira».

—Emira sigue siendo muy joven —dijo, y notó que se le empezaban a llenar los ojos de lágrimas. Cuando dejó que la voz se le quebrara para decir: «¿Qué coño hace saliendo con ella?», le cayó una lágrima en la servilleta. La idea de que Kelley albergara sentimientos sinceros por Emira le parecía incluso peor que el que la hubiera utilizado a ella en beneficio propio. Solo de pensarlo le empezó un zumbido en la cabeza. También cayó en la cuenta de que estar allí tomando un *brunch* con sus amigas, con una excusa legítima para hablar de Kelley Copeland, era posiblemente el rato más feliz que había tenido desde que vivía en Filadelfia.

Tamra dejó su servilleta junto a su plato y le tocó la espalda a Alix.

—Vamos fuera —dijo. Empujó su silla hacia atrás—. Venga. Vamos a tomar un poco el aire.

En la calle había cerca de una docena de filadelfianos con parkas de plumas marrones y botas, dando saltitos con las manos en los bolsillos mientras esperaban una mesa. A Alix le recordaron a Nueva York y pensó: «Un día más y estarás allí». Tamra y ella caminaron calle abajo hasta detenerse bajo un paso elevado. Nieve y hielo goteaban y formaban charcos en el asfalto. Las botas de Tamra resonaban contra el pavimento.

—Lo siento. No pasa nada. Estoy bien. —Una ráfaga de aire le puso un mechón de pelo a Alix en la boca y se lo sacó con dos dedos—. Solo estoy asustada por ella. Antes Kelley era ya una mala persona y, ahora que somos mayores, me fío todavía menos de él.

—Entonces creo que debes decírselo a Emira —dijo Tamra—. No le cuentes lo que te hizo Kelley porque eso hay que dejarlo aparte. Y si le hablas de la carta y de aquella noche, entonces parecerá que sigues queriendo castigarlo. Pero cuéntale lo que sabes de sus relaciones pasadas y de que lleva ya un tiempo siendo así. Sé sincera con ella y dile: «Si fuera yo, querría saberlo».

—Pero, ¿querrías?

Alix estaba segura de que Tamra entendía lo que quería decirle con aquella pregunta. Que sabía que, como su mejor amiga, su palabra ya tenía un peso considerable, pero, como mujer negra, en aquella situación, su opinión determinaría el comportamiento de Alix.

Tamra torció el gesto.

—Creo que no se trata de lo que yo querría saber, sino de si Emira debería o no saberlo. Y, Alix... —Tamra negó con la cabeza. Respiró hondo como si acabara de subir una escalera y su recompensa fuera un bonito paisaje desde una azotea—. Creo que eres lo mejor que le ha pasado nunca a esa chica. Deberías intervenir en su vida todo lo que puedas.

Alix se metió las manos en los bolsillos delanteros.

—¿Qué quieres decir?

—Bueno... —La cara de Tamra parecía preguntar: «¿Quieres primero la buena noticia o la mala?». Se subió la cremallera de la chaqueta hasta la barbilla—. Me gusta Emira. Mucho. La verdad es que me parece precioso cómo Briar y ella se complementan. Es una cosa adorable de ver.

Por un momento, Alix no supo si aquello era una ofensa hacia Emira, hacia Briar o hacia las dos.

—Pero —Tamra dijo despacio— esa chica está muy perdida. Tiene veinticinco años y no tiene ni idea de lo que quiere ni de cómo conseguirlo. No tiene la motivación para labrarse una carrera profesional como van a tener nuestras hijas, algo que probablemente no es culpa suya, pero no por ello es menos cierto. Lo que quiero decir es que... hay muchos capullos como Kelley por ahí, pero cuando pillan a una chica como Emira, alguien que todavía está intentando decidir quién es..., ahí es cuando la cosa se pone preocupante. Y cuanto más lo pienso, más entiendo que haya terminado con un tío así, que busca autoafirmarse a través de otra persona. Emira no se ha dado cuenta de esto porque todavía no sabe quién es ella misma.

Alix negó con la cabeza y se llevó una mano a la cara. La voz se le quebró de nuevo cuando preguntó:

—¿Qué voy a hacer?

Las lágrimas le venían con tal facilidad que, entre un sollozo y otro, pensó: «Gracias, Dios mío». Parecía que Emira de verdad era de su propiedad. Y que sus intenciones, después de todo, eran loables.

—Eh, cariño. —Tamra la abrazó desde un lado—. Mírame. Todo va a salir bien. Solo han sido unos meses y no lleva anillo de compromiso. Emira tiene mucha suerte de que tú te preocupes por ella..., pero también tienes que preocuparte por ti misma.

—Uy, qué va. Si yo estoy bien. —Alix sacó un clínex del bolsillo y se limpió debajo de la nariz.

—Alix, te voy a decir una cosa y no quiero que me malinterpretes. —Tamra se situó delante de Alix y enderezó los hombros—. En Nueva York estabas siempre con las pilas puestas. No puedes esperar sentirte tú misma cuando tu ritmo de vida ha cambiado tanto.

Alix volvió la vista al toldo del restaurante mientras se le llenaban otra vez los ojos de lágrimas. Odiaba y quería a Tamra por sacar su frustración a la áspera luz.

—Pero ¿qué se supone que tengo que hacer? —Su voz adoptó un tono de falsete trágico y bajó más el volumen—. Peter me apoya mucho y lo cierto es que puedo trabajar desde casa. Pensaba que me llamarían más de la campaña de Clinton, pero el evento de la semana que viene es el primero que tengo en meses. Antes tenía a mi equipo y mi teléfono echaba humo... Y ya sé que es porque he tenido una hija. Y estoy feliz de que sea tan perfecta. Pero no sé ni siquiera cómo empezar a recuperar mi vida de antes estando aquí.

Tamra sacó su teléfono.

—Déjame que te ayude con eso.

Alix se sorbió la nariz en el pañuelo de papel y desde debajo de este preguntó:

—¿Qué vas a hacer?

—Tenemos que llevarte de vuelta a Nueva York. —Tamra continuó escribiendo un correo electrónico, probablemente a sí misma, porque lo hacía todo el tiempo, y dijo—: Dame dos segundos. Conozco a una mujer que está buscando a alguien que dé una clase los martes por la noche en la New School. Tú serías perfecta y no me puedo creer que no se me haya ocurrido antes.

—Tam, no. No puedo dejar a Peter así como así. Le está yendo muy bien y este fue siempre el plan. Es lo que acordamos.

—Pues usa a Emira —dijo Tamra despacio, como si estuviera cantando—. Nadie ha dicho que no puedas venir a Nueva York una o dos veces a la semana. Emira y tú os necesitáis la una a la otra, eso lo tengo muy claro. Necesitas una vía de escape, necesitas volver a ocuparte de verdad de tu empresa. Y Emira… Cuanto más tiempo pase en tu casa, mejor. Déjame que te ayude con eso.

Tamra tomó aire con su ancho pecho y casi dio la impresión de estar respirando por las dos. Alix supo entonces que había terminado de llorar y estaba preparada para transformar sus sentimientos en acciones. Momentos como aquel eran la razón de que hubiera echado tanto de menos a sus amigas. Sabían como ayudarla a ser ella misma otra vez.

—Gracias —dijo.

—No tienes nada que agradecerme. Y ahora, escucha. —Tamra se guardó el móvil en el bolsillo y sonrió—. Vamos a entrar ahí otra vez y a pedir unas mimosas. Vamos a llevarte otra vez a Nueva York y a conseguir que vuelvas a ser tú misma. Y, cuando llegues a casa, vas a contarle a tu canguro lo que sabes y vas a hacer todo lo necesario para protegerla.

# Veinte

El lunes, la casa de los Chamberlain amaneció vacía y cargada de posibilidades. La señora Chamberlain y Catherine estaban en otro estado, y después de recibir el efusivo agradecimiento de Peter por haber ido a cenar en Acción de Gracias y por ocuparse de Briar aquella semana, Emira se sentó junto a la silla «de chica mayor» de esta. Tenía en la mano los cuarenta dólares que había dejado Peter en la encimera. Se inclinó hacia la niña de tres años y dijo:

—¿Te apetece hacer algo especial hoy?

Emira llevó a Briar en metro por primera vez y viajaron entre pasajeros cargados de regalos y papel de envolver y lazos. Una vez en la calle, se cogieron de la mano y caminaron dos manzanas más, hasta que Emira abrió la puerta de la tienda House of Tea. Junto a una pared con cientos de tés de todo el mundo, en una mesa diminuta para dos, Emira pidió a la camarera que les sirviera un surtido de bolsas de té, pero sin tazas (la camarera dijo: «Emmm, qué cosa más rara, vale»). Durante más de una hora, con un plumas morado y botas de agua, sentada sobre sus piernas, Briar se dedicó a ordenar bolsas de té según su criterio particular. «Este es el té de bebé», dijo al presentar un paquete de la variedad English Breakfast. «No, no, tienes que esperar», le dijo a un té de canela sin teína. «Y tú tienes que usar el orinal de chica mayor». Emira la miraba mientras sorbía agua con hielo.

El martes tocó montar en trineo. Después de subir y bajar varias veces por una ladera nevada y suave (Briar gritó de felicidad durante cada bajada), la niña se quedó dormida delante de un vaso de papel con chocolate caliente que Emira le sirvió de un termo que llevaba en el bolso. Luego la despertó para hacer un ángel en la nieve, que era muy bonito, pero no tan divertido. Briar se quedó tumbada en la nieve con expresión desconcertada y dijo: «Mira, no es hora de dormir, ¿vale?». Insistió en tirar del trineo durante todo el camino de vuelta a casa.

El miércoles, Briar y Emira fueron al centro comercial situado junto al hospital en el que trabajaba Zara. Vestida con el pijama de enfermera y con un bocadillo de Subway en una bolsa de plástico, Zara corrió a reunirse con ellas al principio de la cola para ver a Papá Noel. Al saltar por encima de un aparatoso cordón de terciopelo verde, sonrió a Emira y le dijo: «Ahora mismo estás ridícula». Salieron de allí con tres portafotos distintos que decían «¡Papá Noel y yo!» con letras rojas en la parte de arriba. Una fotografía era de Papá Noel y Briar en pleno estornudo; otra era de Papá Noel, Emira y Briar, los tres, cosa mágica, sonrientes; y la tercera era de Emira, Zara y Papá Noel. Sentada cerca del regazo de Papá Noel, Emira tenía las piernas cruzadas, los brazos levantados y expresión inocente. De espaldas a la cámara, Zara estaba agachada delante de Papá Noel con las manos en las rodillas y la cara de perfil (cuando Zara subió la foto en Instagram, el pie decía «¡Jo, jo, jo! ¡Un Papi Noel!»). En una esquina se veía la cabeza de Briar mientras le preguntaba a un elfo si Papá Noel no le daba miedo a veces.

Y el jueves, Emira llevó a Briar a Camden, Nueva Jersey. Para entonces ni siquiera se le pasó por la cabeza pedir permiso. Briar y ella formaban una unidad, la señora Chamberlain no estaba y a Briar le volvían loca los peces, joder. En el Adventure Aquarium, a Briar le costó mantener la boca cerrada porque el asombro la desbordaba. A Emira aquello le recordó la locura de ser niño: ver todas las cosas que has aprendido en los libros en forma de criaturas vivas, nadando delante de tus narices. A Briar la maravillaron los hipopótamos, los tiburones, los pingüinos y las tortugas. Y, por si fuera poco, por arte de magia apareció Papá Noel en el acuario para saludar y hablar de reciclaje. Emira tuvo que decirle a Briar que bajara la voz porque no dejaba de preguntar: «¿Quién recoge a Papá Noel del centro comercial?».

En un pasillo azul reflectante de agua y cristal, Emira y Briar caminaron entre peces ángel, olominas, anguilas y tiburones de aguas profundas. Briar se detuvo y golpeó con suavidad el cristal con las manos, sus deditos delante de algas color neón y rocas.

—Mira, sí, sí, sí.

Emira se agachó a su lado.

—Oye, ratita —dijo—, te quiero.

Briar rio por la nariz (fue casi como si quisiera expulsar alguna cosa por ella) y apoyó una mejilla en el hombro de Emira. Justo en ese momento se apagaron las luces en aquella parte del acuario para indicar que estaban a punto de cerrar. Briar chilló:

—¡Mira, no me encuentro!

Emira la acercó más a ella y dijo:

—Todavía te veo.

Las luces se encendieron otra vez.

El autobús las dejó en casa a las seis de la tarde y Briar parecía somnolienta, lo que significaba que Emira tenía que darse prisa. Le gustaba tener la cena en la mesa a las seis y cuarto, para evitar que Briar se espabilara antes de la hora del baño, que era a las seis cuarenta y cinco. Emira preparó huevos revueltos y tostadas. Usó un tenedor para extender medio aguacate en el pan mientras Briar cantaba para sí en el suelo de la cocina y de vez en cuando olía una pegatina de su camiseta (Emira no tuvo el valor de decirle que no era de las que huelen). En el compartimento que quedaba libre en el plato de Briar, Emira puso dos trozos de melocotón naranja brillante. Por lo que debía de ser la enésima vez, las dos se sentaron lado a lado a la mesa de la cocina.

Emira consultó el reloj del microondas (decía que eran las 18:46) y, mientras soltaba el velcro del babero de Briar, se sorprendió a sí misma pensando: «Espera un momento. Tampoco quiero renunciar a esta parte».

Sola y en sus mejores momentos, Briar era extraña y encantadora, una niña llena de inteligencia y de humor. Pero había algo del trabajo en sí, del hecho de cuidar a una persona pequeña, desestructurada, que hacía sentir a Emira inteligente y a cargo. Estaba la sensación gratificante de hacer bien tu trabajo, y más agradable incluso era la maravillosa suerte de tener un trabajo que querías hacer bien. Sin Briar, todos esos marcadores temporales pasarían a no significar nada. ¿Se suponía que Emira tenía que existir sola a las seis y cuarenta y cinco? ¿Sabiendo que, en alguna otra parte, era la hora del baño de Briar? Un día, cuando Emira se despidiera de Briar, también se despediría de la satisfacción de entender las reglas, del consuelo de conocer lo que viene a continuación y del privilegio de encontrar un hogar dentro de uno mismo.

A Emira le encantaba la facilidad con la que podía perderse en el ritmo de cuidar de un niño. No tenía que preocuparse por no tener aficiones interesantes. Que siguiera durmiendo en una cama individual no era algo que afectara a Briar ni a sus planes con ella. Cada día con Briar era una pequeña victoria a la que Emira no quería renunciar. Las siete de la tarde siempre eran un triunfo. Aquí está su hija. Está feliz y viva.

# CUARTA PARTE

# Veintiuno

En cuanto volvió a casa de Nueva York, Alix puso a Catherine a dormir la siesta, le dio el iPad a Briar y echó un polvo rápido con su marido en el cuarto de baño del tercer piso. Peter estaba vestido para ir a trabajar y su expresión en el espejo revelaba una euforia asombrada mientras la hebilla de su cinturón tintineaba contra la corva de Alix. Esta había sacado tiempo para ir a la peluquería en Manhattan antes de subir al tren y le gustaba ver su melena rubia ondear mientras Peter la penetraba desde detrás. Terminaron segundos antes de oír a Emira cerrar la puerta principal, lo que hizo a Alix sonreír y llevarse un dedo a los labios.

Nueva York era como un ex que se ha pasado el verano en el gimnasio. Alix había dedicado cinco días a correr de un lugar favorito a otro por la ciudad con Rachel, Jodi y Tamra (a veces solo con Catherine). Se comió un helado de cucurucho en la calle Siete, de pie, debajo de una farola en la nieve. Le compró a Catherine un gorro de flores. Y se puso tacones por primera vez en meses para ir a un acto de la campaña de Clinton. Hillary Clinton no asistió, pero sí lo hicieron centenares de mujeres agudas, inteligentes y atractivas. Para cuando el tren entró en la estación de la calle Treinta, tenía un correo en la bandeja de entrada de un profesor de comunicación de New School: «Nos encantaría charlar contigo del próximo semestre. ¡Tenemos que hablar pronto!». Alix respondió enseguida y luego continuó etiquetando futuras fotos de Instàgram que había sacado en Nueva York. Ahora tenía contenido suficiente para fingir que vivía allí durante semanas.

—¡Hola!

Con los pantalones otra vez puestos, Alix bajó corriendo la escalera y disfrutó del movimiento de sus puntas rubias recién cortadas en los hombros. Emira estaba arrodillada delante de Briar junto a la mesa de la cocina, y Alix creyó que le iba a estallar el corazón. ¡Ay, cómo había echado de menos a las dos! A su hija charlatana y nerviosa y a la persona callada y pensativa a la que pagaba por quererla. Era encantador ver que nada había cambiado. Emira seguía llevando calcetines en tono flúor arrugados debajo de *leggings* negros.

—¡No me puedo creer que llevemos una semana sin vernos!

Emira dijo:

—Desde luego. Bienvenida.

En aquel momento bajó Peter. Se puso una chaqueta encima de los hombros mientras besaba a Alix y a Briar. Luego se fue y se quedaron solas las tres.

Alix cogió su café de la encimera. Con la taza en las manos, se dio la vuelta, se retiró el pelo detrás de la oreja y dijo:

—Emira.

Nueva York le había recordado a Alix que si era capaz de hablar a más de cuatrocientas mujeres sobre pedir un ascenso, desde luego podía hablar con Emira de Kelley Copeland. Los últimos cinco días habían reafirmado su confianza en sí misma y le habían proporcionado claridad para aquella conversación. Sería mucho más sencilla de como la había imaginado. Se atendría a los hechos. Y no esperaría que Emira reaccionara de inmediato. Alix también había tenido veinticinco años y, a pesar del tiempo transcurrido, aún recordaba el efecto Kelley Copeland. Pasara lo que pasara, Alix protegería a su canguro. Acción de Gracias debía señalar un cambio en la relación entre ambas y su deseo al respecto seguía intacto. Iba a convertirse en defensora de Emira Tucker y no solo los lunes, miércoles y viernes. Alix sonrió al interior de su taza.

—¿Te parece que hablemos un momento?

—Eeeh... Claro. —Emira se puso de pie—. Bueno, en realidad había pensado en cambiar hoy el plan y llevar a Briar al cine.

—¡Al cine! —Alix le hizo una mueca a su hija—. Qué emocionante.

—¿Por qué *eshto* tiene dedos —dijo Briar señalando los guantes de Emira— y el mío no?

—Porque lo tuyo son manoplas. Son muy calentitas.

—Bueno, te advierto que su capacidad de atención es bastante corta —dijo Alix—. No sé si va a poder estar sentada tanto tiempo en un cine.

—Bueno, es esa sesión para madres e hijos que me sugirió hace mucho tiempo. Así que estarán las luces encendidas y podrá levantarse o lo que sea.

—¡Chachi!

¿De verdad acababa de decir «chachi»? Alix siguió sonriendo de oreja a oreja, pero por dentro se preguntaba: «¿Por qué estamos hablando de sesiones de cine?». Emira y Briar tenían que quedarse en casa. Alix había acostado a Catherine pronto por ese motivo. Emira y ella tenían mucho de lo que hablar.

—Llevo tiempo queriendo ir —dijo—, aunque creo que solo hay sesión los jueves. Pero, ¿sabes qué? Te puedo dar la contraseña de Amazon por si preferís quedaros aquí calentitas viendo una película.

—¿Puedo mirar si hay sesión?

Emira siempre pedía permiso a Alix para usar el ordenador («¿Puedo mirar el horario del tren?», «¿Puedo ver si va a llover?»), pero en esta ocasión Alix miró a su niñera mover el ratón y pulsar teclas con tal familiaridad que no pudo evitar ladear la cabeza. Emira hizo clic dos veces más.

—Perfecto —dijo—. Empieza a la una menos cuarto.

—Ah, genial.

—Voy a enviarme la dirección por correo en un momento.

—Mamá —dijo Briar cogiéndose la coleta rubia—. Algunos peces no tienen pies ni uñas. Y… así *esh* como son.

—Eso es muy cierto —dijo Alix—. Emira, suena estupendo. Seguro que lo pasáis genial. Pero ¿te importa si hablamos un segundo?

Alix vió a Emira hacer clic en un correo electrónico antes de darse la vuelta

—Claro. ¿Qué pasa?

Aquella respuesta llevó a Alix a cruzar los brazos a modo de protección. ¿Cómo se le había ido aquello de las manos? ¿Así iba a ser tener una hija adolescente algún día?

¿Tener a alguien deseando salir de tu espacio, pero haciéndote sentir al mismo tiempo que no es tuyo?

—Bueno..., pues voy a ir directa al grano.

Esto lo dijo con una media carcajada al final que le sonó fatal.

Respiró y dejó el café en la encimera para crear un momento de transición entre los planes de ir al cine de Emira y la noticia que llevaba practicando cómo comunicar los siete últimos días.

—Lo pasamos muy bien en Acción de Gracias y nos gustó mucho que vinierais, pero... estoy segura de que para ti también fue un poco raro. Antes de nada, quiero darte las gracias por portarte como una supermujer aquella noche. Ya sé que ya te lo he dicho, pero, una vez más, nos salvaste la vida.

—Ah, no pasa nada —dijo Emira, y miró a Briar—. Vomitar es muy desagradable.

Briar se puso seria y dijo a Emira:

—Yo *gomité.*

Emira asintió y dijo:

—Me acuerdo.

—Y en segundo lugar... —Alix enseñó las palmas de las manos—. No quiero que estés incómoda por el hecho de que Kelley y yo saliéramos hace tiempo.

Emira rio.

—Claro que no. —Miró por un momento hacia las ventanas y metió las manos en los bolsillos del chaleco de plumas—. Fue como... en el instituto, ¿no?

Daba la impresión de que Emira había calculado sobre la marcha la edad de Alix y añadido demasiados años. A los pies de Alix, Briar saltó a la pata coja y dijo:

—Mamá. A las abejas no les gusta que les hagan gimnasia en las cabezas.

—Sí, exacto —Alix se recompuso—. Solo quería asegurarme. Pero, oye… Emira, ¿por qué no te sientas un segundo?

Alix cogió a Briar en brazos y se sentó a la mesa de la cocina; la niña empezó a jugar con una hebra suelta de sus manoplas. Emira dijo: «Vale» y se medio sentó en la silla de al lado. Mantuvo una postura erguida, como si le diera miedo que la silla estuviera recién pintada y no estuviera segura de que se hubiera secado.

—Bueno, pues la cosa es… —dijo Alix—. Los dos parecéis muy felices juntos, y si estáis felices, pues yo también…

—Si eres feliz y lo sabes, ¡a aplaudir! —cantó Briar—. Luego rema, rema, rema en tu barca de madera.

—El Kelley que conocí yo entonces… Bueno… —Alix suspiró bajo el peso de la mala noticia—. Bueno, no era demasiado agradable. —Alix tenía la atención de Emira. Notó que ella estaba pendiente de sus palabras y cómo su resistencia hastiada iba tornándose en ligera intriga, lo que, viniendo de Emira, era mucho—. Emira, eres una persona muy inteligente —continuó Alix— y sé que sabes mejor que nadie lo que quieres en una relación, y también sé que las personas cambian. Solo que… —Alix le revolvió el pelo a Briar y le dio un beso en la coronilla— no me sentiría bien si no te hablara de mi experiencia con Kelley, sobre todo cuando pienso que puedes tener los mismos problemas que tuve yo.

—A ver… —Emira cruzó las piernas y juntó las manos entre los muslos—. Ya sé que vuestra ruptura no fue ideal… No conozco los detalles ni nada, pero da igual. Esas cosas pasan.

«Ah. Así que no te ha contado nada», pensó Alix. «Pues claro que no, porque sabe que actuó mal».

—Bueno, ojalá terminara ahí todo —dijo—. Kelley y yo… no salimos mucho tiempo, pero…, si quieres que te sea sincera…, tuve algunos problemas con él porque no respetó mi intimidad, lo que llevó a que me acosaran otros compañeros de clase. Pero lo más importante, y lo que te puede afectar a ti, es que era *vox populi* que Kelley tenía cierto fetichismo con la gente y la cultura afroamericana. No voy a entrar en detalles…, pero me sentiría fatal si Kelley te usara a ti de esa manera.

Alix había hablado con el tono natural que había practicado durante viajes en taxi, en la ducha y mientras se ponía rímel la semana anterior. Se limitaba a transmitir una información en beneficio de Emira y de nadie más, y había pronunciado las palabras *afroamericana* y *cultura* sin reducir el volumen a un susurro propio de barrio residencial. Y sí, recordaba el consejo de Tamra de no sacar a relucir lo ocurrido con su carta, pero no había dicho que Alix no pudiera insinuar que había hecho algo horrible. Alix esperaba que Emira pidiera detalles (era lo que habría hecho ella) sobre lo que Kelley había dicho o hecho y cuándo. Pero Emira mantuvo las manos entre las piernas, se retiró el pelo hacia la espalda y dijo:

—Eso fue hace como… dieciséis años, ¿no?

—Dios, ¿tanto? —Alix rio. Habían sido quince años, pero, en fin—. Ya lo sé, es toda una vida. También te cuento esto para que entiendas por qué pude parecer maleducada cuando lo vi en la puerta. —Alix se giró—. Al principio solo estaba sorprendida. Pero como lo conozco tan bien, empezaron a preocuparme un poco las razones que pudiera tener para salir contigo.

Emira hizo una mueca y miró al suelo.

—Pues no sé. Creo que soy… bastante simpática y atractiva.

—Ay, no, Emira. No, no, no. No quería decir eso para nada. —Alix usó la mano derecha para agitar los dedos y disolver sus palabras en el aire. Volvía a tener esa sensación áspera de «Mierda mierda mierda» de Acción de Gracias en la casa y en el estómago—. No tengo la más mínima duda de que está loco por ti. Solo quiero asegurarme de que lo está por una buena razón.

—Ya... —Emira suspiró—. Bueno, desde luego entiendo perfectamente de lo que me habla. Y he conocido a tíos así, pero hasta ahora no me ha parecido que Kelley lo sea. Así que, no sé. Yo también hice bastantes tonterías en el instituto. Como, por ejemplo... Vale, esto me da bastante corte, pero pensaba que las personas asiáticas eran más listas. Y también decía frases del tipo: «Eso es muy gay». Y las dos cosas son ofensivas y horribles, y cuando lo pienso no me puedo creer que hablara así alguna vez. Así que, sí. Le agradezco mucho que me cuente esto, pero se me haría raro preocuparme cuando hasta ahora no ha sido un problema.

Alix también había usado el adjetivo *gay* para definir cosas en el instituto. Había usado la palabra *oriental* hasta que llegó a la universidad y una compañera de habitación le dijo que no lo hiciera. Y había habido un momento en el que, si alguien era descrito como indio, a Alix le parecía divertido decir: «¿De los que llevan el puntito en la frente o plumas?». Pero aquello era distinto, ¿cómo no se daba cuenta Emira? Kelley tenía una tendencia a enaltecer la cultura negra que había empezado en el instituto y continuaba en la edad adulta. Seguía sin pensar que lo que hacía estaba mal. ¿Qué le habría dicho a Emira para que ahora esta rechazara esa información? En el instituto, la admiración de Kelley por Robbie y sus amigos había sido palpable y dolorosa. ¿Es que tenía ya tan interiorizado su fetichismo con las personas negras que resultaba natural? Alix sabía que estaba haciendo lo correcto, así que en cierto modo se sentía igual que cuando su compañera de habitación había levantado la vista de un cuenco de fideos para decir: «Tía, no puedes decir *oriental* a no ser que estés hablando de una alfombra».

Alix dijo:

—Totalmente. —Atrajo más a Briar hacia sí—. Eso es justo lo que quería oír. Si no ha sido un problema, entonces, maravilloso. Solo quería...

—Perdón. —Emira se mordió la comisura del labio inferior y se sacó el móvil del bolsillo. Mientras lo miraba dijo—: El cine solo tiene una sesión hoy y quiero asegurarme de que no llegamos tarde.

—¡Sí, claro!

Alix dejó a Briar en el suelo. Se incorporó y de inmediato se sintió confusa y deshidratada. Briar cantaba «Ele-eme-ene-ooo» mientras Alix cogía el teléfono de la mesa pensando: «¿Cómo he...? ¿Qué ha...? ¿Qué coño acaba de pasar?».

—Pero no le molesta, ¿verdad? —Emira también se puso de pie. Esperó un segundo y apoyó la rodilla contra el asiento de su silla mientras Briar se acuclillaba con gran aspaviento debajo de la mesa—. Me doy cuenta de que es muchísima casualidad y muy raro. Solo quiero asegurarme... de que le parece bien, ¿vale?

Por un segundo Alix pensó: «Si digo que no, ¿dejarías de salir con él?». Pero a continuación negó vehementemente con la cabeza y dijo:

—¡Cien por cien!

—¡Mira, Mira! —Briar sacó la mano desde debajo de la mesa—. ¿*Eshto* son mis nudillos?

—Casi. Tus nudillos están aquí.

Alix se agachó y besó a Briar en las mejillas.

—¡Pasadlo fenomenal!

Emira se puso la cazadora, pero no se fue. Alix se quedó en el otro extremo de la mesa y refrescó su Instagram por tercera vez en los últimos diez segundos. Emira siguió de pie. Por fin, Alix levantó la vista.

—Perdón —dijo Emira—, Peter siempre me dejaba dinero en la mesa.

Momentos después, mientras miraba por la ventana a su canguro alejarse de la mano con su hija primogénita y con treinta dólares en el bolsillo, Alix se puso la chaqueta. Acto seguido, se aplicó pintalabios en el baño de las niñas, rodeada de cepillos de dientes de tamaño infantil, dentífrico y loción para bebés. Se colocó el pelo delante de los hombros y a continuación salió por la puerta principal solo con las llaves y el teléfono.

Fue como si hubiera tomado aire en el primer peldaño y aterrizado en la nevada acera, con los guantes puestos y las botas repicando en el suelo. La última vez que llegó allí procedente de Nueva York, Filadelfia le había parecido toda igual, pero ahora sabía orientarse. Eran las 12:16 de la tarde, tenía el tiempo justo para llegar. Había leído lo bastante de los mensajes de Emira para saber dónde trabajaba y a qué hora salía a comer él (Rittenhouse Square, a las doce y media).

Había veinteañeros y treintañeros con camisas y chaquetones marineros caminando en grupos con bolsas marrones de comida para llevar. La acera delante de los imponentes edificios era gigantesca y Alix miró pasar a la gente apoyada contra una fuente cubierta de una capa de hielo y mugre. Por un momento, consideró entrar y hablar con él en su oficina. Seguramente sería una de esas estúpidas oficinas modernas con paredes de colores vivos y espacio diáfano, y no tendrían demasiada intimidad, pero podría hacerlo. Y quizá la sorpresa de su presencia allí y la serenidad de la que haría gala bastarían para hacer saber a Kelley que lo había pillado. Pero no tardó en verlo. No salía de su oficina, sino que caminaba hacia ella y a buen paso. A Alix se le hizo un nudo en el estómago y sintió el impulso de protegérselo igual que cuando había estado embarazada. Pero se puso recta y se levantó. Caminó con las manos en los bolsillos, en un gesto de despreocupación.

Kelley llevaba pantalón gris oscuro, abrigo negro y, debajo, algo encantador hecho de batista. Caminaba en compañía de dos hombres negros, también vestidos con ropa informal, pero cara, y Alix sonrió irónica, pensando «Qué listo eres». Si Kelley se sentía mejor consigo mismo rodeándose de seres humanos que no sospechaban nada, allá él. Pero con Emira no lo iba a conseguir.

Kelley y sus acompañantes llevaba recipientes de plástico con coloridas ensaladas de bufé y tenedores dentro. Por fin reparó en Alix y, por segunda vez en aquel día, esta tuvo la sensación de ser madre de adolescentes. Vio a Kelley darse cuenta de su presencia y adoptar lo que le pareció una expresión de avergonzada sorpresa. Todo su cuerpo parecía decir: «Mamá, ¿qué haces aquí? Estoy con mis amigos». Aminoró la marcha y Alix se dirigió hacia él.

—Pero bueno, ¿qué…?

—Tengo que hablar contigo. Ahora mismo.

Los dos hombres que iban con Kelley dieron un paso atrás para alejarse de Alix como si fuera contagiosa.

Alix señaló un edificio contiguo.

—Vamos ahí.

Dentro del edificio lleno de ventanas había una escalera mecánica doble que conducía a un vestíbulo con relucientes ascensores y, al lado, una docena de mesas y un café. El lugar resplandecía y retumbaba de color azul. Una escultura descomunal y feísima de Jeff Koons colgaba del techo y vomitaba alegría navideña en el suelo de baldosas blancas. Alix encontró una mesa libre para dos y Kelley ocupó la silla frente a ella. Alix se quitó los guantes dedo a dedo y se obligó a respirar.

—¿Qué pasa, Alex? —Kelley se sentó con tal cuidado que parecía que le doliera algo y temiera hacer movimientos bruscos—. ¿Cómo sabes dónde trabajo?

—¡Hola, chicos! —Apareció una mujer con corte de pelo *pixie*—. Os dejo un agua con gas y otra sin. Vuestro camarero vendrá en…

—No nos vamos a quedar, gracias —la interrumpió Kelley.

La mujer dijo: «Vale» sin cambiar de entonación y aun así dejó las botellas en la mesa.

—¿De verdad no sabes qué hago aquí? —La vocación escénica de Alix empezó a hacer efecto y la voz le salió fuerte y natural. Por dentro, sin embargo, era presa del pánico. ¿De verdad había decidido ir a ver a Kelley solo veinte minutos antes? Tal vez había sido una equivocación, pero allí estaba y él estaba esperando a que siguiera hablando—. Estoy aquí porque estoy preocupada, Kelley —dijo. Pronunció la palabra *preocupada* como si pudiera ser un concepto que Kelley no conociera.

—¿Que estás preocupada? Guau. —Kelley rio—. Me encantaría que me explicaras por qué.

Dios, qué guapo era. Incluso cuando se ponía en plan capullo. ¿Había estado así de guapo en Acción de Gracias? Tenía en las sienes algunas motas de pelo gris brillante en las que Alix no se había fijado antes. Tragó saliva y se centró en el agua con burbujas que tenía delante.

—No me parece justo que empieces a salir con mi canguro y esperes que no diga nada.

—Alex, venga ya. —Kelley dejó su ensalada en la mesa—. A mí tampoco me vuelve loco que trabaje para ti. Pero lo cierto es que tú y yo salimos hace más de diez años y ella tiene que tomar sus propias...

—Perdona, esto no tiene nada que ver con que tú y yo saliéramos, así que no te emociones. —La oportunidad de decir aquello a Kelley, de dibujar comillas al pronunciar la palabra *saliéramos*, con el pelo recién salido de la peluquería y solo tres kilos más que antes de quedarse embarazada... Alix casi podía saborearlo, y las palabras eran saladas y reconfortantes—. De hecho, me encantaría que tuviera que ver con que tú y yo saliéramos. Tú y yo podríamos haber salido y luego roto igual que las personas normales. Eso habría sido maravilloso. Pero, puesto que tú no creías en el concepto de intimidad y usabas a atletas negros como pasaporte a la popularidad, no puedo evitar tener una opinión sobre que grabaras a Emira en un supermercado y luego decidieras salir con ella.

Kelley la miró como si estuviera oliendo a quemado.

—Alex, ¿qué me quieres decir?

—No he terminado. —Alix sostuvo una mano extendida en el aire—. Si crees que me voy a quedar callada mientras intentas hacerte el guay con alguien que es como si fuera de mi familia, entonces estás loco. —Alix hizo una pausa para crear efecto dramático—. Si sigues con ese fetichismo por las personas negras que tenías en el instituto, pues muy bien. Pero a mi niñera déjala fuera de esa mierda.

Alix vio cómo Kelley asimilaba sus palabras. Aunque estaba furiosa, no podía dejar de pensar en lo guapo que resultaba cuando ponía cara de desconcertado. ¿Cómo se podía odiar tanto a alguien y al mismo tiempo querer que te encontrara atractiva? ¡Y encima en aquel sitio tan hortera que, al parecer, era un restaurante! Entonces llegó un camarero y les dejó unas cartas. Cuando les preguntó si querían tomar algún aperitivo, Kelley ladró:

—¡No estamos juntos!

Y el camarero dijo:

—Vale, vale.

Una vez se fue, Kelley apoyó las manos en el borde de la mesa y dijo con un resoplido:

—A ver, vamos a rebobinar un momento porque hay mucho que analizar aquí.

Por algún motivo, esta frase hizo que a Alix le dieran ganas de estrellar el agua con gas contra la pared de enfrente. Cruzó las piernas y vio cómo Kelley se preparaba para hablar mientras se pasaba la lengua por los dientes delanteros.

—No te fue muy bien el último año de instituto y está claro que todavía te afecta. Pero la verdad es que fui yo quien rompió contigo. —Al decir esto, apoyó las manos en la mesa con las palmas hacia arriba—. Y punto.

Alix negó con la cabeza.

—Eso no tiene nada que ver con...

Kelley la interrumpió diciendo:

—Déjame terminar. Te dejé. Nada más. Y estoy seguro de que tú también has dejado a gente y que a estas alturas ya sabes cómo son esas cosas. No es fácil para ninguna de las dos partes.

Alix no conseguía concentrarse en lo que decía Kelley. Se daba cuenta de que todo estaba lleno de implicaciones (sabía que analizaría cada palabra más tarde), pero precisamente eso parecía impedirle retener la información. Por un lado, Kelley parecía harto, más que enfadado, lo que le producía ganas de vomitar. Por otro, daba por hecho que ella había roto con personas. Con más de una. ¿Quería eso decir que seguía encontrándola atractiva? ¿Estaría fuera de lugar pedirle que le aclarara ese punto? «Así que ¿todavía te parezco guapa?».

—Es el único delito que he cometido contigo —continuó Kelley—. Sé que no estás de acuerdo conmigo en eso y no entiendo por qué, después de tanto tiempo, no quieres ni considerar la posibilidad de que te equivocaste llamando a la policía aquella noche —sugirió—. Pero en lo que se refiere a ti y a mí, yo tenía diecisiete años y rompimos.

Alix miró hacia el techo de cristal reflectante.

—Vuelvo a decirte que he venido aquí a hablar de Emira.

—Vale, muy bien. Pues, respecto a Emira... —Kelley miró fijamente la mesa como si siguiera intentando encajar las piezas del puzle—. A ver, si te soy sincero, me deja atónito que la palabra *fetichismo* forme parte de tu vocabulario... Pero, Alex, estoy enamorado de Emira.

Aquel comentario fue para Alix como si Kelley hubiera espantado a su corazón con una mano como a un molesto insecto.

—Y sí, claro —dijo Kelley—. Puede que en el instituto me parecieran mucho más guais los chicos negros que los blancos. No creo que fuera el único que pensaba que los atletas, los raperos y los ricos, incluida tú, molaban mucho más que el resto. Pero Robbie y yo seguimos siendo amigos. Me invitó a su boda, joder. ¿Qué más da cómo nos hiciéramos amigos? Y tampoco importa cómo conocí a Emira.

Alix se odió a sí misma por su primer pensamiento, que fue: «¿Qué boda? ¿Cómo es que no he visto las fotos? Ay, Dios mío, ¿me tendrá Robbie bloqueada?».

—Y en la relación que tenemos Emira y yo —Kelley abrió más los ojos— nadie usa a nadie. Y, lo que es más importante, Emira es una mujer adulta. Así que puede que no te guste, pero con quién decide pasar su tiempo no debería ser preocupación tuya.

Alix se quedó helada cuando Kelley dibujó comillas en el aire al decir la palabra *preocupación*.

Quiso gritar y que su voz resonara en aquel espacio chillón y pretencioso. «¿Cómo te atreves a ser diplomático con esto?», pensó. «Lo pillo, tú y yo hemos terminado, pero no salgas con mi puta canguro. Y no me trates como si fuera una loca. Estábamos enamorados. ¿Cómo querías que reaccionara? ¿Y cómo, si no, iba a volver a verte?». Cuanto más había hablado Kelley, más se había serenado y mayor impresión tenía Alix de que se le escapaba. Quería que oyera las cosas que no le estaba diciendo, pero también se negaba a despedirse de manera amistosa de alguien que había echado a perder su último verano antes de la universidad. Nueva York aún le corría por las venas. Alix sabía que tenía el pelo y el cutis perfectos. Si Kelley pensaba que iba a poder levantarse de aquella mesa sin ningún tipo de repercusión, si Emira pensaba que podía pedirle dinero en metálico y llamar a Peter por su nombre de pila, entonces los dos estaban muy equivocados respecto a ella.

—Así que lo que me estás diciendo… —Alix sonrió— es que no le has contado a Emira lo que me hiciste exactamente.

Kelley apoyó la frente en las manos y dijo:

—Por Dios, Alex. Yo a ti no te hice nada…

—Tú piensa lo que quieras —dijo Alix—, pero Emira tiene derecho a saber con quién está saliendo. Y si no le cuentas lo que me hiciste, todo lo que condujo a la detención de tu mejor amigo Robbie, lo haré yo.

Kelley ahogó una carcajada. ¿Había ido Alix demasiado lejos? Tamra le había dicho que no le contara a Emira lo que había hecho, pero no que no obligara a Kelley a contárselo él.

—Alex... —Kelley suspiró—, te presentas aquí con el argumento de que estoy utilizando a Emira, pero ahora resulta que quieres hablar de una carta que ni siquiera me llegó.

—Las dos cosas están relacionadas —dijo Alix, furiosa—. Si no tiene importancia y tú no hiciste nada malo, ¿por qué no se lo has contado a Emira?

—¿Por qué no le has contado tú lo que le hiciste a Robbie?

—Yo lo único que hice fue proteger a mi hermana y a mi niñera.

—No me lo puedo creer, Alex. ¿Sigues con eso? ¿Tengo que proteger a mi niñera negra? Para que lo sepas, Robbie sigue midiendo un metro sesenta y cinco, y...

—¿Sabes qué? —le interrumpió Alix—. ¿Qué tal si le cuentas a Emira lo que pasó, cómo dio la casualidad de que Robbie sabía mi dirección y el código de entrada a mi casa, y dejas que ella decida? Si es tan adulta y madura como dices, seguro que es capaz de sacar sus propias conclusiones.

Kelley mantuvo la cabeza baja, pero levantó los ojos para decir:

—Si eso es una alusión a nuestra diferencia de edad, estaré encantado de hablar de los años que te llevas con tu marido.

Alix pensó: «Me cago en la puta». A menudo se le olvidaba que el hecho de que Peter aparentara menos edad de la que tenía no significaba que pareciera joven. Pero no pensaba amilanarse.

—Emira se merece saber con quién está saliendo.

—No. ¿Sabes qué, Alex? —Kelley se inclinó hacia delante con un brazo encima de la mesa—. Emira se merece un puto trabajo en el que pueda ir vestida con su ropa. ¿Qué te parece si empezamos por ahí?

Alix se apoyó contra el respaldo de su silla. Los pliegues de su cazadora se arrugaron y desinflaron con un diminuto silbido.

—¿Perdón?

—Hablas como si todo lo que te pasó a ti fuera peor que lo que le pasó a Robbie, pero... Bueno..., no voy a entrar en eso. Si tanto quieres a Emira, entonces deja que se vista como quiera —dijo Kelley en tono burlón—. Estoy seguro de que yo no hice bien muchas cosas cuando tenía diecisiete años, era un imbécil. Pero por lo menos no exijo uniforme a alguien que trabaja para mí solo para aparentar que es de mi propiedad.

—¡Pero bueno! ¡Esto es increíble! —Alix cerró las manos encima de la mesa—. ¡No tienes ni idea de lo que estás diciendo! ¡Me lo pidió ella! ¡Le dejé un polo!

—Así que le dejas un polo. Todos los días el mismo. Eso en mi mundo se llama uniforme.

—De verdad que te estás pasando.

Alix había empezado el día en Manhattan, dispuesta a decirle a Kelley: «Sé quién eres en realidad», pero ahora estaba en Filadelfia, perdiendo a un juego llamado «¿Cuál de los dos es más racista?». Ladeó la cabeza y apuntó las manos como si fueran dagas encima de la mesa hacia Kelley.

—Emira es como de la familia. La conozco desde hace más tiempo que tú y estoy dispuesta a lo que sea para protegerla.

—Hay que ser caradura, joder. Es que no me lo puedo creer.

—Hablo en serio, Kelley. Si no...

—Pero ¿te estás oyendo, Alex? —Kelley gritó en un susurro—. No has cambiado nada desde el instituto. Dios, pero si es que te vi el día de Acción de Gracias y pensé: «¿Cómo coño puede ser?». Pero tiene muchísimo sentido. Contratas a personas negras para que cuiden de tus hijas y las haces vestirse con el escudo de armas de tu familia. Igual que tus padres, de los que tanto te avergonzabas. Y por supuesto mandas a Emira al supermercado más blanco que existe y esperas que no le pase nada.

—¡Ja! —Alix echó la cabeza hacia atrás—. Así que ahora me echas la culpa de que la policía interrogara a Emira. Es para partirse de risa.

—¿Y eso por qué?

—Porque aquella noche no habría tenido ningún problema si hubiera llevado uniforme, ¿no te parece?

Alix miró a Kelley hacer un movimiento con la mandíbula, como si estuviera intentando atrapar una palomita de maíz en el aire. El latido cardiaco de Alix se triplicó y quiso llevarse las manos a la cara. De haber dicho lo que estaba pensando, habrían sido segmentos entrecortados tipo: «Espera, lo que quería decir... La cosa es... Vale, pero has dicho... No me he expresado bien».

Kelley se levantó y metió la mano en el bolsillo de su chaqueta.

—Cuéntale lo que quieras a Emira.

—Kelley, espera.

Este dejó dos dólares encima de la mesa.

—Kelley. —Alix se quedó sentada con la esperanza de que su resiliencia imposibilitara irse a Kelley—. Deberíamos... Emira se ha convertido en una persona importante para nosotros y...

—Sí, es como de la familia, ¿verdad? —Kelley cogió su ensalada de la mesa—. ¿Por eso la haces trabajar el día de su cumpleaños? Que te vaya bien, Alex.

Alix deseó con todas sus fuerzas haber cogido los auriculares, pero también sabía que cualquier canción que pusiera para sacarse a Kelley de la cabeza le recordaría a él el resto de su vida. Después de varias pisadas rápidas en la nieve, se encontró en casa, frente a su puerta delantera. Entró y cerró con llave.

Fue derecha al ordenador de la cocina y pensó: «Igual se ha puesto en contacto conmigo una de las mujeres de la campaña. Quizá aquella tan agradable me ha escrito mientras estaba fuera». Alix no necesitaba hacerse amiga íntima de su canguro. Le bastaban su familia y su carrera profesional. La respiración apenas se le había normalizado cuando hizo clic en el icono del correo electrónico en la parte inferior de la pantalla del ordenador. Había cuatro mensajes nuevos en rojo.

Entre un anuncio de SoulCycle y el aviso de que los vaqueros Madewell estaban rebajados, el nombre de la editora de Alix destelló dos veces. Alix murmuró: «Mierda». Iba retrasadísima con el puto manuscrito. Pero, según Rachel, eso era algo que ocurría todo el tiempo y los agentes lo tenían en cuenta y estaban acostumbrados a que sus autores les pidieran prórrogas. Y Alix acababa de tener una hija, ¿qué esperaban?

El asunto del primer correo era: «¿¿¿Estás en NY???».

«Mierda», pensó otra vez. Por eso las redes sociales a veces eran un horror. ¿Debería haber bloqueado a su editora? No, eso habría quedado fatal, ¿no? «¿Qué coño le va a contar Kelley a Emira? No pienses en eso y lee el correo».

¡Alix!

Te he visto con tu hija en Prospect Park. ¡Qué genial! Ya sé que es fiesta, pero me encantaría que nos viéramos un rato, sobre todo si necesitas un aplazamiento. Confírmame que no se me ha pasado un correo tuyo con las cincuenta primeras páginas.

Un beso,
Maura

Vale, no era tan grave. Contestaría diciendo que tenía demasiado follón, demasiados compromisos familiares, pero que le mandaría las primeras cincuenta páginas lo antes posible. Solo tenía que escribirlas. No era nada del otro mundo. Claro que su intención había sido hacerlo en sus cafés y restaurantes favoritos de Nueva York, pero luego había estado demasiado ocupada buscando en Google a Kelley. Y a su familia. Y a sus amigos comunes del instituto. Y además estaba de vacaciones.

Pero entonces Alix abrió el segundo correo de Maura, enviado una hora después del primero.

¿Holaaaa? Alix, cariño, dime cuándo te puedo llamar. Estoy empezando a preocuparme porque no me has mandado nada, sobre todo porque en este caso ya tenías el trabajo casi hecho. Ya sé que escribir un libro es toda una hazaña, en especial con dos peques, pero quiero estar segura de que no te has fugado con el anticipo (qué chiste tan malo) antes de seguir avanzando. Odiaría tener que modificar el contrato, pero tengo que hacer lo que sea mejor para las dos. A ver si hablamos pronto. Maura

«¿Cómo que modificar el contrato?» ¿Podían quitarle el anticipo? ¿Y si ya se lo había gastado? Aquella llamada de atención de Maura fue como si la madre de Alix la hubiera sorprendido bebiendo sangría en el coche de alguien, hubiera abierto la puerta y le hubiera dicho: «Alex, vámonos». ¿Cuánto podía tardar en escribir cincuenta páginas? ¿O treinta? ¿No tenía ya un esquema hecho? ¡Se suponía que iba a ser algo fácil y divertido! «¿Qué le va a contar Kelley a Emira?».

Y entonces lo oyó. Con la palma de la mano pegada al mentón y apoyada en la mesa alta, Alix oyó a Catherine emitir una retahíla de gemidos. Se volvió hacia la encimera y cogió el monitor blanco y negro del vigilabebés. Ahí estaba Catherine en su cuna, dando patadas dentro del saco nórdico.

Fue como si todos los órganos de su cuerpo se le agolparan alrededor de los oídos. «Pero ¿no estaba Peter…? ¿Cómo he…? Pero sí creía que Emira había… No puede haber estado…». Alix corrió al dormitorio de las niñas y allí estaba Catherine, quien, sobresaltada por la brusquedad con la que se había abierto la puerta, empezó a llorar. Alix la cogió en brazos y la estrechó contra su desbocado corazón. ¿Habría estado chillando o llorando? ¿Se habría tragado alguna cosa? ¿La habrían oído llorar los vecinos? ¿Estaría completamente traumatizada? Alix había dejado a su hija en casa. Sola. «¿Y si le hubiera pasado algo?».

Nunca se deja solo a un bebé. Es improbable que le pase algo, pero ¿y si te pasa algo a ti? Alix apenas recordaba cómo había vuelto a casa. ¿Y si la hubiera atropellado un coche? ¿Y si le hubiera dado un síncope y hubiera quedado inconsciente? Emira y Briar estaban en el cine y a saber dónde más durante varias horas, y Catherine se había quedado sola dentro de un saco de forro polar. ¿Cómo podía haberse olvidado de la persona que había llevado sujeta contra su pecho los últimos cinco días? ¿Cómo lo habría explicado? ¿Había conseguido Kelley que se olvidara de su propia hija? ¿De su hija casi recién nacida, que ya parecía un calco de su madre? ¿Cuándo había llorado Alix tanto por última vez? Probablemente cuando Kelley la dejó. Se llevó una mano a la boca y dijo: «Lo siento muchísimo» a la palma. Catherine se calmó y le gimoteó con suavidad al oído.

Alix meció a Catherine mientras paseaba por la cocina, alrededor de la mesa. En su tercera vuelta, miró la pantalla de su ordenador y vio las palabras «Bandeja de entrada» y una pestaña que no había abierto. Se leía «EmiraCTucker@» y luego se cortaba. Alix se pasó a Catherine al brazo derecho.

Qué fácil fue teclear el nombre de él. Después de «Kell», salió solo. Más fácil todavía fue encontrar el adjunto con fecha de septiembre del 2015; era el primer y único correo electrónico que se habían intercambiado jamás. Y una vez lo hubo descargado, Alix lo arrastró a una carpeta llamada «Entradas blog primavera» que no usaba desde la primavera anterior. Sin ver el vídeo, se apresuró a enviárselo a sí misma también (ahora lo tenía por partida doble) y, a continuación, borró el correo de la carpeta de mensajes enviados y se salió de la cuenta de Emira. Limpió su historial de búsquedas, metió dos términos nuevos en el buscador («Manualidades infantiles invierno» y «Dentición orgánica») antes de dejar el ordenador y luego cogió el teléfono.

—Hola, Laney, ¿estás muy liada? —Alix se sorbió la nariz sonoramente y dejó que le temblara la voz al saludar a la copresentadora de Peter. Besó a su hija en la mejilla y siguió meciéndola—. Igual necesito tu ayuda... ¿Te puedo contar un secreto?

# VEINTIDÓS

Emira estaba sentada con una tiara de plástico en la cabeza debajo de luces de neón anaranjadas y hojas de palmera acrílicas, con vestido negro escotado y medias negras transparentes. Las alusiones a aquel bar como «el preferido» de Emira la molestaban un poco. Sí, el DJ lo hacía de puta madre y, en su opinión, era el que mejor reguetón ponía. Pero, al igual que hacer *brownies*, el cine de primera sesión y el vino en tetrabrik, a Emira le encantaba Tropicana 187 por los buenos precios (dos por uno, noches de especiales para las damas, cervezas a tres dólares, cócteles de tequila a seis). No era tan elegante como los sitios que Zara, Josefa y Shaunie habían elegido para sus cumpleaños, pero tanto las bebidas como la velada estaban resultando intensamente agradables.

Las tres amigas de Emira rodeaban a esta en un reservado rojo y mullido, con vestidos ceñidos y una gruesa capa de polvos bronceadores. En la mesa había piñas coladas, tacos de pescado, salsa mexicana de piña y pollo marinado.

Apestaba a Mai Tais dulzones y gambas fritas con salsa de coco, y cada nueva canción era irresistible.

Mientras abría el último de sus regalos de cumpleaños, una funda de teléfono nueva con la que reemplazar la vieja, desgastada y rota, Emira despegó el tacón del suelo y dijo:

—¡Pero bueno, qué maravilla! Gracias, Za.

Empezó a rasgar el paquete con uno de los lados de su uña pintada de negro.

—Pues sí. Ya no podías seguir usando esta porquería. —Zara cogió el teléfono de Emira y empezó a quitarle la funda de goma gastada color rosa—. ¡Por favor! Si es que está viejísima y pasadísima. No es bueno para nuestra imagen.

Zara le puso la nueva funda dorada mate al móvil de Emira. Esta metió los otros regalos en una bolsa (pendientes metálicos y una tarjeta regalo de iTunes de Josefa, dos sedosas «camisas para entrevistas de trabajo» de Shaunie) y anunció al grupo:

—A la próxima invito yo.

Josefa se sacó la pajita de los labios y ladeó la cabeza tanto que la coleta se le balanceó.

—¿Perdona? ¿Te acaba de dar un ictus?

Shaunie rio y se limpió la comisura de la boca con una servilleta.

—Pero Mira, ¡es tu cumpleaños!

—Que sí. A ver, quiero deciros una cosa muy rápida. —Emira atrajo la atención de un camarero y pidió cuatro tequilas. Llegaron con un baño cobrizo de azúcar y rodajas de piña en los bordes—. Vale. —Emira miró a sus amigas coger los vasos y lamerse el exceso de líquido de los dedos. Por un instante se sintió como cuando Briar veía el dibujo de una flor, lo olisqueaba y decía «Delicioso», pero apartó estos sentimientos para poder hablar. Se sentó derecha y levantó la voz por encima del bajo y la batería—. Bueno, pues... He estado un poco gruñona y... arruinada estos últimos meses. Y valoro mucho cómo me habéis aguantado. El año que viene va a ser distinto y os estoy muy agradecida por ayudarme a aclarar mis ideas. Sefa, gracias por ayudarme a imprimir mi currículo en papel bonito.

—Un papel precioso, *mija.* —Josefa chasqueó los dedos cuatro veces.

—Shaunie —Emira se volvió hacia su amiga—, gracias por enviarme correos con ofertas de trabajo. Todos los días. Varias veces al día... No veo el momento de darme de baja de esa lista.

—¡Dijiste que necesitabas ayuda!

—Y Zara, gracias por ayudarme a escribir esas odiosas cartas de presentación sin parecer una idiota. —Emira se inclinó hacia su amiga—. Y gracias a las tres, chicas... Os comunico oficialmente que la semana que viene tengo una entrevista de trabajo.

Zara y Josefa dijeron al unísono: «¡Síííí!». Shaunie pareció alborozada por la noticia y también desolada por el hecho de no tener las manos libres para aplaudir.

—¡Qué maravilla, Emira! ¡Es genial!

—Pues sí. Pero ya está. Se acabó hablar de trabajo.

Emira levantó su vaso y las chicas la imitaron.

—Por Mira, que en 2016 va a ser toda una profesional y todas esas mierdas —dijo Zara—. Por ti, cabrona. Feliz cumpleaños.

Emira brindó con la mano en el corazón. Josefa sacó su teléfono y dijo:

—Mira, sonríe. —Emira puso morritos—. Uy, qué mona. —Josefa examinó la fotografía—. Estás monísima. La voy a subir.

Horas antes ese día, Emira había dejado a Briar en casa y no le había devuelto a la señora Chamberlain los quince dólares sobrantes que llevaba en el bolsillo de la chaqueta. Había gastado seis cincuenta en una entrada de cine para ella (la de Briar terminó saliendo gratis), cinco dólares en unas palomitas pequeñas y luego dos con veinticinco en un *cupcake* sabor *red velvet*. Briar y ella compartieron el dulce sentadas una frente a la otra en una pastelería llena de gente blanca y dibujos de gallinas retro en las paredes.

—Oye, Bri, ¿sabes qué? —dijo Emira entre lametón y lametón de glaseado—. Hoy es mi cumpleaños.

Briar pareció encantada y nada sorprendida a la vez por esa información.

—Vale. Entonces… eres una chica mayor.

—Soy una chica mayor.

—Buen trabajo, Mira.

Emira dijo:

—Gracias.

Era cierto que Emira había hecho un buen trabajo. Aquella semana había dedicado sus días a que Briar lo pasara como nunca, llevándola a sitios nuevos (estaba casi segura de que Briar no sabía lo que era un centro comercial) y enseñándole el significado de las palabras *curiosa*, *alarma* y *hoyuelo*. Por las noches buscaba en Google trabajos de niñera y de administrativa, mandó siete currículos y entregó dos más en persona. La entrevista que iba a tener era para un puesto de encargada a tiempo completo de una guardería en el gimnasio Body World Fitness, en Point Breeze. A sus amigas no les había dicho que el sueldo era una miseria, cuatro dólares a la hora menos de lo que ganaba ahora. Y tampoco mencionó la depresión que se apoderó de ella en cuanto hubo dejado su currículo en aquella sala de colores vivos pero raída que olía a desinfectante y a vómito. (Una de las empleadas, una chica unos años más joven que Emira, había corrido detrás de una madre y su hijo diciendo: «¡Se ha olvidado su vasito!» mientras reía. Algo en su manera de trotar y de sostener el vaso con pitorro entristeció inesperadamente a Emira). Pero, cuando la llamaron más tarde ese mismo día, dijo que estaba muy interesada en el puesto y que le encantaría hacer una entrevista la semana siguiente. Se moría de ganas de contárselo a Kelley. Kelley, que le había mandado flores a su piso aquella mañana, que le había enviado un mensaje de Feliz cumpleaños a medianoche y que tenía que trabajar hasta tarde, pero que llegaría luego para tomar copas y bailar.

Después de cenar, las chicas bajaron al bar sin ventanas de la planta inferior. Llegaron en tropel amigos de Shaunie de Sony, también un par de compañeros de clase de Josefa y algunas chicas con las que habían ido a Temple, pero nadie del trabajo de Zara. Cuando Emira le dijo que invitara a quien quisiera, Zara había contestado: «Puaj, no, que trabajo con ellos... Por favor. Pero dile a Kelley que traiga a ese chico del degradado en el pelo».

Kelley llevó al chico del degradado y a dos más. Emira se había bebido ya tres copas y estaba sentada en un taburete cuando lo vio. Todo le resultaba de lo más divertido y milagroso. «¿Tengo un novio? ¿El día de mi cumpleaños? ¿Y es blanco? ¡Ups! ¡Bueno, vale!». Kelley se abrió paso poco a poco entre la multitud y, antes de llegar hasta ella, la miró y dijo:

—Hola, preciosidad.

Emira sonrió mientras se besaban.

—Es mi cumpleaños.

—¿No me digas? Qué locura. Feliz cumpleaños —dijo Kelley con naturalidad—. ¿Qué tal ha...? ¿Cómo estás? ¿Qué tal el trabajo?

—Bien. —Emira dejó el vaso vacío en la barra y se giró con el taburete hasta quedar enfrente de Kelley—. Fuimos al cine a ver una película. Y luego vimos otra. Después nos comimos un *cupcake*.

—¿Dos películas? —Kelley dijo esto con el tono de un padre que finge escandalizarse porque alguien se está divirtiendo demasiado.

—El cine estaba vacío y no paramos de hablar.

Qué especial había sido. Briar parecía más diminuta que de costumbre en la butaca del cine. Cuando empezaron los tráileres se tapó los oídos y miró a Emira como si se le hubiera olvidado echar la llave de la entrada. Pero enseguida se había acostumbrado y, hacia la mitad de la primera película, había tocado el muslo de Emira y había dicho: «Ahora me siento aquí, shhh».

—¿Por eso no me ha devuelto usted la llamada, señorita?

—Ay, lo siento. —Emira se tocó el cuello—. Perdona, intento no usar el teléfono cuando estoy con ella. Y luego tenía prisa por salir de allí y llegar a casa de Shaunie… Ay, Dios mío, me acabo de acordar… —La verborrea hizo comprender a Emira que estaba borracha, pero no pudo evitar seguir hablando—: Tu exnovia del instituto ha vuelto hoy a la carga con sus gilipolleces.

Kelley asintió con la cabeza y se metió las manos en los bolsillos delanteros del pantalón.

—Sí, quería hablarte de eso y de muchas otras cosas, pero quizá este no sea el lugar…

—Qué va. No me importa contártelo —dijo Emira—. Ha sido superincómodo. Llego y me suelta: «Quiero que sepas que no me molesta para nada que salgas con Kelley». —Emira puso voz suave y apremiante para imitar a la señora Chamberlain—. Y yo en plan: «Mmm, no te lo he preguntado, pero vale». Intentó contarme que te habías portado mal con ella en el instituto y yo estaba en plan: «En primer lugar, eso fue hace mucho tiempo. Y en segundo, estoy a punto de hacer una entrevista para trabajar en otro sitio, así que dejemos el tema».

—Espera, ¿qué? —Kelley la interrumpió—. ¿Tienes una entrevista en otro sitio?

—¡Se me había olvidado decírtelo! —Emira se llevó las manos a las mejillas—. ¡Tengo una entrevista el lunes!

Trató de parecer más ilusionada de lo que estaba. Pero su esfuerzo le pareció justificado cuando Kelley dijo:

—¡Venga ya! Emira, ¡eso es genial!

—Es un puesto de encargada en una guardería y puede que no me lo den. Pero sí, es con seguro médico y todas esas cosas.

—Ay, es verdad. Se me había olvidado que hoy cumples veintiséis. —Kelley le tocó los hombros como si fueran a romperse en cualquier momento—. ¿Deberíamos comprarte un casco para que lo uses mientras estés sin cobertura?

Emira le dio un empujón.

—No me hace falta. Me quedan como treinta días o algo así.

—Oye, enhorabuena —dijo Kelley—. Y acabas de empezar a buscar, así que está fenomenal... —Kelley siguió con la boca abierta como si quisiera añadir algo, y Emira pensó: «Lo que siento por ti también es más que un "Me gustas"»—. Oye, no te vuelvas a casa con las chicas esta noche. Quédate conmigo.

—Ah, ¿sí?

—Sí —dijo Kelley—. Quiero contarte algunas cosas, pero no ahora.

—¿Cosas buenas?

—Mmm... —Kelley hizo uno de esos pucheros que volvían loca a Emira. Levantó las cejas y dijo—: Cosas interesantes... Pero es tu cumpleaños. Déjame que te invite a una copa.

Minutos más tarde, Zara, Josefa y Shaunie cayeron sobre Kelley entre varios «Holaaa» y abrazos laterales.

Zara señaló el iPhone con funda dorada que tenía Emira en la mano y dijo: «¿Has visto que he subido de categoría a tu chica?». Kelley rio y dijo: «Joder. Mucho mejor así». Emira dijo: «Sois unos maleducados» y Zara imitó su expresión y dijo: «Perdónanos por preocuparnos por ti».

—Kelley, Emira lo está petando en mi Instagram ahora mismo. —Josefa seguía con su móvil delante de la cara—. Ha tenido ciento cincuenta «Me gusta» como en dos horas.

—Ah, claro, eso es lo que te teníamos que haber regalado por tu cumpleaños —dijo Shaunie—. Una cuenta de Instagram.

Zara dijo:

—¿Qué mierda de regalo es ese?

—Es un regalo considerado, para que tenga recuerdos.

—Nadie lo usa para tener recuerdos. Pero nadie.

—Eh, esta ronda la pago yo —anunció Kelley al grupo y preguntó qué querían beber.

—¡Champán! —gritó Shaunie—. Vas a beber champán, ¿verdad? —preguntó Shaunie a Emira—. Es tu cumpleaños, así que no tienes elección.

Emira no tenía elección, pero Josefa sí declinó la invitación.

—Esta ronda me la salto —dijo, sin levantar la vista, y siguió desplazándose por la pantalla de su móvil.

Shaunie insistió en sacar una foto de Emira y Kelley pegados junto a la barra. A continuación, grabó cómo un camarero aburrido descorchaba, sin la más mínima emoción, una botella y su distribución equitativa en tres copas. Josefa la llamó: «Zara, ven, corre» y Zara cogió su copa y fue a su encuentro.

—Está buenísimo. Gracias, Kelley —dijo Shaunie—. ¿Conoces a mi novio? Va a venir esta noche y quiero que os conozcáis.

—¿Que si lo conozco? Creo que no, pero me encantaría.

Detrás de la cabeza de Shaunie, Emira dibujó con los labios las palabras «No te creas», pero entonces Zara la cogió del brazo y dijo: «¡Emira, estás sangrando!».

Emira dijo: «¿Qué?» y Shaunie dijo: «¡Ahí va!».

Josefa se colocó junto a Emira y dijo:

—Vamos ahora mismo al baño a mirarlo.

Kelley, que estaba diciéndole al barman que le apuntara las copas, alargó la cabeza hacia las chicas.

—¿Estás bien?

—No pasa nada. ¡Soy enfermera! —Zara tiró con más fuerza del brazo de Emira—. ¡Enseguida volvemos!

Emira dejó que Josefa y Zara la llevaran hasta el cuarto de baño entre tirones y empellones. Dijo: «Cuidado, tía» cuando Zara las empujó a ella y a Shaunie dentro del cubículo de personas con discapacidad. Josefa echó el pestillo. Emira se miró el brazo y vio que no había rastro de sangre. Pestañeó cuatro veces seguidas y pensó: «Uf, debo de ir muy pedo».

—No veo nada.

—No te pasa nada. —Josefa sacó su teléfono.

—Espera, ¿qué?

Shaunie tenía una tirita en la mano izquierda y en la derecha un tubo de pomada antiséptica tamaño viaje. Zara dijo:

—¿Qué coño haces?

Shaunie dijo:

—Pensaba que habías dicho sangre.

Emira las interrumpió a todas con:

—Vale. ¿Se puede saber qué pasa?

Shaunie se guardó los artículos de primeros auxilios en el bolso. Zara y Josefa se intercambiaron una mirada que irritó bastante a Emira. Josefa cruzó un brazo delante del pecho.

—Tías, ¿de qué coño vais? —preguntó de nuevo Emira—. No tiene ninguna gracia. Kelley acaba de llegar.

—A ver —dijo Zara—. ¿Has publicado el vídeo?

Algo abultado y redondo se le formó a Emira en la garganta. Sabía a qué vídeo se refería Zara, pero, para ganar tiempo, preguntó:

—¿Qué vídeo?

—No te rayes. —Josefa parecía dispuesta a soltarlo todo, pero no era capaz de mirar a Emira a los ojos. Tecleó y se desplazó por la pantalla con sus uñas blancas mientras seguía hablando—. Alguien comentó la foto que te hice en plan: «¿No es la chica negra del vídeo del supermercado?». Y yo: «¿Perdona?». Así que he buscado en Google «chica negra vídeo supermercado» y... ha salido esto.

Emira le quitó el teléfono a Josefa y sus labios dibujaron una *o* imposible. A través de la bruma de tres copas y media, se vio a sí misma en la pantalla diciendo a cámara: «No me lo puedo creer, ¿te puedes quitar?» en la sección de carnicería del Market Depot. No vio a Briar, pero sí un mechón tieso de pelo rubio en la parte inferior del plano. Al identificarlo se le encogió el corazón.

—No no no no.

Emira estaba arrinconada contra la pared mugrienta, cubierta de pegatinas y dibujos en rotulador permanente y nombres y números, de un cubículo. Tenía la vista y el pecho ya sobrios, pero a las extremidades y a sus caderas les estaba costando algo más de trabajo. Había una parte de ella que no había llegado todavía a «¿Cómo ha podido pasar eso?» y continuaba asombrada por la tecnología que le permitía estar de manera simultánea en aquel cuarto de baño y en la pantalla. Oyó de nuevo su voz como llegada desde otra galaxia. Zara había sacado su teléfono y le estaba poniendo el vídeo a Shaunie.

—Vale, eeeh… —dijo Shaunie—. Emira, no te pongas nerviosa.

—Pero es que es imposible… —susurró Emira—. ¿Cómo ha…? ¿Quién tiene esto?

—Exacto. ¿Qué página es esta? —El tono de Shaunie quería dar a entender que aquella situación no era más que una broma pesada, que alguien estaba haciendo el tonto y nada más—. No parece una página legal. Igual no lo tiene nadie más.

Zara y Josefa intercambiaron una mirada que hizo que a Emira le dieran ganas de estampar el teléfono contra los montones de papel higiénico húmedo del suelo.

—¡¿Qué pasa?! —exigió saber. Habían empezado a temblarle los dedos—. ¡Decidme quién más lo tiene!

—Está en Twitter, amiga —dijo Josefa—. Así que… lo tiene todo el mundo.

—¡Qué dices!

Josefa cogió su teléfono, retrocedió una página y le enseñó la pantalla a Emira. Emira no tenía cuenta de Twitter, así que intentó deslizarse de izquierda a derecha. Sus tres amigas dijeron:

—Tienes que bajar.

Allí estaba: «Chica negra casi termina en la comisaría por hacer de canguro», «Chica negra arremete contra el guarda de seguridad que la acusa de secuestro», «Otra chica negra que intenta hacer su trabajo y tiene problemas por ello», «Niñera de Filadelfia acusada de secuestro», «#CreedALasMujeresNegras», «#SomosLibresOQué», «Mujer negra sin pelos en la lengua pone en su sitio a un vigilante de seguridad». Alguien había subido un fragmento del vídeo, que se reproducía una y otra vez con letras superpuestas. Debajo de textos como «Cuando en el control de seguridad del transporte público me dicen que mi bolso es demasiado grande», «Cuando me dicen que el baño es solo para clientes» o «Cuando me dicen que solo puedo meter seis prendas en el vestuario» salía Emira gritando: «¡Ni siquiera eres un policía de verdad, así que apártate tú, tío!».

Emira apoyó una mano en la pared y dijo:

—Necesito sentarme.

—Puaj, no, no, no. —Shaunie la sujetó por el codo—. Aquí no te puedes sentar. Apóyate en mí.

Josefa le quitó el teléfono a Emira y Shaunie le sopló en el cuello.

Todo pareció desdibujarse bajo una gruesa película. Emira estaba en aquel baño asqueroso, pero también de vuelta en el pasillo de los congelados del Market Depot. También en el cuarto de baño de los Chamberlain, bañando a Briar, y a continuación, en el dormitorio de esta, acostándola para su siesta.

—Creo que voy a vomitar —dijo.

Josefa se le acercó.

—Mira, ¿quién ha hecho esto?

—¿A quién coño le mandaste este vídeo? —intervino Zara.

—No... —Emira cerró la boca—. Soy la única que lo tiene.

—¿Te ha cogido alguien el teléfono?

Emira negó con la cabeza mientras miraba a Josefa. Metió la mano en su bandolera y sacó su móvil en su funda nueva dorada; el plástico nuevecito hizo que le dieran ganas de llorar. Cuando miró la pantalla, vio que tenía doce mensajes y cuatro llamadas perdidas, y que en la vista previa de los mensajes se alternaban los Feliz cumpleaños! y los Emira, esta eres tú? Había un mensaje de su madre que decía: Emira, llámanos en cuanto puedas. Otro de su hermana decía: Por qué no coges el teléfono? Emira apoyó la cabeza en la pared y suspiró.

—Ay, Dios mío.

—Chica, céntrate —dijo Josefa—. Mírame. ¿Te han jaqueado el teléfono?

—¿Y yo cómo voy a saber eso?

Zara se puso en jarras y separó los pies al ancho de los hombros. Más para sí que para las demás dijo:

—Si le hubieran jaqueado el teléfono, se habría enterado.

—¿Le mandaste el vídeo a alguien? —Josefa siguió insistiendo—. ¿Está en la nube? ¿En un *drive* o en una carpeta compartida?

—No sé... —En el lagrimal izquierdo de Emira se formó una lágrima—. Ni siquiera sé lo que son esas cosas. No... No lo tiene nadie más que yo.

—Y Kelley, ¿no? —dijo Zara más alto—. ¿No lo grabó Kelley con su móvil?

Esto interrumpió el interrogatorio de Josefa y cualquier otra conversación. Emira se dio cuenta de que Shaunie, Zara y Josefa esperaban su respuesta.

Posiblemente por primera vez en su vida, Emira se sintió juzgada por sus amigas. No dudaba de Kelley porque ¿por qué iba a hacer él algo así? Y en cambio había un montón de razones para dudar de ella: era un desastre con el dinero, nunca había tenido un trabajo serio y su vida seguía atascada en un caos posuniversitario. Kelley era distinto. Quizá Emira no tuviera un teléfono de empresa o días de vacaciones pagados, o una dirección de correo electrónico terminada en «edu», pero sí tenía un novio de fiar, que recordaba la fecha de su cumpleaños, jugaba al baloncesto los martes y siempre las invitaba a ella y a sus amigas a copas, una de las cuales aún tenía Shaunie en la mano. En una voz que ella misma no reconoció, Emira dijo:

—Kelley no lo tiene.

—¿Estás segura? —preguntó Zara.

—Lo borró esa misma noche.

—¿Seguro?

—Lo sé. Lo vi hacerlo. Incluso entré en sus fotos para ver si seguía allí.

Josefa imitó a Zara y se puso una mano en la cadera.

—¿Lo viste borrarlo también de la carpeta de «Enviados»?

Desde el interior del cubículo, Emira oyó a un grupo de chicas gritar de alegría al reencontrarse en la pista de baile. Una voz dijo: «¿Cuándo has vuelto?» y otra dijo: «¡Chica, estás guapísima!».

—¡Emira! —gritó Josefa—. ¿Lo borró de la carpeta de «Enviados»? ¿Lo comprobaste?

—Pues claro que no lo comprobé, ¿vale? —Emira notó que le ardían las mejillas como preámbulo del llanto—. Aquella noche yo estaba fatal, joder, pero eso no significa que Kelley tenga el vídeo.

—Chicas, Kelley no haría algo así —coincidió Shaunie—. Igual es que se le olvidó y le jaquearon la cuenta y entonces...

—Pero ¿no trabaja en tecnología? —Josefa se cruzó de brazos—. ¿Me estás diciendo que sacó el vídeo, te enseñó que lo había borrado de las fotos y ya está? Podía tenerlo en un millón de sitios. ¿No se gana la vida Kelley trabajando con iPhones?

—Josefa... —dijo Emira.

Tal vez fue la primera vez que decía su nombre entero desde que estudiaban en Temple. Cuando Emira miró a Zara, supo que era demasiado tarde. Intercambiaron miradas rápidas cargadas de información («No me hagas esto», «Si no lo haces tú, lo haré yo»), antes de que Zara descorriera el pestillo de la puerta batiente y saliera del cubículo.

—¡Za, para! —gritó Emira mientras Josefa salía corriendo detrás de ella.

La música estaba ahora más alta y había grupos de personas bailando en la pista. Kelley seguía en el bar, pero se le habían unido dos amigos. Zara le tocó el brazo y dijo:

—Oye, he perdido mi móvil. ¿Me puedes llamar un segundo?

Kelley se metió la mano en el bolsillo.

—Claro. ¿Qué número tienes?

Emira se acercó a Zara y le susurró:

—Zara, déjalo.

Uno de los amigos de Kelley dijo: «Oye, feliz cumpleaños» y el otro: «¿Has perdido tu móvil? ¿No es ese de la barra?». Ni Zara ni Emira contestaron. En cuanto Kelley metió su contraseña de cuatro dígitos, Zara le cogió el dispositivo y le dio la espalda. Con los dedos aun curvados alrededor de un móvil imaginario, Kelley dijo:

—Zara, ¿qué coño...?

Josefa se interpuso entre los dos y miró a Kelley con una mano levantada.

—No pasa nada, tranquilo. Déjanos un segundo.

—¿Qué? —dijo Kelley mirando a Emira. Esta contuvo la respiración mientras sentía que todo en su interior burbujeaba y daba vueltas. Había dejado aquella barra sorbiendo champán y cumpliendo veintiséis años y volvía a ella pareciéndose mucho a la mujer furiosa del vídeo que se propagaba por internet. «Kelley no haría algo así», pensó Emira borracha y confusa. «Por favor, que no lo haya hecho». Trató de imaginar qué habría en el teléfono de Kelley antes de que Zara lo examinara, pero su mente era una mezcla agitada de escenas que, cosa extraña, funcionaban bien juntas. Kelley diciéndole que escribiera un artículo de opinión. Sugiriendo que podría trabajar para la familia más cara de Filadelfia. Kelley diciendo: «¿No quieres que lo despidan? Alex no debería irse de rositas en esta mierda». Y, por alguna razón, también estaba Briar, de su mano aquel día en el cine y diciendo: «*Eresh* un pavito, hola».

La mirada de Kelley fue de Josefa a Shaunie y de esta a Emira. Se pasó la lengua por los labios y dijo:

—¿Qué coño pasa aquí?

—Tú déjala un segundo —dijo Josefa.

Tenía medio cuerpo inclinado para mirar la pantalla del teléfono de Kelley mientras Zara buscaba y el brazo contrario estirado delante del cuerpo de Emira, como si estuvieran en un coche y Emira fuera de pasajera segundos después de un frenazo brusco.

Shaunie le apretó a Emira el brazo. Miró al suelo y dijo:

—Mira, pregúntaselo y ya está.

—¿Que me pregunte qué? —quiso saber Kelley—. ¿Podéis devolverme mi teléfono, por favor? ¿De qué va esto?

—¿Has...? — Emira miró al techo—. ¿Has publicado el vídeo?

Lo vio caer en la cuenta, igual que había hecho ella antes, de que había un único vídeo importante.

—No —contestó, pero para empeorar las cosas añadió—: ¿Qué vídeo?

Uno de los amigos de Kelley rio con la copa en la mano: «Kelley con sus movidas».

Pasó junto a Emira para abandonar el grupo y el otro hombre lo siguió.

—El vídeo de la noche que nos conocimos. —Emira dijo esto a un volumen y con una entonación más fuertes—. ¿Has publicado el vídeo de la noche que nos conocimos?

—Pues claro que no. Lo borré aquella misma noche.

—¿Estás seguro?

—¡Sí!

Josefa tecleó en su móvil y le enseñó la pantalla a Kelley.

—Entonces, ¿por qué se está haciendo viral?

—Oye oye oye, ¿qué es eso? —Kelley parpadeó hacia la luz—. Madre mía, ¿cómo...? ¿Cómo puede ser?

—Entonces, ¿no tienes el vídeo? —Shaunie seguía hablando con mucha calma—. ¿Ni en el teléfono, ni en el ordenador, ni en ningún otro sitio?

—Para nada. Ni siquiera he vuelto a verlo. Emira, joder. —Kelley bajó con suavidad el brazo de Josefa para poder acercarse—. Yo no... Nunca haría una cosa así.

Emira respiró.

—¿Lo borraste?

—Sí.

Zara asomó la cabeza detrás de Josefa.

—¿No lo tienes en ningún sitio?

—Pues claro que no.

—Entonces, ¿esto qué es, Kell?

Zara giró el teléfono para que lo vieran todos. Allí, en la pantalla del móvil de Kelley, estaba Emira tapándose la cara. Por tercera vez aquella noche Emira se oyó con la voz que le salía cuando estaba cansada y asustada diciendo: «¿Te puedes quitar?». Oírla por tercera vez fue como oírse a una misma dejar un mensaje en un buzón estando borracha, o seguir cantando una canción después de que alguien haya apagado la radio. Zara cerró el vídeo y allí estaba la carpeta de «Enviados» de Kelley. Emira se volvió para mirarle y pensó: «Ahora que estábamos tan bien».

—Que te den.

—No no no. Emira, espera.

Enseguida comenzó el caos organizado derivado de la logística que requería irse del Tropicana 187 y la actuación política necesaria para romper. Zara le dijo a Shaunie que cogiera las cosas de Emira y a continuación Josefa les informó de que iba a pedir un Uber. Kelley no dejaba de suplicar a Emira que no se fuera, que le escuchara, que le mirara a la cara, pero Zara cogió la mano de Emira y la condujo entre la gente, de tal manera que hizo a Emira sentirse joven y le recordó a la universidad. Shaunie apareció de pronto junto a las escaleras que daban a la calle con el abrigo y los regalos de Emira, igual que un novio que ha llevado a su pareja de compras. Fuera había empezado a nevar.

«¿Mi novio ha filtrado un vídeo mío?». Emira cogió más fuerte la mano de Zara y caminó sobre la capa de color blanco recién caída.

—Emira, espera —dijo Kelley a su espalda.

—Más vale que te marches, porque ahora mismo no respondo —contestó Zara.

Josefa fue la primera en pisar la calzada. Un coche paró frente a ellas y el conductor preguntó:

—¿Eres Molly?

—¿Tengo cara de Molly? Largo de aquí, joder —respondió Josefa.

«¿De verdad siente por mí más que un «Me gustas»?», pensó Emira cuando llegó al asfalto. «¿Era más que un «Me gustas» cuando mandó el vídeo? ¿Soy una jodida idiota? ¿Quién lo habrá visto? ¡Ay, Dios mío!». La idea de que la señora Chamberlain viera el vídeo le provocó una sensación de asco que le bajó por la espina dorsal y se le instaló entre los omóplatos. «Estoy ganando dinero ahora mismo y seguro que más que usted». «Es un hombre blanco mayor, así que todos se sentirán más tranquilos». «¿Qué coño hace? ¡No me toque!».

Aquella chica del vídeo era la Emira con la que la señora Chamberlain dejaba su casa y a sus hijas.

—Emira, habla conmigo. Por favor, no me hagas esto —le suplicó Kelley cuando salió a la calzada.

Emira le miró y se preguntó: «¿No voy a poder despedirme de Briar como yo quiera?».

—Sefa, necesitamos tiempo estimado de llegada —dijo Zara.

—Derrek y su Honda están a dos minutos.

—¡Emira, mírame! ¡Yo no he sido, joder! —dijo Kelley.

—¡Por Dios, Kelley, para ya! —Emira tiritaba en la nieve cuando por fin habló. Shaunie intentó ponerle la cazadora por los hombros, pero Emira la apartó—. El único que quería que se publicara ese vídeo eras tú.

—Querer publicar un vídeo y publicarlo son dos cosas muy distintas.

—Muy bien, pero tú querías que lo publicara, ¿no? —Cuando Kelley no dijo nada, Emira siguió hablando—. Si es que está claro. Quieres que yo sea quien no soy. Por ejemplo…, odias que viva en Kensington y nunca has estado en mi piso.

—Oye oye oye, ¡que nunca me has invitado!

—Haces bromas con lo de que no tengo seguro médico cuando es evidente que estoy intentando conseguirlo, joder.

—Eso no es verdad. ¡Tú eres la que bromea con ello!

—Odias que me gane la vida trabajando de canguro, y me parece bien, si es lo que piensas. Pero sería más fácil si lo admitieras de una puta vez.

Kelley dejó caer los brazos a los lados del cuerpo.

—Emira, la única que odia seguir trabajando de canguro eres tú.

Emira retrocedió dos pasos.

Hubo un tiempo en el que habría aceptado aquella afirmación de labios de Zara, quizá de Kelley, si llevaran algo más saliendo y de no haber bebido tanto. Pero Zara nunca habría usado la expresión «seguir trabajando», para subrayar que, de acuerdo, Emira no acababa de alcanzar la edad adulta, que debería haber empezado ya a hacer otra cosa y que tenía un trabajo más propio de niñas de trece años. Bajo una pátina de tequila y champán, al verse a sí misma estirándose el vestido delante de una cámara, y saber que eso estaba dentro de la carpeta de «Enviados» de Kelley, Emira no podía pensar en otra cosa que no fuera el portero del edificio de Kelley, las entradas para el baloncesto que le habían regalado a este en su trabajo y la vez que dijo la palabra que empieza por *n* delante de ella, algo que ahora no le pareció tan trivial. Miró a Kelley de arriba abajo. Arrugó la boca y dijo:

—Genial.

—Espera, no he... Esto es... —Kelley resopló—. Emira, te juro por Dios que no he hecho nada. Pero creo que ha sido Alex.

Emira rio.

—Es alucinante —dijo mientras Zara tiraba de ella hacia el Honda de Derrek, que se estaba acercando. Shaunie subió al asiento delantero del todoterreno y Josefa fue por el otro lado.

—Lo digo en serio, Emira. Ha sido ella. No sé cómo, pero se presentó en mi trabajo y me...

—¡Oye, de verdad! ¡Para! Los dos estáis obsesionados el uno con el otro y es una gilipollez. Pero, ¿sabes qué? Es evidente que necesitas estar con alguien que tenga mucho dinero, un trabajo maravilloso y un contrato para publicar un libro, así que igual deberías volver con ella.

Cuando estuvo dentro del coche, Zara alargó el brazo por encima de regazo de Emira y tiró de la puerta hasta cerrarla.

En el asiento trasero, Emira se llevó las dos manos a la cara. Zara se abrochó el cinturón. Shaunie se tapó las piernas con el abrigo y Josefa le dijo a Emira: «Dame tu móvil». Para cuando llegaron al piso de Shaunie, Emira tenía dos llamadas perdidas de Kelley, aunque ahora su contacto en el teléfono se llamaba: «No contestes».

# VEINTITRÉS

Era sábado por la tarde y Alix se esforzaba por caminar a una velocidad que le diera seguridad pero que transmitiera actitud de alerta. Cabía la posibilidad de que Emira se hubiera mudado de aquel piso y de que la dirección que figuraba en su currículo fuera de otra persona. Pero Alix no había querido llamar antes por miedo a que Emira rechazara su visita. Le pidió al taxista que la dejara a dos manzanas.

Le gustaba sacar el patinete en lugar de la sillita de paseo porque olvidárselo en algún sitio no suponía perder mil trescientos dólares (y también porque era un arma en potencia). Con Catherine sujeta al pecho, Alix sostenía el manillar del patinete infantil color verde limón en el que iba subida Briar, protegida con un casco innecesario pero encantador. Alix guiaba a Briar con una mano y con la otra sostenía el teléfono con Google Maps abierto, para orientarse entre edificios de pisos construidos unos encima de otros y con barrotes blancos en las ventanas, algunas con gatos acechando desde el interior. El edificio del piso de Emira (con antenas parabólicas a ambos lados) estaba al otro lado de la calle de una cancha de baloncesto, ahora cubierta por una capa de nieve. Alix subió a Briar y el patinete al escalón de entrada usando la mano y la cadera izquierdas. Pulsó el botón del piso 5B.

—¿Sí?

Era sin duda la voz de Emira, y no tenía un buen día. Alix reunió valor y pegó la boca al telefonillo.

—¿Emira? Soy Alix. Hola. La señora Chamberlain.

—Eeeh… Hola.

Un hombre negro mayor pasó por la acera con las manos metidas en los bolsillos de la chaqueta. Levantó la vista desde debajo de una gorra de béisbol azul y miró a Alix como si creyera que se había perdido. Briar lo señaló con el dedo y dijo:

—Ese señor conduce el tren.

—Cariño, shhh. Emira, perdona por presentarnos así —dijo Alix—. Solo queríamos traerte una cosa y… saludarte.

Briar mantuvo los ojos fijos en el hombre y gritó:

—¡Chucu-chuuuu!

Bajo un denso ruido estático, Emira dijo:

—Ah, pero…, ¿está también Briar?

El hombre estaba casi ya en la siguiente calle, pero Briar se puso las manos en la boca a modo de bocina para gritar: «¡Cuidado con las puertas, *pod favod*!».

—Sí, y ya está haciendo amigos —dijo Alix—. Pero si tienes buzón, puedo dejarte esto en el portal.

—No, no. Ahora bajo. Un segundo.

La conexión difusa se cortó y Alix se enderezó.

Briar renunció al conductor de tren y miró a su madre.

—Mamá. Mamá... ¿qué es *eshto* de aquí? —Tocó tres veces la puerta con la palma de la mano.

Alix se lamió el dedo y le limpió a Briar restos de yogur seco de los labios.

—Esto —dijo—, es una pequeña aventura, ¿vale?

Sacó gel antibacteriano y limpió las manos de Briar y, a continuación, las suyas.

Por la ventana que había en la puerta vio unos pantalones *jogger* color champán rosé bajar por las escaleras seguidos del resto de Emira. Llevaba el pelo recogido con una banda de seda negra cuyos extremos se encontraban en un moño a la altura de la coronilla. Vestía una camiseta debajo de una chaqueta vaquera, una indumentaria que resultaba chocante para un fin de semana casero. Claro que aquel no era un fin de semana cualquiera. Iba sin maquillar y tenía los ojos hinchados e irritados.

—Hola.

—Siento mucho aparecer por sorpresa. Hola.

Briar levantó la vista y señaló:

—Mira no tiene pelo.

—¡Pero bueno! ¡Hola! —Emira sonrió—. Sí tengo pelo. Solo me lo he envuelto.

—Sé que es una locura. —Alix levantó una mano como si estuviera jurando sobre la Biblia—. Y si estás ocupada no tenemos que...

—No, no. Adelante. Aunque son cuatro pisos andando.

—Eso da igual. ¿Puedo dejar esto aquí?

—Pues... —Emira se mordió una uña por un lado y miró el patinete—. A ver, yo no lo dejaría. Pero como quiera.

La escalera olía a polvo y a moho, pero cuando llegaron a la quinta planta, Alix empezó a notar el olor característico de Emira. Laca de uñas, limón, un rastro de coco artificial y hierba húmeda. Cuando Emira abrió la puerta de su piso, Alix pensó: «Vale, uf. Venga, Alix, tú puedes». Y, a continuación, «Madre mía, qué sitio más deprimente».

El piso de Emira era como una de esas residencias estudiantiles donde todas las habitaciones son idénticas, excepto las de las esquinas, algo más amplias o con una ventana más. La entrada y la cocina estaban forradas de un linóleo arrugado que quería simular madera. Encima de la nevera había un microondas rojo brillante y, pegados a la puerta, cupones de descuento de la cadena de tiendas Bed Bath & Beyond. En el salón enmoquetado había dos puertas de dormitorio y Alix supo cuál de los dos era de Emira.

Había un corcho con fotografías de chicas de piel oscura y, colgadas de una chincheta, las orejas negras de gato de Halloween. Había una estantería alta de plástico con ropa negra doblada, un edredón con estampado de *paisley* en una cama sin hacer, con un triste vestido negro hecho un gurruño encima y un tazón rosa en el suelo junto a la cama con un charco poco profundo de leche azucarada. El salón tenía un televisor, una mesa de café negra de IKEA, una silla Butterfly negra y un futón morado cubierto con una funda protectora que no encajaba bien. (Alix había publicado en una ocasión una carta a los futones en su blog. En la carta se refería a ellos como el gran fraude mobiliario de su generación y los llamaba «pufs con ínfulas en una armazón desvencijada pero colorida». Aquella falsa carta pretendía ser divertida, pero cuando vio la decoración del salón de Emira, Alix se sintió como una abusona).

Pero cuando se sentó en el sofá, reparó en una cosa más. En la pared opuesta al futón, en el suelo, había un acuario de gran capacidad. No tenía tapa ni tampoco peces, pero sí una docena de plantas (helechos, palmeras, sansevierias y cintas), cuyas verdes hojas crecían hacia arriba y se desparramaban hacia los lados. Era algo por completo inesperado y Alix dio gracias cuando Briar corrió a mirarlo y ella pudo dedicarse a descifrar cómo podían coexistir un futón lleno de bultos y aquel encantador acuario en un mismo espacio.

—¿Le apetece un poco de agua?

—Me encantaría, gracias. Briar, no toques, cariño. ¿No quieres quitarte el casco?

—No, *gashas* —dijo Briar y después señaló el acuario—. No hay peces.

—Pero mira qué preciosidad de plantas, cariño. —Alix soltó las correas de la mochila portabebés y tumbó a Catherine con la cabecita en sus rodillas—. Qué idea tan bonita, Emira.

—Ah. —Emira cerró la puerta de la nevera—. Bueno, lo dejaron los inquilinos anteriores. Y pesaba demasiado para bajarlo… Así que… Bueno, ahora lo usamos de eso.

Emira rompió los hielos de una bandeja de plástico azul y llenó un vaso con agua del grifo.

—¿Por qué…? ¿Por qué no hay peces aquí? —preguntó Briar.

Emira dejó el vaso de agua en la mesa baja y se sentó en la silla Butterfly.

—Es para plantas, amiga. Ya sé que es un poco raro —dijo—. Pero creo que antes había peces.

Mientras Emira le explicaba esto a Briar, Alix se fijó en la puerta del cuarto de baño junto a la cocina. Cuatro sujetadores húmedos y de colores colgaban de la barra de la cortina de ducha y pensó: «Vale, por eso te has puesto la cazadora vaquera. Ahora lo pillo». Ponerse a lavar sujetadores también era algo que Alix haría de encontrarse muy nerviosa y disgustada. Uno de los sujetadores goteó dos veces en la cortina de ducha y eso, por algún motivo, convenció a Alix de que Emira y Kelley ya no estaban juntos.

—Bueno, pues espero no haberte sobresaltado mucho —dijo Alix. Catherine miraba aquel techo nuevo para ella y decía: «Dadada»—. Pero es que quería pasarme y...

—Ah, no. Eeeh... —Emira la interrumpió. Se inclinó hacia delante y apoyó los codos en las rodillas—. Perdón, ¿puedo hablar primero yo?

Alix se puso a Catherine en el hombro y cruzó sus largas piernas. Reparó en el sobre de deuvedés de Netflix en la balda inferior de la mesa de centro y esto, combinado con la petición de Emira de hablar en primer lugar, la llenó de ternura. «Adoro a esta chica», pensó. «¿De verdad sigue alquilando deuvedés? ¿Qué película es esa? ¿*El diablo viste de Prada*? Ay, por favor, es que adoro a esta chica. Todo va a salir bien».

—Pues claro que puedes hablar tú primero.

—Bueno, pues... Estoy segura de que ha visto el vídeo porque... Bueno, lo ha visto todo el mundo —dijo Emira—. Pero para que lo sepa, nunca hablo así delante de Briar. A ver, claro que digo cosas cuando estoy con mis amigas y eso... pero nunca delante de Briar, y de verdad que esa fue la única vez. Lo que pasa es que me estaba rayando muchísimo pensando que me la podían quitar o algo, así que grité y dije cosas que no se deben decir delante de un niño.

Briar metió la mano debajo de la mesa de centro y sacó una botella de agua roja que tenía escrito «Temple» en letras blancas.

—Yo *abo eshto* —dijo.

Alix dijo:

—Briar, no. No.

Emira agitó la mano.

—Ah, está vacía, puede jugar con ella. Pero, sí... Evidentemente, si ha venido hasta aquí es porque ya ha tomado una decisión y lo entiendo. —Emira juntó las manos entre las rodillas—. Solo quería contar mi versión y esto... Bueno, ya está.

La noche anterior Alix había visto el vídeo cinco veces en el iPad, sentada en la bañera mientras Peter dormía, justo después de recibir un mensaje de Laney que decía: Ya está subido. Cada vez que lo veía era como descubrir a Emira. Nunca había visto a su niñera hablar tanto; tampoco se había dado cuenta de lo guapa que era, ni la había visto nunca tan despierta y rápida. Alix se sabía el final. Sabía que todo se solucionaba. Pero ver suceder los hechos y oír asomar el miedo en la voz de Emira le aceleró el corazón igual que si estuviera viendo una película de terror. Se sorprendió a sí misma pensando: «Eso, Emira. Bien dicho» y «¡Cuidado, está detrás de ti!». Pero, sobre todo, pensó: «¡Ay, Dios mío! ¡Si eso fue hace solo unos meses! ¿Cómo puede estar Briar tan chiquitina?».

Casi todo el contenido en Twitter y en páginas web basura eran alabanzas al comportamiento de Emira, pero había quien opinaba de otra manera. Este parecía ser el contenido que tenía Emira en la cabeza al recordar su comportamiento aquella noche de septiembre.

¿Por qué no dejó que el policía hablara con el padre de la niña? Técnicamente eso es resistencia a la autoridad.

Lo siento, pero NO tiene pinta de canguro.

Si habla así delante de una cámara, me pregunto qué le dirá a la niña cuando están solas.

En cambio, Alix, al ver a Emira hablar así en el vídeo, se sintió como cuando identificaba una palabra soez de una canción en su teléfono: seducida e intrigada. A Alix no le preocupaba más que Briar imitara a Emira de lo que temía que la imitara a ella. ¿Quería que Briar fuera como Emira? En sus buenos momentos, por supuesto. Pero, lo que era más importante, ¿quería una canguro capaz de defender sus derechos? «Sin lugar a dudas», pensó. Juntó los labios y meció a Catherine contra su hombro.

—Emira —dijo—, ¿pensaste que Peter y yo nos enfadaríamos contigo?

Emira levantó la vista y se tocó la nuca. Saltaba a la vista que había estado llorando un buen rato.

—Bueno, me sentía mal por llamar a Peter «hombre mayor», porque siempre ha sido amable conmigo y ni siquiera es tan mayor.

Alix no pudo evitar reír mientras le subía el calcetín a Catherine.

—Seguro que le gustaría oírte decir eso, pero de verdad que no hace falta. A ver, en primer lugar... Sé que hemos tenido nuestras cosas, tú y yo. Peter y yo estamos muy agradecidos de que cuides de nuestras hijas y de que estés ahí para protegerlas cuando nosotros no podemos. Y yo te agradezco que seas tan protectora con las niñas, tanto como respeto que seas una persona tan reservada, así que no me puedo ni imaginar por lo que debes de estar pasando ahora mismo.

Emira cruzó una pierna encima de la otra y dijo:

—Es lo que hay.

—Pues nosotros no estamos enfadados contigo en absoluto —dijo Alix—. Más bien lo contrario. Admiramos muchísimo la manera en la que reaccionaste aquella noche y nos encanta que estés en nuestras vidas... Y, para que conste, yo he dicho cosas de lo menos apropiadas delante de las niñas, así que no te estreses por eso. Vale… —Alix cogió su bolso, que estaba en la otra esquina del sofá y se lo puso entre los tobillos—. Tengo muchas cosas que decirte, así que escúchame, por favor. Briar, cariño. Ven aquí.

Briar levantó la vista y se ajustó el casco. Alix sujetó a Catherine con una mano y metió la otra en el bolso. Sacó un regalo pequeño, cuadrado, envuelto y atado por la parte de arriba con un cordel rojo y blanco.

—Esto es para Emira, ¿te acuerdas?

Emira dijo:

—¿Qué es eso?

Briar cogió el regalo con las dos manos y fue hasta Emira.

—Quiero… Quiero *abir eshto*. Yo *abo*.

—Es para Emira, preciosa —dijo Alix.

—¿Qué tal si me ayudas? —sugirió Emira.

Alix miró a Briar y Emira abrir el paquetito y sacar un calendario de bolsillo de tema floral para 2016. Emira abrió mucho los ojos desconcertada.

—Muchas gracias.

Alix peinó a Catherine con los dedos y dijo:

—Ábrelo.

Aquella mañana Alix había escrito el nombre «EMIRA» en todos los lunes, martes, miércoles y viernes de los primeros seis meses del calendario. Miró a Emira abrirlo por el mes de enero mientras Briar señalaba la flor elegida y decía: «Yo quiero oler». Emira pasó a febrero, al parecer esperando que saltara alguna cosa de las páginas.

—Emira, esta es una manera de lo más tonta —empezó a decir Alix— de pedirte que trabajes más horas para nosotros.

Emira pasó a marzo.

KILEY REID

—No sé si la entiendo muy bien.

Briar se tocó el casco.

—Mamá, quiero quitar *eshto*.

—Ven aquí que te ayude. —Alix miró a Emira y sonrió—. Pues la cosa es que... a mamá le han hecho una oferta muy buena, ¿verdad, Bri? —Con una mano le soltó el casco a Briar—. Y parece que el semestre que viene voy a dar una clase en New School. Y es todos lo martes por la tarde, pero evidentemente no puedo llevarme a las niñas. Así que sería... —Alix levantó el dedo índice para contar—: lunes, horario normal, de doce a siete. Los martes vendrías a las doce y pasarías la noche, hasta las doce del día siguiente (prepararíamos el cuarto de invitados), y luego el viernes, horario normal, de doce a siete.

Emira parecía tan atónita por el horario propuesto que empezó a sujetar el calendario como si fuera muy caro y no quisiera que sus huellas delataran que había estado en contacto con él.

—Guau —dijo.

—A ver. Ya sé que tienes otro trabajo de transcriptora los días que no estás con nosotros, y no sé cómo de contenta estás con él... Briar, tesoro, las correas del casco están sucias y no se meten en la boca, ¿vale? Esto serían treinta y ocho horas a la semana, pero te las hemos redondeado a cuarenta por si un día el tren se retrasa o cualquier otra cosa. Y así tendrás seguro médico y días de vacaciones y todas esas cosas que vienen tan bien... Y no he puesto nada en los meses de verano, pero solo porque supongo que en algún momento te irás a ver a tu familia, y entonces ya vemos cómo nos organizamos... —Alix suspiró y sonrió; sus hombros descendieron unos cinco centímetros—. Te lo he puesto todo por escrito porque sé que es mucho cambio —dijo—. Y no tienes que contestarnos ahora mismo, pero bueno, si se te ocurre alguna pregunta, me... Ay, no... Emira, cariño, ¿estás bien?

Sentada en la silla de aspecto más incómodo y barato que Alix había visto en su vida, Emira se tapó la cara con las manos y empezó a llorar. En la mesa de centro no había pañuelos de papel (solo dos mandos a distancia y un tubo de algo llamado Baby Lips), así que Alix se llevó a Catherine al cuarto de baño y cogió un rollo de papel higiénico. Con Catherine pegada al pecho, se arrodilló delante de Emira y le puso un puñado de pañuelos en la mano, pero no retiró la suya.

—Estás pasando por un mal momento y encima vengo yo y te suelto todo esto. Perdóname. —Al llorar, Emira ponía una cara tan encantadoramente ridícula y sentimental que Alix temió ponerse a llorar ella también—. Me pareció que era el momento ideal, pero igual deberíamos ocuparnos antes del vídeo y después pasar a lo siguiente...

Pero Emira negó con la cabeza, casi como si estuviera feliz y exhausta al mismo tiempo y dijo:

—No, no pasa nada. Sí, me parece muy bien.

—¿De verdad? —No había sido intención de Alix gritar un poco. Se llevó una mano a la boca y tuvo la certeza de que los vecinos de Emira la habían oído a través de aquellas paredes de estuco y gotelé—. ¿Sí? ¡Qué maravilla! Nos encantaría. ¿Estás segura?

—Sí. Claro que lo estoy. —Emira rio—. Sí. Eeh... Desde luego que quiero trabajar más horas.

—¡Qué bien! ¡Es una noticia genial! Vale. Muy bien. —Alix sonrió radiante—. Bri, cariño, ¿sabes qué? —Briar intentaba sin éxito abrocharse el casco en la parte más ancha del estómago—. Bri, el año que viene Emira y tú vais a dormir juntas algunos días. ¿No es una chulada?

—Mira. —Briar cogió la botella de agua de Temple y se la llevó a Emira—. Mira, vamos a poner... Vamos a poner pasas aquí y las guardamos para luego. ¿Vale?

Emira dijo:

—Muy buena idea.

Alix se sentó sobre los talones.

—Vale, pues entonces ya está. ¿A partir del año que viene?

Emira se secó los ojos con los meñiques y dijo:

—Sí, perfecto.

—Te prometo que puliremos todos los detalles y organizaremos todo antes. Solo quiero mencionar una última cosa.

Pero las cosas que Alix quería mencionar eran muchas. Estaba impaciente por llegar a ese punto en la relación entre las dos en el que no tuviera que cruzarse de brazos ante oportunidades de ayudar a crecer a Emira con consejos que podrían beneficiarla durante el resto de su vida. «Ese vídeo del que tanto te avergüenzas», quería decirle Alix, «la realidad es que no es para tanto, y demuestra cuánto quieres a mi hija. Y esta botella de agua de la que has estado bebiendo puede darte cáncer, así que vamos a comprarte una de cristal o de acero inoxidable. Y eso que hiciste sin darle importancia, lo de llenar un acuario de plantas, es precioso y no has podido acertar más. Y sé que un sofá es una gran inversión, pero es dinero bien empleado. Y los básicos que deberías tener en el armario son estos. Y esa comida puede que parezca muy fina, pero en realidad no lo es. Y así es cómo se casca un huevo con una sola mano; se practica con una moneda y dos pelotas de pinpón». Aquel no era el momento de decirle esas cosas, pero con Emira trabajando a tiempo completo, Alix tendría otra ocasión.

—Si todavía lo tienes demasiado reciente para hablar de ello, dímelo —dijo Alix—, pero Peter y yo queremos ayudarte con lo del vídeo.

Una vez más, Emira asintió.

Así fue como el lunes a las siete de la mañana, Laney Thacker y sus cámaras llegaron a casa de los Chamberlain. Tamra cogió un tren y llevó café y cruasanes. Emira entró con Zara poco después, llevando dos vestidos de los colores que había recomendado Laney (menta y azul cobalto). Llevaba el pelo alisado y después ondulado de una manera que Alix no le había visto nunca, y había prescindido de la raya de ojos gruesa. En el pecho llevaba una sencilla cadena de oro y, cuando Alix la vio, pensó: «Buena chica».

Mientras se preparaba para su primera aparición en las noticias locales abotonándose una camisa rosa empolvado delante del espejo, Alix miró a Tamra para una última confirmación.

—He hecho lo correcto, ¿verdad? —susurró. Se repartió el pelo delante de los hombros—. Perdona. Tú solo dime... dime que he hecho lo correcto.

Tamra entrecerró los ojos en una expresión de confianza exagerada.

—Ay, chica, claro que sí —dijo—. Cien por cien. Esto va a ser probablemente lo mejor que le haya pasado a Emira en su vida.

# Veinticuatro

Cuando la señora Chamberlain abrió la puerta principal de su casa, Emira oyó a Zara susurrar: «Joder. Vale». A la grandiosidad del hogar de los Chamberlain, que en su momento también había impresionado a Emira, se unían ahora luces y cámaras instaladas en el salón y jarrones con hortensias rosas en mesas esquineras.

—Hola, tesoro. ¿Estás despierta? Si no, tenemos litros de café. Hola, Zara. Me alegra volver a verte.

La señora Chamberlain parecía espabilada y alerta. Aquel «tesoro» pilló desprevenida a Emira, pero el fin de semana había sido duro y se dijo que la efusividad de la señora Chamberlain iría cobrando naturalidad. Zara y ella llegaban con vasos de café de Dunkin' Donuts, pero Zara dejó el suyo y aceptó el café frío que le ofreció Tamra.

Laney Thacker recibió a Emira en el salón. La abrazó con los brazos muy extendidos delante del cuerpo y una servilleta blanca metida por el cuello para proteger el vestido del maquillaje. Luego dijo «Perfecto» y le cogió a Emira los vestidos que traía; sostuvo uno en cada mano.

—Vamos a usar este. —Levantó el azul cobalto intenso—. Ahora solo falta un toque de rosa en los labios y un acabado supernatural en las mejillas, ¿vale?

—Emira, el baño de las niñas es todo vuestro —dijo Alix.

Laney asintió con la cabeza, como si hubiera tomado parte en aquella decisión.

—Nos vemos aquí en veinte minutos y a las nueve grabamos, superestrella.

Emira trató de mostrarse tan ilusionada como las demás. Aunque tenía ganas de preguntar dónde estaba Briar (sentía curiosidad por cómo iría vestida la niña), subió las escaleras detrás de Zara. En cuanto empezara el año habría ocasiones de sobra de ver a Briar y pasar mucho tiempo con ella.

Una vez dentro del baño de las niñas, Emira se sentó en el váter y Zara le aplicó polvos compactos en los pómulos.

—Oye... —susurró Zara. Emira olió el café caro en su aliento—. Me parece que aquí hay mucho «buenrollismo» progre.

—Pues sí. —Emira abrió los ojos. Sostuvo un espejo de mano y examinó su reflejo—. Pero voy a pasar mucho tiempo en esta casa, así que tómatelo con calma. ¿Me puedes arreglar un poco los pelitos de la frente?

Zara chasqueó los labios y dijo:

—¿Dónde tienes el cepillo pequeño?

Emira se enderezó para localizar su estuche de maquillaje.

—¿No está ahí? —Cogió el estuche del lavabo y se lo puso en el regazo. Cambió varias veces de sitio polvos com-

pactos mugrientos y rizadores de pestañas y dijo—: Debe
de estar en mi mochila —y miró a Zara.

Esta hizo un puchero.

—Así que con esas estamos.

—¿Me puedes subir la mochila?

—Uy. Sí, señora, faltaría más. —Zara fue hacia la puerta
y dijo al aire—: Desde que le ha salido un trabajo se cree
la reina de Saba, pero, oye.

Emira dijo «¡Gracias!» mientras Zara cerraba la puerta. Ya sola, se puso de pie y se miró en el espejo. Allí, encima
de un abultado paquete de toallitas y un frasco de polvos de
talco, estaba la versión de sí misma que le habría gustado ver
en las pantallas en lugar de la que circulaba por Facebook y
Twitter.

Emira no había podido evitar pasarse el fin de semana
buscando en Google comentarios y publicaciones sobre el
vídeo del Market Depot. En plena avalancha de imágenes de
brutalidad policial y protestas por el *Black Lives Matter,* el
vídeo viral de Emira resultaba hasta cierto punto… ¿ridículo? Quienes lo veían y lo compartían lo agregaban a su *feed*
con comentarios del tipo: Es una cagada, pero también me parto
de risa y Oh Dios mío, esa chica es mi ídola. Alguien había hecho
una captura de pantalla de Emira gritando al guarda de seguridad con una mano en jarra y habían ampliado la cara de
Briar mirando impotente a la cámara. El pie de foto decía:
\*disco rayado\* SIP. Soy yo. Probablemente os preguntaréis cómo
he llegado hasta aquí. La gente hacía comentarios tipo: Esta niña
es lo más, Esta niñita está harta y Queremos el *spin-off* de esta niña
y su canguro. Cuanto más se compartía, más frívolo parecía,
lo que empeoraba y, al mismo tiempo, mejoraba la situación.

Emira creía que la interpretación frívola era la mayoritaria debido a varios factores. En primer lugar, nadie había sufrido daños. Briar salía adorable, tranquila y aburrida de la situación, y las rápidas contestaciones de Emira disimulaban bastante su miedo. Era un vídeo sobre racismo que podías reproducir sin necesidad de ver sangre o de sufrir. Emira no podía evitar pensar en cómo reaccionaría internet de saber que Kelley y ella eran pareja... Bueno, que lo habían sido. (Emira había hecho caso omiso de las cuatro llamadas de Kelley a su móvil en los últimos dos días. Zara contestó la última con «Hola, estamos más tranquilas, pero todavía no queremos hablar contigo. Por favor, respeta nuestro periodo de transición»).

Kelley no era el único que había llamado. Emira tuvo que dejar el teléfono cargando porque cada hora vibraba con peticiones de entrevistas y una oferta para salir en un programa de televisión llamado *The Real*. Había contestado a cada llamada con las frases guionizadas que le había dado la señora Chamberlain: «Les dices a todos que ahora mismo no vas a hacer ningún comentario, que de momento no tienes nada que decir. Vamos a arreglar esto, te lo prometo. Te vas a sentar ahí, vas a aclarar todo lo que haya podido malinterpretarse y vas a salir de la atención pública a la misma velocidad a la que entraste».

Resultó que Kelley había estado en lo cierto respecto a la notoriedad que el vídeo le iba a traer, pero a una escala mucho menor que la que con toda probabilidad había imaginado. En los dos días siguientes al vídeo, Emira recibió tres mensajes de voz con ofertas de trabajo. Uno era de una familia negra acomodada de la ciudad que buscaba una niñera para sus tres hijos varones. Otro era de una revista online pidiéndole una serie de tres artículos sobre cómo proteger los derechos de las cuidadoras en Filadelfia. Y otro era de su otro trabajo, la oficina del Partido Verde. La supervisora de Emira los martes y los jueves, una mujer llamada Beverly, la llamó tres veces al móvil y dejó dos mensajes: «¿Qué te parece si hablamos de ampliar tu horario?». Después de las toneladas de papel bonito que había comprado y de la carta de presentación que había dedicado noches a escribir, Emira se sintió más irritada que otra cosa por el hecho de que un vídeo viral le diera más cualificaciones que las cartas de referencia y una carrera. Pero eso ya daba igual, porque no necesitaba el trabajo. Los padres de Emira (a quienes la indumentaria de esta en el vídeo era lo que más parecía preocupar) fueron presas del pánico al suponer que estaba sin trabajo y sin abrigo. «Mamá, era septiembre», explicó Emira. «Y sí tengo trabajo. Soy niñera».

La invitación de Acción de Gracias de los Chamberlain no la había hecho sentir como alguien de la familia. Sí lo hizo, en cambio, recibir un contrato y un modelo 1095 (de Hacienda) de manos de la señora Chamberlain. En 2016, aunque técnicamente Emira cobraría menos por hora después de descontar impuestos, seguiría ganando más que en toda su vida, casi treinta y dos mil dólares al año. No se mudaría a la antigua habitación de Shaunie, pero si un guardia de seguridad volvía a pararla, Emira podría decir que era niñera sin sensación de estar mintiendo. Tendría una excusa válida para no salir de noche porque estaría trabajando turnos de veinticuatro horas. Y en el colegio donde Briar iba a hacer preescolar, en sus clases de natación en el YMCA y en las clases de ballet en otoño en Little Lulu, el nombre y el número de Emira figurarían al principio de la lista de contactos de emergencia de la niña.

Así que, en vísperas de una nueva carrera profesional y un perfil en internet, le pareció increíble, exagerado e incluso divertido que Zara, al volver con su mochila, cerrara la puerta y cuchicheara: «A ver, tenemos un problema». Zara dejó la mochila en el suelo y cerró la boca. Luego juntó las manos como si fuera a rezar y se llevó los dedos índice a los labios.

Emira cogió su mochila y dijo:

—Seguro que está suelto en el fondo.

Pero Zara no pareció oírla. Cerró la mano derecha y dibujó un pequeño círculo en el aire. Después se llevó los nudillos a la boca y susurró:

—Mira, no estoy de broma. Escúchame. —A continuación, suspiró y dijo—: No puedes seguir trabajando en esta casa.

Emira rio y se puso de pie con el cepillito en la mano. Dejó que la mochila le cayera a los tobillos y apoyó una cadera en el mueble del lavabo.

—¿Perdona?

—Tienes que escucharme ahora mismo.

—Te estoy escuchando. ¿Se puede saber qué te pasa?

—Pues estoy abajo..., agachada para coger tu mochila de veinte kilos, cuando oigo a tu jefa entrar en el cuarto de baño. —Zara susurró estas palabras mientras señalaba hacia el suelo, donde estaba el aseo de invitados de la planta baja—. Estoy cogiendo tus cosas cuando oigo a la tía preguntar si ha hecho «lo correcto». —Zara dibujó unas comillas agresivas en el aire al decir «lo correcto»—. Y entonces la Tamra esta de la cabaña del tío Tom le dice «cien por cien» y que ese vídeo es lo mejor que te ha pasado en la vida.

Emira cogió el cepillito con ambas manos y pasó el pulgar cuatro veces por las cerdas blancas y azules. Cuando lo dejó en el mueble del lavabo, emitió un pequeño chasquido.

—Vale. No… espera. —Bajó la voz para igualarla a la de Zara—. Seguro que se refiere a lo de salir en las noticias. Quiero decir, al vídeo que vamos a grabar ahora.

Pero mientras lo decía, Emira se dio cuenta de que si la señora Chamberlain se refería a eso, entonces también era ofensivo. Emira estaba siempre aludiendo a la inestabilidad de su situación, precisamente para que las otras personas no tuvieran que hacerlo. Las implicaciones de la acusación de Zara tardaban en cobrar sentido dentro de su cabeza, y solo podía pensar: «¿La señora Chamberlain estaba diciendo mierdas sobre mí? Creía que teníamos un acuerdo».

Zara negó con la cabeza y levantó el dedo índice.

—No, no, chica. Tú dijiste que sí a lo de las noticias de ahora. No al marrón ese del supermercado. Esa señora ha hecho algo. Mira… —La voz de Zara se apagó cuando miró a Emira a la cara—, esa señora es quien filtró el vídeo.

—Vale. No… —Emira decía «no» a aquella acusación, pero sobre todo decía «no» a la idea de tener otra conversación que le exigiera decidir quién la quería menos: Kelley o la señora Chamberlain. Se puso una mano en el hombro opuesto y dijo—: Es imposible, Zara. ¿De dónde lo iba a sacar, además?

—No lo sé —dijo Zara—. ¿Sueles dejar el móvil fuera del bolso?

—Sí, claro, pero no se sabe mi contraseña.

—¿Te traes aquí el portátil?

—El portátil no me lo llevo a ningún sitio.

—Vale. ¿Entras en tu correo desde su portátil? —Zara señaló hacia la puerta del baño—. ¿O en el macroordenador ese que hay en la cocina?

Emira se puso la otra mano en el hombro contrario. Durante ocho segundos la cara se le congeló como cuando alguien tiene en la punta de la lengua una sencilla palabra que se le ha olvidado en plena conversación. Sus pensamientos retrocedieron tres días, a la fecha en la que cumplió veintiséis años y el breve intervalo en el que había coincidido con la señora Chamberlain en su cocina. Había entrado en su cuenta de Gmail para enviarse a sí misma una dirección, pero no recordaba haber cerrado sesión. Sí recordaba haber mirado la hora en su teléfono para acelerar la dolorosamente ensayada conversación que había evitado tener con la señora Chamberlain. Luego había cogido el dinero que esta le había dado y seis horas más tarde regresó para devolverle a su hija feliz, pegajosa y querida. Emira consideró la posibilidad de que, puesto que no le había dado a la señora Chamberlain la ocasión de respaldar o al menos considerar una ruptura con Kelley, la madre de las niñas había decidido coger el toro por los cuernos. Pero ¿no estaban genial las dos ahora? ¿No era esa la razón de que la hubiera contratado de niñera? Un momento, mierda... ¿Era esa la razón por la que la señora Chamberlain la había contratado de niñera? Emira soltó el aire por la nariz. De pronto, recordó la primera vez que se había quedado a tomar una copa con la señora Chamberlain. El vino caro que le había regalado. Había preguntado si tenía algún evento a la vista. La señora Chamberlain le había guiñado el ojo y había dicho: «Cuando salga mi libro, lo habrá».

Emira miró a Zara y susurró:

—Mierda.

—Vale, esto ya lo hablaremos, pero lo tuyo con las tecnologías es bastante preocupante.

—¡Me dijiste que había sido Kelley! —gritó Emira en un susurro. Le dio a Zara un empujón en el hombro más fuerte de lo que había pretendido—. ¿Qué coño querías que pensara?

Zara recuperó el equilibrio con un gesto teatral.

—Vale, escucha, la cagué. —Señaló al techo con los índices mientras se explicaba—. Me había pasado con los mojitos y quizá me precipité en mis conclusiones, pero de verdad que solo intentaba protegerte. Y te juro por Dios que cuando tengas otro novio o si vuelves con Kelley no me voy a meter, pero...

—Shhh, shhh. No pasa nada, de verdad —la interrumpió Emira. No solo era que Zara estuviera levantando demasiado la voz, el problema era que oír nombrar a Kelley aún le escocía—. ¿Estás segura de que se refería a eso?

—Segurísima. —Zara miró al techo como para jurarlo ante Emira y ante Dios también—. Es lo que le oí decir y es cómo la oí decirlo.

Emira y Zara se miraron bajo la luz blanca del cuarto de baño. Zara se mordió el labio y dijo:

—Chica, no puedes trabajar aquí.

Emira encogió los hombros y, consciente de que había sido todo demasiado bonito, los bajó y dijo:

—Ya lo sé.

—Vale, pues a tomar por culo —dijo Zara. Empezó a guardar los cosméticos de Emira en el estuche de viaje—. Nos vamos y punto. No le debes una mierda a esa tía.

Cayó una viruta de un sacapuntas de lápiz de ojos y Zara lo tiró enseguida a la papelera. Era como si quisiera ocultar cualquier indicio de que Emira y ella habían estado allí.

—Espera. Zara, para un momento. —Emira cogió a su amiga del antebrazo. El pulso se le aceleró mientras trataba de asimilar todo lo ocurrido—. Me voy a quedar sin trabajo —dijo—. No estoy en situación de decir que me voy. No puedo estar sin trabajar.

Zara se mordió el labio superior.

—¿Puedes vivir de lo de las transcripciones?

—Si pudiera, ¿crees que estaría aquí?

Zara se puso a pensar. Levantó una mano y dio toquecitos con el pulgar en la boca.

—Vale. Entonces hay que encontrarte otro trabajo enseguida.

—¿Qué?

—Uno temporal —decidió Zara—. No tiene que ser perfecto. Es solo para ahora mismo. A ver, ¿quiénes son los que te han llamado este fin de semana? Espero que no le hayas dicho que no a ninguno.

—Claro que no —dijo Emira.

De pronto, estaba igual que al principio. La idea de pasarse horas en internet, entrar en Craigslist y ver a niños odiosos por la calle y pensar «¿Podría aprender a quererte?» le dio tal pellizco en el pecho que se dobló hacia delante. Respiró hondo.

—Vale. Eeeh… Me llamó una familia para decir que querían contratarme de niñera.

—De eso nada. —Zara agitó el dedo extendido—. Se acabó la mierda esta de hacer de mamaíta. ¿Qué más?

—Unos encargos de artículos estúpidos que no podría escribir jamás —dijo Emira—. Y luego mi jefa del Partido Verde diciendo que querían ampliarme horas.

—¿Donde las transcripciones?

—Sí, pero estaría de recepcionista.

—Bueno… ¿Te ves trabajando ahí?

Emira dijo:

—Supongo que sí… Sería aburrido, pero podría hacerlo. —Y en ese momento, le pareció que la gran ventaja era que no tendría que comprarse ropa nueva porque los que trabajaban allí iban siempre en vaqueros—. A ver, sí. Es gente maja.

—Pues perfecto entonces. Es todo lo que necesitamos —dijo Zara—. No tiene que ser para siempre. ¿Cuánto te va a pagar?

—No me lo dijo.

Laney llamó desde el pasillo.

—¡A sus puestos en cinco minutos, señoritas!

Zara dijo:

—Llámala.

Emira se inclinó hacia su mochila y sacó el móvil. A aquellas alturas era un alivio tener a alguien que le dijera lo que hacer. Siguió sentada en el váter mientras marcaba el número del despacho de Beverly y escuchó el tono de llamada mientras Zara seguía recogiendo las cosas de maquillaje.

—No digas que sí de entrada. Entérate de las condiciones. —Zara cerró la cremallera del estuche de maquillaje de Emira y se lo metió en la mochila—. Tú estate tranquila —le dijo—. Lo vamos a solucionar. No te agobies.

Beverly contestó al quinto timbrazo.

—Hola, Beverly. —Emira trató de hablar con la mayor naturalidad posible y susurrando en la habitación con eco—. He oído tu mensaje y quería hablar… de tu oferta.

Beverly explicó que acababa de llegar al despacho y que sentía sonar acelerada. A continuación, dijo que no podía imaginar por lo que había pasado Emira, que el momento no podía ser mejor, que la persona que estaba ahora en la recepción había vuelto a la universidad y que les encantaría que ocupara ella el puesto. Entonces, Laney llamó a la puerta.

—¿Estáis ya con los últimos retoques? —preguntó.

Zara corrió a coger el pomo. Metió la cara por el resquicio entre la puerta y la pared y sonrió.

—¡Sip! ¡Solo un minutito más! —dijo antes de volver a cerrar.

—¿Puedes esperar un momento? —preguntó Emira. Silenció el micrófono del móvil—. Me pagan dieciséis dólares la hora por treinta y cinco horas a la semana.

—Uy. No, no, no. —Zara negó con la cabeza y sacó su teléfono—. Te dicen eso para después no tener que pagarte prestaciones.

—¿Estás segura?

—Pregúntaselo.

A Emira se le aceleró la respiración bajo las costillas mientras regresaba a la llamada.

—Perdona, Beverly —dijo—. ¿Quiere eso decir que no tendría seguro médico?

Emira escuchó mientras Beverly le confirmaba que así era. Miró a Zara y dijo sin hacer ruido: «Mierda».

—Vale, pues vamos a negociar ahora mismo —susurró Zara. Se arrodilló delante de Emira y empezó a teclear con furia en la calculadora de su teléfono—. Dile... —Zara levantó una mano en el aire mientras formaba mentalmente las palabras—. Dile que te interesa mucho el trabajo, y que te gustaría hablar de la posibilidad de que el sueldo incluyera seguro médico. —Emira repitió despacio estas palabras al auricular de su teléfono—. Y —susurró Zara mientras tecleaba— que estás dispuesta a rebajar la tarifa por hora.

Emira quería preguntar a su amiga: «¿De verdad estoy dispuesta a rebajar la tarifa?». En aquel momento, cobraba dieciséis dólares la hora. Y en el trabajo nuevo no estaría Briar, así que, en realidad, ¿qué sentido tenía? Emira cayó entonces en la cuenta de que nunca habría trabajado en Baby World Fitness como gerente de guardería, aunque le hubieran ofrecido el puesto. Se habría quedado con Briar hasta que sus padres hubieran querido. Pero esta vez la señora Chamberlain había ido demasiado lejos y ya no se trataba de un asunto privado. Emira oyó a la señora Chamberlain preguntar desde el pasillo: «¿Han terminado ya?». Repitió lo que había dicho Zara palabra por palabra.

—También estoy dispuesta a rebajar mi tarifa.

Beverly dijo al oído de Emira: «De acuerdo, hablemos de esto... ¿Qué cantidad tienes en mente?».

—Eeeh... —Emira miró a Zara—. ¿Qué cantidad tengo en mente?

Zara volvió a consultar su teléfono.

—A ver, si bajas a catorce la hora —susurró—, sería la misma oferta de veintinueve mil, pero con las prestaciones incluidas.

—Vale. ¿Podríais pagarme... —Emira sabía que sus palabras no tenían la profesionalidad que exigía la situación, pero se sobrepuso a su inexperiencia y a la timidez y dio su cifra—: ... catorce la hora?

—Un momento, Emira —dijo Beverly. Emira oyó voces de fondo antes de que Beverly volviera al teléfono—. Me dicen que podemos pagarte trece la hora con prestaciones. Sé que es poco, pero si esperas seis meses, seguro que te lo puedo mejorar.

Por cómo dijo esto, Emira supo que Beverly deseaba de verdad que aceptara el trabajo y que, de depender de ella, le habría ofrecido más dinero. La actitud profesional de Emira era hija de la necesidad y resultaba un alivio comprobar que lo mismo sucedía con la de Beverly. Emira tapó el auricular y dijo:

—Pueden pagar trece.

Zara torció el gesto.

—¿Sin seguro dental?

Emira hizo una mueca.

—Eso no incluye seguro dental, ¿verdad? —Escuchó a Beverly confirmar que así era y negó con la cabeza a Zara—. ¿Cuánto es al año? —susurró.

Zara giró el teléfono para enseñarle la cifra: 27.040 dólares, unos cientos de dólares menos de lo que ganaba en ese momento. Zara asintió con la cabeza y dijo:

—Dile que sí. —Emira vaciló y Zara le cogió la mano—. Mira, es algo provisional —dijo—. Es un trabajo de verdad. Te interesa poder ponerlo en tu currículo. —Zara señaló el teléfono que tenía Emira pegado a la oreja—. Lo que no te interesa es eso.

Señaló la puerta a su espalda y negó con la cabeza. Había una desesperación furiosa en los ojos de Zara que le dijo a Emira que su amiga estaba preocupada por ella y que llevaba así cierto tiempo.

Justo en ese momento, la señora Chamberlain llamó a la puerta y dijo:

—¿Hola?

Al auricular de su teléfono, Emira dijo:

—Acepto.

Mientras Zara cerraba la cremallera de la mochila de Emira, esta se arrodilló junto al váter y habló al auricular protegiéndose la boca con la mano en cuenco («Vale, muchísimas gracias, Beverly… Vale, ¡gracias!»). En cuanto le dio a «Finalizar llamada» y se puso de pie, Zara abrió la puerta un poco y la usó de escudo.

—¿Estáis bien, chicas? —La señora Chamberlain se asomó al cuarto de baño—. Uy, Emira, qué guapa estás. Hay que bajar ya porque vamos a empezar. ¿Estás bien?

Emira tomó aire y dijo:

—Estoy genial.

Apareció Laney junto a la señora Chamberlain, juntó las palmas debajo del mentón y cantó:

—¡A sus puestos!

Laney se dio la vuelta para bajar, y cuando lo hizo, la señora Chamberlain miró a Emira con ojos como platos como diciendo: «¡Es muy fuerte lo de esta mujer!». Lo inmediato del gesto resultó hiriente y malintencionado, y su naturalidad denotaba años de práctica. Emira tragó saliva mientras la señora Chamberlain simulaba poner los ojos en blanco antes de bajar detrás de Laney.

Zara cerró despacio la puerta del cuarto de baño y la miró con apremio.

—Si nos vamos a ir, tiene que ser ahora mismo.

Pero la pullita de la señora Chamberlain a Laney despertó algo en el interior de Emira.

—No —dijo mientras se miraba en el espejo. Movió la cabeza a ambos lados para asegurarse de que tenía la base de maquillaje bien extendida por el arco de la mandíbula. Se colocó el pelo detrás de los hombros y comprobó la blancura de sus dientes—. Voy a hacer la entrevista.

—¿Cómo dices?

—Escúchame. —Emira se volvió hacia Zara—. Voy a hacerla, ¿vale? Pero en cuanto te mire, quiero que montes un pollo.

Zara negó con la cabeza en un gesto que pasó de la renuencia y la obligación a la aceptación estoica.

—Mira, no juegues conmigo porque sabes muy bien que la monto.

—Hazlo, lo digo en serio —prometió Emira. Se buscó el escote del vestido en el espejo para colocarse bien los pechos—. Tú estate atenta y, cuando te diga, quiero que te vuelvas loca. Pero, oye, espera un momento. ¡No me puedo creer que vaya a tener seguro médico!

Emira sonrió. Mientras Zara y ella daban saltitos, se dio cuenta de pronto de que llegaría el día, probablemente no muy lejano, en el que Briar ya no se acordaría de ella.

# Veinticinco

Aquella mañana Laney había sido la primera en llegar a casa de los Chamberlain. También había sido la primera persona a la que Alix había dirigido su pregunta: «¿He hecho lo correcto?».

Maquilladísima a las siete de la mañana, Laney cogió a Alix de las manos.

—Cariño, escúchame —dijo—. En mi primer año de instituto un entrenador de fútbol se acercó demasiado a nuestra centrocampista y, en el vestuario, hizo con ella lo que ahora llamaríamos «meterle mano». Yo sabía que estaba mal. Todas las del equipo sabíamos que estaba mal. Pero esta chica, Mona... ¿O Monica? Monica, sí. Pues nos dijo que no contáramos nada. Y en aquel momento ninguna sabíamos qué hacer, así que no hicimos nada. Pero te apuesto lo que quieras a que si Monica estuviera aquí ahora mismo, querría que hubiéramos hecho algo. ¿Entiendes lo que te quiero decir?

Alix juntó los labios y asintió con la cabeza. Intentó liberar sus dedos de los de Laney y dijo:

—Sí. Totalmente.

Alix decidió esperar a que Tamra se lo confirmara. Entretanto trató de sentirse agradecida por la perspicacia discreta de Laney. Tres días antes, Laney había puesto, con habilidad y éxito, el vídeo del supermercado en las manos equivocadas y, a continuación, se había apresurado a asegurarse la primera entrevista. «Con esto salimos todos ganando», le había prometido a Alix. «Emira limpia su nombre. Compensamos el pequeño lapsus de Peter. Y a ti te damos un poco de publicidad. Y no te preocupes, sé perfectamente cómo promocionar tu libro sin que se note. Tú ya me entiendes».

Fue entonces cuando Alix comprendió que iba a tener que vivir en Filadelfia tanto en carne y hueso como en internet. Claro que, por otra parte, ya era hora. Alix había aceptado el puesto en la New School. Emira había aceptado su papel de niñera a tiempo completo; su editora, Maura, había aceptado las disculpas de Alix y las treinta páginas que había conseguido pergeñar durante el fin de semana. Y ahora había llegado el momento de aceptar que ya no vivía en Manhattan. Sin saber muy bien cómo, Alix había logrado salir indemne de aquel lío con Kelley Copeland y su inminente aparición televisiva en Filadelfia sería su pequeña penitencia. Cuando Emira y Zara salieron por fin del baño, Emira con aspecto feliz y nerviosa como nunca Alix la había visto, tuvo ganas no solo de representar a la ciudad de Filadelfia, sino también de dejar que Emira la representara a ella.

Zara y Emira intercambiaron unas palabras clave antes de que Emira entrara en el salón y se colocara bajo los focos.

—¡Vamos a ver qué tal! —dijo Laney.

Briar, con un vestido morado oscuro con cuello babero, señaló a Zara y le dijo a Emira:

—*Esha* es tu amiga.

Tamra le apretó la mano a Briar y dijo:

—Es la amiga de Mira. Ahora tienes que ir a sentarte con ellas, ¿vale?

Emira le sonrió a Briar y dijo:

—Hola, chica mayor.

En el centro de la habitación estaban dos cámaras y un técnico de sonido. Detrás de ellos y pegados contra la pared había un televisor, una butaca y dos contenedores con juguetes. Laney estaba al mando. Recorrió la habitación y comprobó de nuevo todos los ángulos, las marcas y las fuentes de luz. No vaciló en decir varias veces a su equipo: «No, así no está bien» y en vigilar mientras lo arreglaban. Alix se dio cuenta de que Laney no era una mera presentadora de televisión, sino la productora ejecutiva de aquella pieza que se retransmitiría en directo en WNFT Morning News, y se sintió ingenua. Con una blusa verde intenso que se anudaba a uno de los lados del cuello, Laney se colocó delante de Alix y Emira y pasó revista.

—Vamos a traer también a la señorita Briar —dijo. Con Catherine balbuceando cogida con un brazo, Tamra le dio a Alix la mano de Briar.

—Mamá. —Briar señaló a uno de los cámaras—. Quiero, quiero... *eshe* hombre tiene gafas.

—A ver, Emira. Vas a ponerte la chaqueta color crema, creo que va a quedar muy bien —dijo Laney—. Y Alix, te vamos a retocar un poco aquí. Solo un poquito. —Laney señaló con los meñiques el espacio situado en la esquina interior de sus párpados.

—Voy —dijo Tamra, que fue a buscar una cajita cuadrada de base de maquillaje. Cuando Zara cayó en la cuenta de que la chaqueta de Emira era responsabilidad suya murmuró: «Ah, vale, lo hago yo» y corrió a cogerla del recibidor. Entró de puntillas en la luz de los focos y le dio a su amiga la chaqueta de punto antes de retroceder y quedarse apoyada contra el marco de la puerta del salón.

Una vez Alix y Emira estuvieron retocadas, Laney les dijo que se sentaran en el sofá. De repente la casa de Alix parecía un escenario gigante y esta deseó retroceder en el tiempo y añadir así toques comprados en Filadelfia que la hicieran sentirse más unida a aquel espacio. Pero ahora que Emira iba a pasar mucho más tiempo en la casa, Alix tendría una razón más para convertirla en un hogar. Se sentó cerca de Emira en el sofá mientras Laney le estiraba el vestido a Briar, sentada sobre las rodillas de su canguro. Briar señaló a Emira y dijo: «Tienes estrellitas en la cara».

—Vale, chicas. Genial. —Laney se sentó en una butaca junto al extremo del sofá en el que estaba Emira—. A ver, os recuerdo lo que ya hemos hablado. Respuestas cortas, de dos frases como mucho. Piernas cerradas, ojos abiertos. Y no os aceleréis con las respuestas. Tenemos cuatro minutos, ¿vale? Bri, cariño, mírame. —Laney chasqueó dos veces los dedos y Briar la miró como si hubiera gritado—. Hoy tienes que quedarte con Emira y ser la hermana mayor, ¿vale? —Laney asintió cuatro veces y contestó a su propia pregunta—. Sí, señora. Hermana mayor. Garret, por favor, ¿me das un tiempo estimado?

Uno de los cámaras apartó la cara del equipo para ajustarse los auriculares y dijo: «Entramos en dos minutos». Alix le dio un apretón a Emira en la mano y de camino rozó el lateral de la rodilla de su hija. Aquella situación también era nueva para ella. Nunca había salido en unos informativos locales. Un poco como con la cena de Acción de Gracias, Alix predecía que aquella pieza de cuatro minutos sería un momento que las uniría a Emira y a ella de manera irrevocable. Alix se sentía aturdida de lo bonita que estaba Emira, de la gentileza con la que había aceptado sus consejos durante todo el fin de semana y de que ahora estuviera en su casa sin cobrar. Corrigió su postura una última vez mientras Laney dirigía a las mujeres en una respiración silenciosa conjunta.

—Estad pendientes de mí —susurró Laney y sonrió—. Primero vais a oír a Misty y a Peter y luego yo os presentaré.

Alix oyó un zumbido procedente de un pequeño altavoz negro situado cerca de los pies del técnico de sonido y, justo después, la sintonía de WNFT que tan bien conocía. El técnico se inclinó para subir el volumen, luego se enderezó otra vez y sujetó la jirafa en alto.

—Bienvenidos de nuevo a WNFT. Se estarán preguntando dónde está Laney ahora mismo —dijo Misty—, lo que nos lleva a nuestro reportaje de hoy. No todas las historias que contamos nos son tan próximas como esta, que nos toca muy de cerca, nada menos que ¡en casa de Peter!

Hubo una pausa y, aunque no veía a su marido, Alix imaginó que este había adoptado una expresión tímida y adorable de «¿Qué le vamos a hacer?» mientras admitía su culpa con una mano levantada. Misty siguió hablando y Alix se pasó la lengua por los dientes delanteros una última vez.

—Este fin de semana se ha hecho viral un vídeo en el que la joven de veinticinco años Emira Tucker, graduada de Temple, es acusada de secuestro por un vigilante de seguridad en un Market Depot. Emira no estaba cometiendo ningún delito, sino que estaba trabajando de canguro. Y..., Peter, el resto te lo dejo a ti porque conoces a Emira y a la niña en cuestión bastante bien.

—Así es. —Peter dejó escapar una risita—. Voy a dejar hablar a Emira, porque ella puede arrojar mucha más luz en la situación que yo, pero sí me gustaría decir...

En aquel momento Briar miró a Emira y dijo: «*Esh* papá». Emira dijo sí con la cabeza y con un dedo en los labios susurró: «Shhh». Briar se llevó también un dedo a los labios, miró a Alix y, en el mismo volumen que antes, susurró: «Papá habla».

—Me gustaría decir que, antes que nada, soy padre —confesó Peter en el plató de WNFT. Mientras su voz salía por el altavoz, Alix se miraba los zapatos—. Mi mujer y yo contratamos a Emira el verano pasado para que cuidara a nuestras hijas y desde entonces sigue con nosotros. Intentamos mantener a las niñas fuera del foco mediático en la medida de lo posible, pero la noche del 19 de septiembre no fue fácil. Habíamos tenido dos días complicados y mi mujer y yo agradecemos todo el apoyo que nuestra familia, incluida Emira, ha recibido. Hoy, mi mujer, mi hija mayor y nuestra canguro, Emira, van a contestar a algunas preguntas sobre esa noche con la esperanza de dejar zanjado el asunto.

«El 19 de septiembre alguien tiró una piedra contra la ventana delantera de la casa de los Chamberlain».

Era la voz de Laney, pregrabada. Cuando Laney se oyó, se sentó más recta y miró a Alix y a Emira para decirles, moviendo los labios: «Empezamos». Alix no recordaba si Emira sabía si había sido una piedra o un huevo, pero Laney le había asegurado que una piedra era mejor y daba un matiz de intensidad a la desesperación de Peter y Alix, un motivo justificado para llamar a la canguro. Visto ahora, casi parecía ridículo que la gran preocupación de Alix durante meses hubiera sido si Emira sabía o no por qué habían tirado la susodicha piedra/huevo. Pero se dijo a sí misma que daba igual. «Dentro de cuatro minutos —pensó con un suspiro— esto habrá terminado». La voz grabada de Laney seguía hablando.

«Peter y Alix Chamberlain enseguida llamaron a Emira Tucker, su canguro a tiempo parcial, para que se llevara a su hija de dos años de la casa mientras ellos llamaban a la policía, pero Emira también terminó encontrándose en su propia situación desagradable. Una clienta y el guardia de seguridad del Market Depot la acusaron de secuestrar a Briar y se negaron a dejarla salir de la tienda». El sonido de la voz de Emira entró en la habitación por un pequeño altavoz y Alix notó movimiento en el sofá. El cuerpo entero de Emira se enderezó un centímetro. Alix había visto el vídeo las veces suficientes para saber que mientras Emira decía: «¿Qué delito se está cometiendo aquí? Yo estoy trabajando», se la veía poner una mano en uno de los lados de la cabeza de Briar. Alix escuchó el vídeo saltar a la parte del final, cuando Peter llegaba corriendo por un pasillo adyacente y le ponía una mano en el hombro a Emira. Supo que habían subido el volumen de la voz de Peter de manera que pudieran oírla bien personas que no fueran espectadores habituales. «Nuestro compañero Peter Chamberlain —continuó Laney— fue convocado a la tienda para que aclarara la situación. Hoy vamos a hablar con Emira Tucker, Alix Chamberlain y la hija mayor de los Chamberlain, Briar».

Cuando Alix escuchó su nombre, uno de los cámaras levantó la vista con ojos brillantes y empezó a contar teatralmente de cinco a cero con la mano derecha. El pulso de Alix se le colocó en los oídos y le pareció que los dedos de los pies se le entumecían mientras miraba al cámara ir de tres, a dos y, a continuación, señalar a Laney.

—Alix, Emira, gracias por estar hoy con nosotros.

Emira asintió con la cabeza y Alix dijo.

—Lo hacemos encantadas.

La voz le salió un poco demasiado entusiasta, como si estuviera en una entrevista de trabajo y no en las noticias. Así que, en silencio, trató de arrellanarse en el sofá y encontrar su timbre de voz normal. Briar, todavía fascinada por la repentina cuenta atrás del cámara, levantó las dos manos y anunció con aire reivindicativo:

—Yo *shé* contar también.

—Y gracias a ti también, Briar —dijo Laney. Puso cara de «Menudas salidas tienen los niños» y a continuación entró en materia—. Alix, vamos a empezar por ti. ¿Imaginabas que algo así podía ocurrir cuando llamaste a Emira aquella noche?

—Bueno, por favor. En absoluto. —Alix notó que empezaba a respirar. Laney se mostraba atenta y curiosa de una manera que daba a entender que las cuatro no se conocían y mucho menos que habían ensayado aquello. Su convicción prestaba naturalidad a la reunión y hacía que sus palabras parecieran menos estudiadas—. Llevábamos muy poco tiempo en la ciudad y llamar a Emira para ver si nos podía echar una mano nos pareció lo más lógico. Seguro que otros padres entienden que la vida a veces se complica y que un supermercado es un lugar excelente donde matar tiempo con una niña pequeña.

—Emira —Laney adoptó una expresión pensativa y seria—, así que Briar y tú estabais en el Market Depot. ¿Qué pasó entonces?

En un gesto espontáneo, Briar se llevó las dos manos a las mejillas y dijo:

—¿Qué *pashó*?

Alix sonrió y le alisó a Briar el pelo por detrás.

—Bueno…, estábamos dando una vuelta y a punto de ir a la sección de frutos secos… —Al decir esto Emira se dirigió más a Briar que a Laney—. Y entonces un guardia de seguridad me preguntó si era mi hija.

Laney apoyó un codo en la rodilla como si Emira acabara de recitar un viejo proverbio. Entrecerró los ojos, ladeó la barbilla y entonó:

—Mmm…

—Le dije que era su canguro, pero me dijo que no tenía pinta de haber estado haciendo de canguro y luego se negó a dejarme salir.

—Creo que es importante señalar que Emira estaba en una fiesta de cumpleaños que abandonó para venir a echarnos una mano. —Alix cambió la mano de la nuca de su hija al hombro de Emira. Aquel comentario no lo había ensayado, pero el gesto le salió con tal naturalidad que no quiso reprimirlo—. Y otra cosa que también parece ser fuente de confusión: este vídeo se hizo en el mes de septiembre. Emira llevaba una ropa de lo más apropiada para la velada que tenía planeada.

—Entiendo entonces que no sueles hacer de canguro vestida así —comentó Laney con una pequeña carcajada.

—Pues claro que no —dijo Emira. Sonrió a Laney y a Alix mientras añadía—: Por lo general, llevo uniforme.

Alix tomó aire dos veces muy seguidas. Miró los ojos verdes de Laney para situarse y se dijo: «Tranquilízate. Lo dice en sentido figurado. Se refiere a que siempre va en vaqueros o en *leggings*». Alix pegó un tobillo contra el otro. «Te ha elegido a ti. Emira y Kelley ya no están juntos. Concéntrate en eso, Alix. Ya no queda nada».

—Así que empieza un interrogatorio y se niegan a dejar que te vayas —Laney resumió lo sucedido aquella noche—. ¿Qué es lo que te pasa por la cabeza?

Alix se giró para mirar a Emira de frente mientras esta buscaba las palabras correctas. Ya la había tocado una vez; no podía volver a hacerlo, pero intentó darle espacio y positividad pensando: «Venga, Mira. Puedes hacerlo». Emira cogió a Briar por las axilas y se la acomodó mejor en el regazo.

—Mmm… Pues me siento… bastante perpleja y disgustada —dijo Emira con entonación ascendente—. No estábamos haciendo mucho ruido ni nada de eso, así que me pareció raro que nos abordaran. Y luego me dio miedo que me quitaran a la niña.

Desde los brazos de Tamra, Catherine emitió un bostezo de lo más adorable que se oyó un poco. Tamra se dirigió de puntillas hasta donde estaba Zara apoyada en la entrada del salón, no fuera a ser que los bostezos continuaran y necesitara salir. Cuando Emira terminó de hablar, Briar miró a uno de los cámaras y dijo:

—No soy un bebé, ¿vale?

—Volviendo a las acusaciones que te hicieron… —dijo Laney para recuperar la atención de los presentes—. Emira, ¿crees que habría que tomar medidas legales y despedir al guardia de seguridad?

Aquella no era una pregunta de las que habían ensayado. ¿Qué buscaba Laney? Alix no lo sabía. Contuvo la respiración mientras veía a Emira sorprenderse con disimulo y, enseguida, recuperarse para contestar.

—Ah. No, no. —Emira negó con la cabeza con la naturalidad de quien dice que no a un postre después de una comida copiosa—. En su momento me disgusté mucho, pero ahora lo que me enfada es que el vídeo se haya hecho público sin mi permiso. Yo no quería y… Bueno…, la persona que lo ha publicado evidentemente es alguien que no respeta la intimidad de los demás. Y eso me parece una cosa muy triste.

La sonrisa de labios cerrados y actitud atenta de Alix se volvió tensa y forzada. «Es imposible —pensó—. Es imposible que nadie se haya enterado». Se dijo que más importante aún que el vídeo y la manera en la que hubiera terminado en internet era el hecho de que si Kelley no había traicionado la confianza de Emira hasta aquel momento, que lo hiciera era solo cuestión de tiempo. Briar se tocó los dedos de los pies y levantó la vista hacia Emira. Con cara de intrigada preguntó:

—¿Alguien llora?

—Y Alix —Laney se volvió hacia ella. Su voz tenía una entonación cantarina y Alix supo que se preparaba para terminar—, tú sabes mucho de mujeres que defienden sus derechos. ¡Da la casualidad de que lo has convertido en tu profesión!

—Así es. —Alix se volvió a Laney mientras hablaba. Se dio cuenta de que aquella podía ser la única circunstancia en la que podría admitir abiertamente que Emira le importaba muchísimo, y podía decirlo sin un velo de reticencia y sin preocuparse porque Emira estuviera en horario de trabajo—. Emira encarna en gran medida el espíritu de HablAlix —dijo—. No solo defendió sus derechos, sino que también se escucha a sí misma y es la clase de persona que Peter y yo queremos cerca de nuestras hijas, sobre todo en un periodo tan importante de sus vidas.

—Y tengo entendido que Emira va a pasar mucho más tiempo con ellas a partir de Año Nuevo. —Laney buscó confirmación tanto de Emira como de Alix—. Mientras tú te dedicas a terminar tu primer libro.

Alix rio. De manera que la publicidad que le iba a dar Laney no iba a ser tan sutil después de todo, pero por primera vez en meses se sintió como una pequeña empresaria.

—Pues sí —dijo—. Mientras yo termino mi libro y vuelvo al trabajo, Emira estará con nosotros a tiempo completo. Estamos encantados. —Por el rabillo del ojo, Alix miró a Emira morderse el interior de un carrillo.

—Y, por último, Emira —suspiró Laney—, ¿hay algo que te gustaría añadir? ¿Algún consejo para canguros que se encuentren en una situación parecida?

La respuesta que había ensayado Emira era del tipo: «Hacer valer sus derechos, no dejarse pisar y tener en todo momento el teléfono con la batería cargada». Pero cuando Emira empezó a asentir despacio y a decir: «Mmm, pues en realidad...», Alix no tuvo claro cómo pensaba hacer la transición a la frase de cierre.

—Pues... no. No tengo ningún consejo porque, eeeh... —Emira sopló hacia arriba y varios mechones del flequillo aletearon—. La verdad es que no voy a trabajar para los Chamberlain a tiempo completo. Y... a tiempo parcial tampoco.

Alix se puso recta y respiró por la nariz. Su primer pensamiento fue: «Ay, pobre, está hecha un lío».

Con una mirada cariñosa y alentadora, Laney dijo:

—¿Puedes contarnos algo más, Emira? ¿Hay algo de lo que hayas aprendido de esta experiencia que vayas a incorporar a tu nuevo papel?

—Pues, eeeh... —Emira ladeó la cabeza a un lado y fue entonces cuando Alix reconoció a la Emira que llevaba meses yendo a su casa. El matiz descendente de aburrimiento en la voz. Ese tranquilo aire de irritación. El pulso del cuello se le aceleró—. A ver, ha estado bien —le dijo Emira a Laney—. Pero que se subiera el vídeo a internet me ha ayudado a ver más claras algunas cosas y... debido a ciertas diferencias de criterio, no voy a seguir trabajando aquí. Pero me encontraréis en la recepción de la sede del Partido Verde porque... sí. Ahí voy a estar.

El primer impulso de Alix fue reír. Dejó que los labios le cubrieran encantadoramente los dientes y apoyó una mano en el sofá, en el espacio entre Emira y ella.

—No, Emira. —Sonrió—. Se refiere al año que viene, a que vas a ser nuestra niñera.

—Ajá. Sí, yo también me refería a eso. —Emira levantó a Briar y la dejó en el suelo, un gesto que a todas luces era algo habitual para las dos, y Alix pareció paralizada—. No voy ser su niñera —aclaró Emira—. Voy a trabajar a tiempo completo para el Partido Verde.

Alix volvió a reír. Miró a Laney como si quisiera confirmar que aquello era una broma ensayada previamente, pero la cara de Laney también revelaba desconcierto.

—Perdona —dijo Alix mientras se colocaba un mechón detrás de la oreja—, ¿qué has...?

—Pues, la cosa es... —Emira se volvió hacia ella—. En pocas palabras... —Su mirada buscó la de Alix y, durante un segundo, Emira dio la impresión de estar recordando un sueño que hubiera tenido la noche anterior—. Creo que será mejor que sigamos cada una nuestro camino y que... esos caminos no vuelvan a encontrarse jamás.

Fue como si Alix hubiera abandonado su propio cuerpo y se estuviera mirando desde un metro de altura. De pronto la habitación empezó a apestar al terror de una fiesta sorpresa y las cámaras parecieron duplicar su tamaño y succionarla hacia sus lentes oscuras y redondas. Emira había terminado su intervención con una frase que le despertaba a un tiempo vergüenza ajena y profundo espanto, y además la había pronunciado como quien dice: «Lo siento, esta silla está ocupada». Pero la alusión y la insinuación de que sí, Emira y Kelley se habían reído de la nueva rica Alex Murphy (porque esta seguía existiendo), era como el giro argumental de una película de terror; la llamada de teléfono procedía del interior de su casa, ella era la que llevaba muerta desde el principio. Aquello era un sueño dentro de un sueño. Por el rabillo del tenso ojo derecho vio a Tamra llevarse la mano a la boca. Tenía media cara tapada, pero Alix la oyó decir: «Ay, Dios mío».

Las cámaras seguían grabando.

El sistema nervioso de Alix le aconsejó que se estuviera lo más quieta posible, que tratara de seguir sonriendo. Sabía que parecía una niña de tres años a la que acaban de tocar el hombro en un juego de las estatuas, entusiasmada pero torpe e insegura de cuánto tiempo tiene que permanecer inmóvil. Abrió la boca para decir algo, cualquier cosa, pero notaba la lengua ridículamente grande.

—Bueno. Pues, ¡gracias! —dijo Emira mirando al suelo.

Se puso de pie y pasó de prisa entre las piernas de Alix y el equipo del cámara. Briar trotó detrás de ella y dijo: «¡Mira, *eshpérame*!». Al salir del salón, Emira volvió a cruzar unas palabras con Zara, que, en esta ocasión, sirvieron para que esta se guardara el móvil en la cintura del pantalón. Zara entró a cámara mientras Emira salía.

—¡Sí, señora! —dijo Zara a la cámara que había detrás de Laney—. Aquí mi chica se pira, ¿vale? ¡No tiene por qué aguantar esto! —Con «esto» Zara se refería al cojín blanco en el que había estado recostada Emira y al que Zara dio un capirotazo con un gesto de desprecio—. ¡Ahora trabaja en el Partido Verde, tronca! ¡Gana pasta! —Zara empezó a colocar la cabeza a distintos ángulos delante de la cámara y a gritar y aplaudir con cada sílaba—: ¡Esto sí que es democracia!

Cuando Catherine empezó a aplaudir con Zara, Laney, secretamente aterrorizada, miró a cámara.

—El libro de Alix Chamberlain, *A quien pueda interesar,* saldrá en mayo de 2017. Devolvemos la conexión, Misty —dijo.

Laney bajó la mano justo encima de la entrepierna e hizo un frenético gesto de «¡Corta!».

# Veintiséis

B ri, corre, ven —dijo Emira, aunque Briar ya iba detrás de ella. Mientras le cogía la mano, oyó la voz de Zara resonar en el primer piso de la casa de los Chamberlain y, por un momento, pensó: «¿Y si te cojo y nos vamos? ¿Hasta dónde conseguiríamos llegar? ¿Al piso de Shaunie? ¿A Pittsburg, quizá?». Pero lo que hizo fue sentar a Briar en el váter del baño de invitados y cerrar la puerta. Se agachó y puso las manos en las rodillas de la niña, pero cuando se dio cuenta de que le temblaban las palmas y los meñiques las colocó a ambos lados del inodoro.

—Oye, mírame un momento.

Briar balanceó las piernas con fuerza desde el váter y el empeine de sus zapatos estuvo a punto de golpear a Emira en el pecho. Con una mano, Briar se apartó un mechón de pelo rubio que le había caído sobre la cara. Emira notó cómo su cuerpo empezaba a desmoronarse al darse cuenta de que las coletas que le había hecho a Briar Chamberlain habían tenido los días contados desde el principio. Briar levantó la vista y señaló el collar de Emira.

—Quiero *eshto* —dijo.

Emira pensó: «Joder, esta sí que es la última vez».

—Oye —susurró—, ¿te acuerdas de cuando te dije que no se tienen personas favoritas?

Briar asintió con la cabeza y estuvo de acuerdo con la afirmación y agitó un dedo para decir:

—No. No *eshtá* bien.

Fuera, se oía a Zara gritar: «¿Qué calles? ¡Nuestras calles!». Aplaudió tres veces. «¡Nuestras calles!». Aplaudió de nuevo.

—Vale, pero ¿sabes una cosa? —Emira sonrió—. Que tú eres mi favorita. Nadie más, solo tú.

—Vale. Mira. —De pronto las cejas de Briar dieron a entender que tenía algo muy importante que decir—. A lo mejor… —Señaló de nuevo el collar de Emira—. A lo mejor me lo dejas un ratito.

Emira se dio cuenta de que Briar no sabía decir adiós porque nunca había tenido que hacerlo. Pero, le dijera o no adiós, Briar estaba a punto de convertirse en una persona que existiría sin Emira. Iría a dormir a casa de niñas que conocería en el colegio y siempre habría palabras que no sabría deletrear. Sería una persona que en ocasiones diría cosas como «¿En serio?» o «Me muero de risa» y que le preguntaría a una amiga si aquel era su vaso de agua o el de ella. Briar diría adiós en anuarios del instituto, entre lágrimas por un desengaño amoroso, por correo electrónico y por teléfono. Pero nunca diría adiós a Emira, lo que hacía sentir a esta que nunca se separarían del todo. Durante el resto de su vida y por cero dólares a la hora, Emira seguiría siendo la canguro de Briar.

Fuera se oyeron pisadas. Zara empezó a interpretar una versión acelerada de *We Shall Overcome*[8], terminando cada verso con un «Sííí». Emira oyó a Tamra decir: «¡Bájate de ahí, chica!» y a Zara gritar a modo de respuesta: «¡No me estoy resistiendo!». Laney pedía a los presentes que se tranquilizaran mientras Catherine se echaba a llorar. La señora Chamberlain dijo: «¿Dónde está Briar?».

Emira juntó su cabeza a la de Briar. La besó en la mejilla y aspiró su aroma a jabón infantil, a fresas y a la dulzura ácida del yogur seco. Se sentó en sus talones y, en lo que confió que fuera el gesto más triste de su veintena, le hizo cosquillas a la niña en el cuello y dijo:

—Hasta luego, ¿vale?

Briar frunció los labios en una sonrisa y apoyó la barbilla en los dedos de Emira. Se encogió mucho de hombros, como si desconociera la respuesta a una pregunta muy bonita y retórica.

Hubo pisadas rápidas y de repente se abrió la puerta del baño. Zara estaba sin aliento. Se inclinó con las manos en las rodillas y, entre dos jadeos exagerados, dijo:

—Vale…, están furiosas, así que…

—Ve a pedir un Uber —sugirió Emira. Besó la pequeña coronilla de Briar y se ordenó a sí misma salir de aquella casa. Cuando se dio la vuelta para hacerlo, la presencia de Zara había sido sustituida por la de la señora Chamberlain.

Tenía la piel del cuello salpicada de manchas rojas. Su mandíbula estaba adelantada de forma extraña y solo se le veían los dientes de abajo. Miró a Emira como si esta llegara con horas de retraso y le debiera una disculpa.

---

[8] «Venceremos», himno del movimiento por los derechos civiles en las décadas de 1950 y 1960 en Estados Unidos *(N. de la T.)*.

—¿Tamra? —llamó. El sonido de los calcetines de Tamra sobre las baldosas y el llanto irregular de Catherine se acercaron. Una vez vio que llegaban los refuerzos, la señora Chamberlain volvió a mirar a Emira a los ojos—. Emira, apártate de mi hija.

Emira no disimuló su asombro. ¿De verdad era así como quería terminar aquello la señora Chamberlain, colocándose ese disfraz de madre admirable que tanto le gustaba? Aquella era la muestra de interés más espontánea que había expresado jamás la señora Chamberlain por el paradero de su hija, precisamente cuando la niña se encontraba, en opinión de Emira, en el lugar más seguro del mundo. «Si hay una cosa que sin duda se me da bien», pensó Emira, «es cuidar de tu hija». Pero aun así Emira rio una vez y dijo:

—Vale.

Salió del cuarto de baño y Tamra se lanzó sobre Briar como si fuera la última rehén que hubiera liberado Emira. A la derecha de esta, Zara y su zapato mantenían abierta la puerta de la calle. La señora Chamberlain seguía en su puesto a la entrada del cuarto de baño y desde allí pronunció el nombre de Emira con autoridad intencionada y maliciosa.

—Oye, Emira.

Con las dos manos en el marco de la puerta al vestíbulo, Emira miró las perchas de la pared y dijo:

—¿Dónde está mi mochila?

Con el teléfono en la mano, Zara miró hacia las escaleras detrás de Emira. Luego hizo una mueca y dijo:

—Huy.

—¡Emira!

Emira se volvió y se encontró con las manos de la señora Chamberlain delante de ella, con los dedos desplegados.

Tomó aire y se dirigió a las escaleras. El instinto la hizo agacharse, como si quisiera hacerse más pequeña o fuera a pasar delante de muchas personas viendo un partido en la televisión. Vio a Tamra acariciar la parte posterior de la cabeza de Briar en el sofá mientras la señora Chamberlain la seguía por las escaleras.

—Emira, para —dijo. Emira apretó el paso. Oyó a Briar preguntar: «¿Dónde va ahora Mira?».

No se detuvo hasta que vio su mochila en el suelo del baño de arriba. Cogió el asa y se enderezó mientras se la colgaba del hombro derecho, pero la señora Chamberlain aprovechó esa pequeña demora para colocarse delante de la puerta del baño.

Con el pelo enmarcándole la cara y el escote cada vez más rosa, la señora Chamberlain cerró los ojos y dijo:

—Pero ¿tú qué te has creído? —Emira cerró la boca y la señora Chamberlain habló de nuevo—: Es que no doy crédito, Emira —dijo—. ¿Te das cuenta de lo que acabas de hacer? Nos has humillado a mí y a toda mi labor.

—Eeeh…. —Emira no podía creer que se encontrara de nuevo atrapada en un espacio tan de personas blancas, tratando de no perder la calma y esforzándose por dar a entender que lo único que quería era irse. Se ajustó la mochila al hombro—. Solo estoy cogiendo mis cosas.

—¡Por Dios, Emira! —La señora Chamberlain tenía otra vez las manos delante del pecho y las retorció como si estuviera retorciéndole el cuello de alguien—. ¿Te crees que has quedado bien con ese numerito? ¿De verdad has ido a pedir trabajo al Partido Verde solo para hacerme esto?

Emira parpadeó, desconcertada.

—Eeeh… No.

—¡Ah! ¡Así que te digo que estoy trabajando en la campaña de Clinton y tú de repente decides irte y trabajar para los verdes!

—No...

—¿Cómo que no?

—No —dijo Emira más alto—. Llevo más tiempo trabajando para ellos que aquí.

La señora Chamberlain tuvo la reacción más teatral que Emira había visto en la vida real.

—¿Cómo dices? —espetó con los ojos desorbitados.

Emira consideró señalar prudentemente que las cosas que más parecían importar a la señora Chamberlain de este mundo eran con quién salía, cuál era su cóctel preferido, o lo que iba a hacer el viernes por la noche. Pero ¿qué sentido tenía buscarse un nuevo lío solo para demostrar su teoría, cuando además estaba delante una niña de tres años que adoraba? Así que lo que dijo Emira fue:

—Me voy.

Tomó aire entre dientes al pasar junto a la señora Chamberlain y buscó la barandilla de la escalera.

—Emira, ¿estás de broma?

La señora Chamberlain la siguió. Emira se ordenó a sí misma no tropezar mientras bajaba corriendo agarrada a la barandilla. Al final de las escaleras, en el vestíbulo, estaba Laney, con una mano en la pared y otra sobre el pecho. Cuando Emira llegó al piso de abajo, se giró.

—¡Todo esto lo hemos hecho por ti! —gritó la señora Chamberlain—. Queríamos ayudarte a limpiar tu nombre, ¿y vas y nos haces esto? No sé lo que te habrá dicho Kelley, pero yo... Emira, todo lo que hecho ha sido por ti. Todo —dijo. Su intensa mirada parecía dar a entender: «Sé que sabes lo que hice y además me da igual»—. Puede que seas demasiado joven para comprenderlo ahora mismo, pero siempre he actuado pensando en tu bien. Emira, te... te queremos. —La señora Chamberlain levantó las manos en un gesto de derrota, como si querer a Emira fuera algo que hacía en perjuicio de su familia—. No... —Negó con la cabeza—. No sé qué decir.

Emira miró la araña de cristal del vestíbulo. En aquel momento, que la señora Chamberlain le hubiera leído los correos y hubiera publicado un vídeo privado le parecieron problemas menores. Emira comprendió que de tener un vídeo de ella misma sufriendo maltrato, la señora Chamberlain también querría que alguien lo hiciera público. Era imposible convencerla de que lo que había hecho no había sido en realidad por Emira; sin embargo, aquella era la oportunidad, la última que Emira tenía, de sugerir a la señora Chamberlain que hiciera algo por otra persona. Buscó la segunda asa de la mochila y se la ajustó a la espalda.

—A ver... Ahora mismo puede que dé igual porque solo tiene tres años —dijo—, pero de vez en cuando debería comportarse como si Briar le gustara. Antes de que... de que se dé cuenta.

La señora Chamberlain se puso una mano en el esternón. Sus clavículas se resaltaron peligrosamente cuando se le curvó el cuello; el cuerpo se le puso rígido en una forzada inclinación. Miró a Emira y dijo:

—¿Perdona?

—Ya sé que no tengo hijos ni nada —dijo Emira—, pero tiene que dejar de mirarla como si estuviera esperando a que cambiara, porque... eh... Es como es, ¿sabe? Y usted es su madre.

Se hizo el silencio en la habitación.

Si alguien le hubiera dicho a Emira que hacía mal su trabajo, probablemente hubiera hecho lo de siempre, soltar una carcajada y decir «Vale». Pero sabía que era una transcriptora excelente, que era una canguro incluso mejor y, en su fuero interno, se había sentido agradecida de que alguien considerara lo que hacía un empleo y no solo un trabajillo temporal. Pero la expresión de la señora Chamberlain se volvió muda y avergonzada, como si la hubieran sorprendido en plena noche de pie delante de la nevera, con un tenedor en la mano y la cara sucia de glaseado de chocolate. Hizo un puchero y Emira pensó: «¿De verdad va a llorar?». Durante un segundo trató de convencerse de que lo que había dicho no era tan malo, sino necesario y, con suerte, constructivo. Pero entonces oyó a Zara contener sonoramente la respiración detrás de ella. Cuando terminó de coger aire, Zara dijo en voz baja:

—Uy. Ya está aquí.

En la calle y al pie de las escaleras blancas, un coche hizo sonar el cláxon con suavidad.

—Lo siento... Qué incómodo todo —dijo Emira con un suspiro.

Dio dos pasos a un lado antes de volverse para salir de la casa de los Chamberlain por última vez. Llegó hasta el porche, pero entonces se giró. Se asomó al vestíbulo y dijo:

—Lo siento, Laney.

Emira siguió a a Zara hasta el lado derecho del Ford Focus plateado. Zara abrió la puerta y dijo:

—¿Eres Daryl?

El hombre asintió con la cabeza y las chicas se subieron al asiento de atrás.

# Veintisiete

Alex Murphy era una de las dos delegadas de último curso del instituto William Massey, lo que significaba que daba los avisos en asambleas alternas y los viernes vestía un polo con el logo del consejo estudiantil. Pero llegaba el momento de graduarse y Alex no había sacado nada bueno de aquel cargo. El instituto era más bien una pesadilla. Después de convertirse en la culpable de que Robbie Cormier no pudiera estudiar en la Universidad George Mason con una beca de vóleibol, Alex pasó los últimos días del curso leyendo notas que le pegaban a la espalda o le escribían en sus libros de texto y decían cosas como: «Gracias, chivata» y «Zorra pija».

Una de las tareas del consejo estudiantil era limpiar después de la ceremonia de graduación. Alex suplicó a su supervisora del comité escolar que le asignara un trabajo que no requiriera unirse al resto del grupo para descolgar serpentinas y comentar lo increíble que les parecía haber terminado el instituto. La supervisora debía de estar al corriente de lo ocurrido (todo el instituto lo estaba), así que asignó a Alex la tarea alternativa y sencilla de limpiar las taquillas de los alumnos de último curso. El día después de la graduación, con un trapo húmedo y una botella de limpiador de superficies, Alex empezó por los apellidos que comenzaban por z. Limpiar las taquillas de la parte superior de pie no estaba tan mal, pero cuando tuvo que arrodillarse en el suelo de cemento para las de abajo, empezaron a dolerle las rodillas.

Al terminar con las taquillas de los apellidados Johnson, tuvo que pedir otro trapo a un trabajador de mantenimiento. Y para cuando llegó a los García, había llenado un cubo de basura con libretas de espiral, varios calcetines, espejos de imán y envoltorios de caramelos. Alex tiró al menos una docena de fotografías tamaño carné de chicas con ramilletes y brazos en jarras o fotografías de grupo de equipos de fútbol y asistentes a almuerzos privados. Cuanto más se acercaba a la taquilla de Kelley Copeland, más vigilada se sentía. Todos sus movimientos empezaron a parecerle forzados, como si estuviera fingiendo leer una revista cuando en realidad intentaba espiar una conversación.

Abrió la taquilla de Kelley. Estaba vacía y triste. Era la taquilla en la que Alex había metido varias cartas y Kelley ni siquiera había tenido la decencia de dejarla sucia. Alex no sabía lo que había esperado encontrar, pero el hecho de que no hiciera falta limpiarla le pareció un cumplido malintencionado. Aun así, limpió la taquilla de Kelley como si tuviera una fina película de deterioro después de un curso escolar. La taquilla se abrió del todo cuando Alex empezó a limpiar la situada justo debajo.

Empezó por arriba con la intención de ir bajando, pero entonces notó que el trapo se enganchaba con algo en la esquina superior. Había algo de papel y con forma triangular incrustado en las láminas metálicas entre aquella taquilla y la de Kelley. Alex se arrodilló más y con la uña envuelta en el trapo palpó el techo de la taquilla, preparada para que se desprendiera algo asqueroso, como un envoltorio de bocadillo olvidado o las alas rígidas de algo muerto. Pero después de tocar por última vez lo que decidió que posiblemente era una revista porno, para su sorpresa, Alex atisbó su propia letra en una hoja de papel doblada que cayó al suelo, entre sus rodillas. De la ranura situada entre la taquilla de Kelley y la de debajo salieron cinco cartas suyas. Estaban sucias y dobladas y amarillentas, pero, lo que era aún peor, estaban sin abrir y en el envés decía «De A. M.» de su puño y letra. Alex contuvo la respiración. Se volvió y, tras comprobar que, por suerte, seguía sola, se apresuró a coger sus cartas sin abrir y a guardárselas dentro del sujetador. Terminó de limpiar la taquilla y la cerró; fue entonces cuando vio otro conjunto de iniciales grabadas en el metal oxidado. En la esquina superior de la puerta de la taquilla, Alex vio una *r* y una *c*. Justo debajo de la taquilla de Kelley estaba la de Robbie Cormier.

Alex llevaba semanas pensando en Kelley y preguntándose: «¿Cómo ha podido hacerme esto?». Ahora resultaba que en realidad no le había hecho nada.

Pero ¿qué importaba a aquellas alturas? El daño estaba hecho. Hiciera lo que hiciera, los estudiantes se pasarían el verano insultándola y Robbie no recuperaría la beca. Por un momento, Alex se preguntó si no debía sacarse las cartas del sujetador, o si no estarían sucias de alguna porquería que pudiera provocarle una erupción. Pero, una vez más, se volvió y vio que no había nadie. Alex estaba sola, y la única cosa que aún conservaba era la libertad de dar a aquella historia la continuación que más le conviniera.

Saber que había sido un mal funcionamiento de la taquilla y que Kelley no tenía la culpa de su caída en desgracia no era ningún consuelo. Considerar a Kelley el desencadenante de sus adversidades siempre sería más fácil que aceptar que se había equivocado de ranura. La decisión de creer otra cosa, de fingir que no tenía unas cartas amarillentas pegadas al pecho, la mantendría cerca de Kelley, incluso si eso suponía guardarle rencor por algo que no había hecho. Y durante todo el verano, mientras Alex envolvía cubiertos y recibía propinas míseras, comprobó que le resultaba más fácil aguantar aquello estando furiosa con Kelley que no teniendo relación alguna con él.

Y para cuando se fue a vivir a Nueva York, fue como si ya no tuviera que fingir.

Kelley era el tipo que le había estropeado su último año de instituto, al igual que su nombre ahora se escribía: «A-l-i-x».

# Veintiocho

Sería injusto decir que Emira Tucker dejó de cuidar
niños. Trabajó en la recepción de la sede del Partido
Verde, pero solo fueron cinco semanas. Durante un evento
de recaudación de fondos, Emira estaba llenando una jarra
con café cuando vio a un niño pequeño poner galletitas de
queso en un endeble plato de papel. «Oye —le dijo Emira—, ¿qué te parece si las metemos en un vaso?». El niño era
hijo de la directora territorial de la Oficina del Censo de
Estados Unidos, una mujer de metro ochenta de estatura
llamada Paula Christi, que los estaba observando de lejos.
Paula contrató a Emira de asistente administrativa y Emira
se pasó la mayor parte de su vigésimo sexto año de vida en
salas de reuniones y en todoterrenos de color negro.

Emira concertaba las citas de Paula, le encargaba la comida y la esperaba entre bastidores cuanto esta participaba
en mesas redondas y discursos. Pero también le frotaba la
espalda a ella y a otros adultos de mediana edad cuando
lloraban y maldecían en privado (les daba pañuelos de papel

y les decía que todo iría bien). Aunque el reportaje sobre ella en WNFT le abrió la puerta al empleo mejor pagado de su vida (dieciocho dólares la hora más almuerzo gratis), más tarde le resultó curioso haber considerado aquella entrevista de cuatro minutos en las noticias locales de Filadelfia un momento decisivo. La entrevista se cortaba justo después de que Zara exclamara «¡Sí, señora!». Y, aparte de unos cuantos resúmenes en YouTube de «Entrevistas en los informativos locales que han salido rana», nadie de la edad de Emira la vio. Ni siquiera Shaunie ni Josefa; Emira obligó a Zara a jurar que no les diría nada.

Tres días antes de que Emira cumpliera veintiocho años, su jefa la llamó a su despacho. Emira se sentó frente a ella y abrió su libreta, dispuesta a apuntar instrucciones o un pedido de comida, pero Paula le dijo que la guardara.

—Llevas aquí casi dos años, ¿verdad? —quiso confirmar Paula. Después de que Emira asintiera con la cabeza, añadió—: ¿Cuándo tienes pensado irte?

Emira pestañeó tres veces y sonrió.

—¿Irme? —preguntó. Una de las cosas que valoraba Emira de Paula era su franqueza, pero en momentos como aquel, Emira se sentía al mismo tiempo agradecida y asustada de que su jefa hablara siempre en serio—. ¿Me estás despidiendo?

—No, por Dios. Pero, Emira —continuó Paula—, nunca he tenido una asistente que quisiera seguir siéndolo más de dos años. Lo que te quiero decir es que si quieres quedarte, entonces es que estoy haciendo algo mal.

Emira se recostó en el respaldo de la silla y rio.

—Vale, pues… —Miró la mesa de Paula y una foto de su familia—. No me puedo creer que vaya a decir esto… pero la verdad es que estoy bien así.

Era posible que sus amigas opinaran otra cosa (Shaunie estaba comprometida, Josefa daba clase en Drexel y Zara ganaba lo bastante para alquilar un piso de dos habitaciones para ella y su hermana pequeña), pero lo cierto era que Emira estaba bien. Había podido ir a México para el cumpleaños de Zara y se había quedado los cinco días. Cumplía su propósito de Año Nuevo de hacer la cama todos los días. Tenía una cuenta de ahorros a la que recurría a menudo, pero no tanto como para hacerla desaparecer. Y había añadido dos recetas a su menú de cenas, las dos en olla de cocción lenta, pero aun así. Además, a Emira le gustaban Paula y su hijo. Su jefa era bastante maleducada con todo el mundo menos con ella, y Emira iba todos los días a trabajar sintiéndose remunerada y protegida.

Pero Paula parecía decepcionada con la falta de ambición de Emira.

—Una buena jefa no debería hacerte sentir feliz en un trabajo que no querría hacer ella —dijo—. Mi trabajo es hacerte sentir tan desgraciada que necesites buscar algo que te haga feliz, y luego ayudarte a conseguirlo. Así que… tu objetivo para el año que viene es aprender a odiar tu trabajo como es debido y encontrar algo que no te disguste. ¿Entendido?

Emira dijo: «Entendido» y volvió a su mesa. Seguiría de asistente de Paula hasta que esta se jubilara.

Emira necesitaría cuatro años más para ganar el sueldo inicial de Shaunie, cincuenta y dos mil dólares al año, pero a cambio tuvo la rara suerte de tener una jefa tan preocupada por el éxito de su asistente que nunca se le pasó por la cabeza ser su amiga. Aquel día, al salir del despacho de Paula, Emira volvió a su mesa y abrió una ventana en su ordenador. Pinchó en «Añadir al carrito» y en «Comprar ya» sobre un sofá biplaza para su piso, en el que Zara y ella pudieran pasarse fines de semana pintándose las uñas y viendo dos temporadas de *America's Next Top Model*.

Después de que se emitiera la entrevista, Emira estuvo seis días enteros sin saber nada de Kelley. Se dijo que eran demasiado distintos, que bebían demasiado cuando estaban juntos, y que, en cualquier caso, no sabía por qué se había empeñado en salir con un chico blanco que vivía en Fishtown. Técnicamente, Kelley había ganado. Emira se lo había recordado en público a la señora Chamberlain con una versión de la frase que había usado para romper con ella y, aunque estaba parafraseada, Emira decidió que podría usarla si Kelley volvía a llamarla. Pero cuando este por fin se puso en contacto, una semana después de que ella dejara la casa de los Chamberlain, fue con un mensaje de ánimo tan torpe y manido que Emira no lo disfrutó.

> Emira, acabo de ver el vídeo en la tele, qué fuerte.
> Sé que ahora mismo no estamos bien, pero me siento muy orgulloso de ti.
> Siempre supe que tú podías.

A pesar de estar más rota que nunca en su vida y todavía en duelo por la pérdida de Briar Chamberlain, aquel elogio sensiblero fue el golpe de gracia: era imposible que Kelley y ella superaran que él hubiera estado en lo cierto sobre la señora Chamberlain. Recomponer la relación significaría, hasta cierto punto, que Kelley siempre tendría razón en el futuro cuando, en realidad, le quedaba mucho que aprender. Emira no volvió a escribirle. Su nombre en sus contactos siguió siendo: «No contestes».

Emira sí volvió a ver a Kelley, pero él a ella no. Un sábado de verano por la mañana, cuando Emira tenía veintiocho años, fue con Shaunie a un mercado en Clyde Park. Las chicas se habían separado después de que Shaunie viera una furgoneta con gatitos para adoptar y Emira deambulaba entre puestos de productos frescos disfrutando de olores y buscando a su amiga. Durante un instante, le pareció ver la espalda de Shaunie. Pero enseguida cayó en la cuenta de que aquella mujer no podía ser Shaunie porque iba de la mano de Kelley Copeland. Kelley estaba junto a un puesto con velas de soja y frascos de miel con una mujer negra de piel clara y pelo oscuro ensortijado. Se giró y Emira la estudió. Llevaba sandalias de estilo gladiador, un arito de oro en el tabique nasal y de su brazo colgaba una cesta llena de tubérculos y aceites esenciales.

—Amor, dame dos segundos —le dijo a Kelley tocándole el brazo—. Voy a preguntar si puedo venir la semana que viene a vender mi manteca de karité. ¿Me sujetas esto un momentito?

Emira la vio darle un *smoothie* a Kelley. Al cogerlo, este sonrió y dijo:

—De acuerdo, señorita.

En otra vida, Emira le habría mandado un mensaje a la señora Chamberlain para contarle que había visto a Kelley. Habría escrito: No te vas a creer a quién acabo de ver y la señora Chamberlain habría contestado: Cuéntamelo todo. Porque, aunque Kelley había tenido razón respecto a ella, Alix también había tenido razón respecto a él. De haber ido las cosas de otro modo, Emira también habría enviado a la señora Chamberlain una fotografía de su sofá nuevo y la señora Chamberlain se habría puesto eufórica. En ocasiones Emira pensaba que de haber aprendido a pronunciar el nombre de pila de la señora Chamberlain, quizá esta se habría tranquilizado un poco. Pero ese no había sido el caso.

Y, al igual que Emira, la señora Chamberlain era una persona adulta con elecciones y decisiones propias, y también con dinero suficiente para cenar sushi por lo menos dos veces a la semana. Emira pensaría en la señora Chamberlain muchas veces durante la noche de las elecciones y rezaría por que tuviera sitio suficiente en su corazón tanto para un fracaso devastador como para su hija primogénita.

Aquel mismo año, cuatro meses después de ver a Kelley, Emira salió a recoger un vestido de dama de honor para la que sería la primera boda de Shaunie. Faltaban tres días para Halloween, pero era fin de semana y los niños iban por las aceras con disfraces y caretas, cargados con cubos y fundas de almohada. En Rittenhouse Square se celebraba un carnaval y sobre el murete que bordeaba la acera había minicalabazas con aspecto de haber sido decoradas por manos diminutas. Estaban cubiertas de purpurina y plumas, y se secaban al sol. Al final del muro de un metro de altura, estaba Briar, de cinco años ya, vestida de hamburguesa y de puntillas intentando coger una calabaza pintada de verde.

Emira susurró «Mierda» y se obligó a seguir andando.

—Mamá, mamá, ¿me coges la mía?

—Un segundo, Bri —dijo la señora Chamberlain.

Al otro lado de la acera, con una gorra cara, una gabardina caqui y botines con tachuelas en los talones, estaba la señora Chamberlain acuclillada delante de Catherine, de dos años.

—Sí que está atascada esta cremallera, ¿eh? —dijo.

Catherine bostezó y lamió un chupachups.

Emira miró a Briar bajar de las puntas de sus pies y mirar a su alrededor. Detrás de ella, dos niñeras negras empujaban carritos con bebés dormidos dentro. Emira miró a Briar ir directa a una de ellas, levantar la mano y tocarle el muslo.

—Perdona, señora guapa —dijo—, ¿me ayudas a coger mi calabaza, por favor?

La niñera pareció muy divertida, como si fuera la primera vez en años que alguien la llamaba «señora guapa». Dijo: «Claro, ¿cuál es?». Emira deseó haber caminado un poco más deprisa para que Briar la hubiera llamado de esa manera y poder hablar con ella sin la señora Chamberlain, solo una vez más. Entonces el corazón se le encogió un poco más cuando Briar señaló una calabaza verde brillante y dijo:

—Es *eshta*.

Emira contuvo la respiración, agachó la cabeza y rodeó a las niñeras, a Briar, a la señora Chamberlain y a Catherine. Oyó a Briar dar las gracias a la mujer y a la señora Chamberlain reír y disculparse por su hija.


Ya con treinta y muchos años, a Emira le costaría trabajo decidir con qué quedarse de su época en casa de los Chamberlain. Algunos días pensaba con inmenso alivio que pronto Briar aprendería a ser una persona autosuficiente. Otros, en cambio, la atenazaba el temor de que si Briar tenía algún día problemas para encontrarse a sí misma, lo más probable era que contratara a alguien para que lo hiciera por ella.

# AGRADECIMIENTOS

Mi familia es, desde hace mucho tiempo, mi fuente de apoyo y ánimos. Ron, Jayne y Sirandon Reid, gracias por proveerme con libros desde *Escalofríos* hasta la escuela de doctorado y por dejarme cerrar la puerta de mi habitación.

Esta novela nació gracias a la vista de lince y la incansable capacidad para lograr cosas de mi agente, Claudia Ballard. Claudia, ha sido todo un honor hacer realidad este proyecto contigo y formar parte de tu equipo es siempre una tranquilidad. Cuánto me alegro de haberte conocido cuando lo hice.

Mi editora, Sally Kim, me anima con frases, que no por manidas son menos sinceras, del tipo «Eres la mejor» y «No hay otra como tú». Sally, estoy en deuda contigo por tu dedicación a cada línea de este libro, tu simpatía espontánea y tu siempre tranquilizadora velocidad de respuesta a mis correos.

WME y Putnam están llenos de personas a las que les encanta meterse de lleno en personajes y tramas y que me facilitan la vida todos los días. Gracias de corazón a este equipo sin igual, incluyendo a Alexis Welby, Ashley Mc-Clay, Emily Mlynek, Brennin Cummings, Jordan Aaronson y Nishtha Patel. Elena Hershey y Ashley Hewlett, por favor, no me dejéis nunca. Anthony Ramondo y Christopher Lin, muchísimas gracias por vestir esta novela de manera tan hermosa. Sylvie Rabineau, gracias por defender este libro y hablar tan bien de mí. Gaby Mongelli y Jessie Chasan-Taber, adoro trabajar con vosotras y creo que sois geniales.

Escribí los primeros capítulos de este libro en el café Arsaga's de Fayetteville, Arkansas (el de la esquina de las calles Church y Center), y no podía haber soñado con un lugar más alegre, tranquilo y tolerante. Lo terminé en el Iowa Writers' Workshop gracias al regalo más valioso que puede recibir un escritor: ratos de inspiración y tiempo. Gracias a la Fundación Truman Capote por proporcionarme estabilidad mientras llenaba páginas en blanco. Y gracias a dos profesores increíbles, Paul Harding y Jess Walter, que siguen orientándome hacia la verdad de mis obsesiones. Es un consuelo tener vuestras voces en la cabeza cuando no estamos en el curso.

La labor de Rachel Sherman en *Uneasy Street: Anxieties of Affluence* fue una gran fuente de inspiración, no solo para esta novela, sino para la vida. Gracias por capturar una experiencia humana compleja, por ser una líder en tu especialidad tan empática y por asomarte a la parte incómoda del capitalismo americano. Me enorgullece que estés en el epígrafe de esta novela.

Escribir a menudo pasa por encontrar un trabajo a tiempo parcial. Yo he conocido la suerte de tener jefas que enseguida entendieron que el empleo era el medio y no el fin, así como colegas encantadores que hacían que el tiempo pasara más deprisa. Todo mi agradecimiento a Ingrid Fetell Lee, Ty Tashiro, Sarah Cisneros, Meg Brossman y un montón de personas de IDEO New York. Gracias, Lindsey Peers, por ser una gran jefa en el mejor trabajo que he tenido. Me proporcionaste un espacio en el que aprendí a resolver problemas y me enseñaste a valorar la alegría de ser un niño el día de tu cumpleaños. Muchas gracias a todas las madres que me confiaron a sus hijos, en especial a Lauren Flink, Jean Newcomb, Kalpana David, Mary Minard, Karen Bergreen y Ali Curtis.

Sue y Chuck Rosenberg siempre han sido lectores entusiastas, grandes escritores de correos electrónicos y personas de lo más flexibles.

Los comentarios de Ted Thompson sobre las cincuenta primeras páginas fueron sinceros. Pero, sobre todo, fueron lo bastante amables para animarme a empezar otra vez.

Deb West y Jan Zenisek me ayudaron a organizarme y siempre estaban dispuestos a celebrar los pequeños momentos.

Mi objetivo en Iowa era encontrar lectores que siguieran siéndolo después de la graduación. Melissa Mogollon pasó horas en mi salón puliendo el argumento de este libro a cambio de sándwiches de Nodo, e Isabel Henderson fue línea por línea y, además, nos bajó la aplicación de MTV para que a ratos pudiéramos olvidarnos de la escritura. Y además de dejarme pasar horas en su cocina («¿Soy mala anfitriona? ¿Quieres otro refresco?»), Claire Lombardo me hizo comentarios detallados con control de cambios a los que volvía cuando me sentía desanimada. Qué agradecida me siento de tener amigas así. Sois, cada vez más, mi razón de ser (Claire, te escribo dentro de cinco minutos).

Esta novela también debe mucho al apoyo y al sentido del humor de amigos maravillosos y de su acto tácito de misericordia al olvidar los años de borradores truncados que precedieron a este libro. Les estoy agradecida porque creyeron en mi escritura cuando yo no. Así que muchas gracias a Mary Walters, Njoki Gitahi, Caleb Way, Karin Soukup, Loren Blackman, Darryl Gerlak, Holly Jones y Alycia Davis.

Los equipos de Hillman Grad Network y Sight Unseen Pictures me hacen esforzarme e ilusionarme cada día. De manera que muchas gracias a Lena Waithe por su amabilidad como profesora, rapidez como escritora y formidable habilidad para brillar mientras ayuda a otros. A Rachel Jacobs, por su capacidad de ver más allá de la historia, su paciencia generosa e inagotable y por todas las veces que contestó mensajes y correos cuando no tenía por qué. Y a Rishi Rajani por su atención al detalle, su dedicación al espíritu de la novela y por el uso más preciso de signos de admiración que he conocido jamás.

Christina DiGiacomo ha leído todo lo que he escrito y dio saltos de alegría conmigo cuando por fin tuve un trabajo a tiempo completo. Me alegra mucho que en 2001 decidiéramos ser mejores amigas.

Y, por último, está Nathan Rosenberg. Nate, es un verdadero honor considerarte de mi familia. Quizá lo mejor que he hecho en mi vida fue darle aquella vez a «Enviar».

Kiley Reid (1987, California) se formó en el Taller de Escritores de Iowa, donde enseñó escritura creativa enfocada en temas raciales y de diferencia de clases. Sus relatos han sido publicados en *Plowshares*, *December*, *New South* y *Lumina*. Vive actualmente en Filadelfia.

*Los mejores años* es su primera novela y con ella ha logrado un éxito asombroso: los derechos de traducción se vendieron a diecisiete países y ya hay una adaptación cinematográfica en camino. Ha sido nominada al premio Man Booker; finalista del prestigioso premio Young Lions de la Biblioteca Pública de Nueva York; elegida como novela del año por *The Times*, *Stylist*, *Elle*, *Glamour* y la BBC; e incluida entre la selección de libros destacados de publicaciones como *The New York Times*, *USA Today*, *Vogue*, *Elle*, *Marie Claire*, *People*, *Glamour*, *Psychologies*, *Cosmopolitan*, *Vulture*, y *Kirkus Reviews*, entre muchos otros.